Scarlet

스칼렛

www.bbulmedia.com

그 밤이 지난 뒤에

SCARLET ROMANCE STORY

그
밤이

지난
뒤에

2권

정경하 장편소설

contents

12.

15개월 후.

2월.

은재는 마음이 몹시 바빴다. 퇴근 시간을 30분이나 넘긴 지금, 더 빨리 달리지 않는 버스가 야속했다. 버스에서 내리자마자 어린이집을 향해 뛰었다. 한겨울 북풍이 그녀의 코끝을 빨갛게 만들었다.

〈큰사랑 어린이집〉

그녀는 회사에서 버스로 10분 거리에 위치한 어린이집의 문을 열며 소리쳤다.

"유진아, 엄마 왔다!"

복도 끝 방에서 가느다란 울음소리가 흘러나왔다.

혹시 우리 유진이 울음소리인가?

가슴이 덜컥 내려앉은 그녀는 얼른 구두를 벗고 복도로 들어갔다. 안을 들여다보자 텅 빈 놀이방에 유진과 보육 교사뿐이었다. 하루 종일 어린이집에 있었던 유진은 지친 듯 칭얼거리다 그녀를 보고 두 손을 번쩍 내밀었다.

"아앙!"

엄마를 보자 갑자기 서러워졌는지 유진의 울음소리가 커졌다. 은재는 얼른 따뜻한 바닥에 앉아 있던 유진을 안아 들었다.

"왜 울어, 엄마 여기 있는데. 울지 마. 응? 엄마가 늦어서 미안해."

그녀는 아이의 보드라운 정수리에 입을 맞추며 달래 준 뒤, 보육 교사를 향해 사과했다.

"죄송합니다. 우리 유진이 때문에 늦으셨죠?"

그러자 40대 초반의 서글서글한 인상을 한 보육 교사가 손사래를 쳤다.

"아니에요. 원래 저흰 30분 더 있어야 퇴근해요. 저희야 이게 일이니까 상관없는데, 유진이가 요즘은 좀 힘이 드는가 봐요. 건강도 안 좋은데, 하루 종일 애들 사이에 부대끼려니 왜 안 그러겠어요."

보육 교사는 제 개월 수보다 훨씬 작은 유진의 마른 등을 쓸어내렸다.

"원장 선생님과 제가 애들 사이에서 좀 떨어뜨려 놓으려고 애는 쓰는데, 유진이 하나만 볼 수는 없는 처지라서 저희가 미처 못 돌볼 땐 애들 사이에서 치이기도 하나 봐요. 죄송합니다."

"아니에요. 그런 말씀 마세요. 선생님들께서 우리 유진일 얼마나 신경 써 주시는지 제가 잘 아는데요. 그런 말씀 하시면 제가 더 죄송하죠. 신경 써 주셔서 감사합니다."

"유진아, 내일은 웃는 얼굴로 보자."

다정한 보육 교사의 말에도 유진은 엄마 품에 얼굴을 묻고 고개조차 들지 않았다.

"유진아, 선생님께 인사 드려야지. 응?"

"피곤한가 봐요. 얼른 데려가세요."

"네, 선생님. 그럼 내일 뵙겠습니다."

은재는 유진을 안고 어린이집을 나왔다. 조바심을 치며 어린이집을 들어갔던 것과는 딴판으로 마음이 푸근했다.

"우리 유진이. 선생님 말씀 잘 듣고 잘 놀아야지, 울면 어떡해?"

얼굴도 동그랗고 머리도 동그랗고, 눈도 동그랗고 입도 동그란, 앙증맞은 딸 유진이 그녀의 품에서 고개를 들어 빤히 보았다.

"왜, 엄마 말 틀려?"

은재는 그런 딸이 너무 귀여워 하얀 볼을 톡 건드렸다.

"마마. 마마."

7개월에 접어든 아이는 그녀가 하면 따라서 하는 '마마', '맘마', '지지'가 제가 말할 수 있는 단어의 전부였다. 그럼에도 처음 낳았을 때에 비하면 정말 사람이 된 거다. 갓 태어나

새빨갛기만 한 유진을 봤을 때, 대체 저 아일 어떻게 키워야 하나, 이제야 말이지만 은재는 난감하기만 했었다. 요즘도 가끔 밤새도록 자지 않고 울며 보챌 때가 있었지만 신생아 때에 비하면 아무것도 아니었다. 아이가 자라는 내내 이런다면 어째야 하나 겁이 났었으니까. 임신 기간 동안 아이가 태어나면 이렇게 키워야겠다, 난 이런 엄마가 되어야겠다, 생각했던 것들은 죄다 소용이 없었다. 막상 현실에 부딪치자 육아 책의 지침들은 머릿속에서 사라지고 그녀가 가지고 있던 본성만 드러나는 것 같았다.

그래도 한계에 다다랐다고 해서 아이에게 욕을 하거나 손부터 올라가지는 않았다. 은재는 유진에게 자신이 어떤 엄마인지, 아직은 확신할 수 없었지만 적어도 자신이 옥선을 닮지 않은 것만은 너무나 다행이라고 생각했다.

"빨리 집에 가서 밥 먹자."

"맘마, 맘마!"

은재가 유진을 안고 대문 안으로 들어가자, 추운 날씨에도 불구하고 마당에 나와 서성거리던 민숙이 다가왔다.

"어머니."

"아이고, 유진아. 왜 이렇게 늦었어!"

민숙은 그녀의 품에서 유진을 강제로 뺏다시피 받아 갔다.

"퇴근이 늦었어요. 그런데 추운데 왜 나와 계세요?"

"그럼 진즉 전화를 해서 우리더러 애 데리러 가라고 하지! 이 어린 걸 하루 종일 맡겨 놓은 것도 모자라, 애들 다 간 텅 빈 어린이집에 홀로 남겨 놔? 아이고, 이 미련퉁이야! 그럴 땐 전화를 하라니까! 진주 아버지가 니들 안 온다고 얼마나 걱정했는지 알아?"

민숙의 말이 끝나기가 무섭게 거실 창문이 열리고 진주의 아버지인 화길이 그녀를 손짓해 불렀다.

"유진 엄마, 이리 들어와 봐."

"네, 아버님."

유진을 어린이집에 맡긴다고 했을 때부터 내내 계속되어 온 언쟁이 또 시작되려 하고 있었다. 유진을 안은 민숙이 먼저 들어가고 그 뒤를 따라 은재가 본채로 들어갔다. 그녀가 거실 소파에 앉자마자 화길이 비장하게 선언했다.

"내일부터 애 두고 가."

그녀가 거실로 불려 들어올 때부터 짐작했던 말에서 하나도 틀리지 않았다. 은재는 얼른 고개를 저었다.

"아니에요, 아버님. 오늘만 퇴근이 늦었던 거니까, 앞으로 이럴 일 없을 거예요."

그러자 화길이 무릎을 치며 목청을 높였다.

"아, 말 들어! 건강한 애도 아니고 정기적으로 검사받고 약 먹어야 하는 애를 어린이집에 보낸다 할 때부터 마음에 안 들었어. 아니, 이 집에 일 안 하고 노는 사람이 두 사람이나 있는데, 유진일 왜 어린이집에 보내?"

"아버님, 왜 그런지 잘 아시잖아요."

난처해진 은재가 도와 달라는 듯 유진을 안은 민숙을 봤지만, 민숙도 단단히 작정을 했는지 매정하기만 했다.

"진주 전화 왔었다. 유진이 어린이집에 간다니까 아주 펄쩍 펄쩍 뛰더라. 너 제정신 아니란다. 애 어미 아니래!"

"어머니."

괄괄한 성질의 진주가 얼마나 퍼부어 댔는지 민숙이 혀를 내둘렀다.

"우리 두 노인네만 얼마나 욕먹은 줄 아니? 집에 있으면서 애 하나도 못 봐 주냐고 난리, 난리, 아주 생난리를 치고 전화 끊었다."

"하지만 아버님 건강도 좋지 않으신데……."

"의사가 괜찮다는데, 네가 왜 그래? 잔말 말고 내일부터 유진이 두고 가. 하루 종일 우리 두 내외가 얼마나 가슴 졸이는지 알아?"

태호와 의재를 피해 지방으로 내려가겠다는 은재에게 파주에 위치한 제 부모님 집을 권한 건 진주였다. 공무원이셨던 부친이 희귀성 근육병을 진단받고 파주에서 전원주택을 짓고 사는데, 그곳으로 가라고 했다. 은재로서는 더 이상 신세를 지는 것도 문제지만 자신의 처지 때문에라도 폐가 될 수 없다고 거부했다. 하지만 진주는 단호했다.

자신은 외동딸이라 형제들이 파주 집에 수시로 들락거릴 일도 없고, 본채와 아래채가 구분되어 있어 지내는 데 아무 문제가 없다고 했다. 또한 농촌과 도시가 공존하는 곳이라 직장을 구하기도 어렵지 않을 테니 그것보다 나은 선택이 무어냐고, 싫다는 그녀를 강제로 끌고 제 부모님 집을 찾았다.

결혼도 하지 않고 아이를 임신한 일을 그녀는 부끄러워하진 않았지만 자랑스러운 일도 아니었다. 하지만 진주의 부모님은 진주처럼 화통했고, 당연한 듯 그녀를 받아들였다. 그렇지 않아도 두 노인네가 적적했는데 잘됐다고, 오히려 기뻐해 주었다. 그래서 임신 중 유진에게 수신증이 발견됐을 때, 힘든 시간을 견딜 수가 있었다.

방광의 판막이 제대로 닫히지 않아 소변이 신장으로 역류되어 발생하는 수신증은, 쉽게 말하면 신장 질환이었다.

딸까지 신장 질환을 앓는다는 것을 알고서야 은재는 돌아가신 엄마가 무슨 병이었는지, 비로소 궁금해졌다. 그녀가 툭하면 고열을 일으키며 앓는 신우염과 유진의 수신증이 가족력이 아닐까, 생각했다. 유진의 증세는 현재 다행히 수술까지는 하지 않아도 되지만 자칫 방심했다간 신장 기능 전부가 망가질 수도 있어서 한 달에 한 번 서울의 대학병원에서 정기적으로 검진을 받고, 예방 차원에서 항생제를 복용하고 있었다.

협착된 요관 부위가 자연스레 좋아지는 경우도 있다고 해서, 은재는 제발 그렇게 되길 간절히 바라는 중이었다.

"아, 얼른 대답해! 애 집에 놔둘 거지?"

출산을 하고 석 달 뒤 그녀는 시내의 세무회계사 사무실에 취직을 했다. 공인회계사 1차 시험을 통과할 정도였으니, 일에서는 무리가 없었지만 유진이 문제였다. 화길이 앓는 근육병이 아직은 초기 단계여서 괜찮다고는 하나, 무리를 하면 안 되는 화길과, 그런 화길을 하루 종일 따라다녀야 하는 민숙에게 유진을 맡기는 건 염치가 없는 일이었다. 그래서 어린이집에 맡긴 것인데, 정작 화길과 민숙은 그녀의 결정을 너무나 정 떨어지는 처사라고 생각하고 있었다.

유진은 평소에는 잘 웃고 무척 순하지만, 반면 쉽게 열이 오르고 소변을 보는 게 답답할 때면 짜증이 심했다.

"유진이가 늘 순하지는 않잖아요."

"아니, 세상에 안 그런 애가 어디 있어? 애가 인형이야? 늘 웃고 있게? 건강한 애도 잠투정 심한 애는 부모 정 다 떨어지게 만들어. 우리 진주가 그랬다. 잠투정이 얼마나 심한지, 그거 재우려면 나랑 진주 아버지가 아주 혼이 다 나가곤 했어. 그에 비하면 우리 유진이는 천사지, 천사. 제 몸 아파 투정 부리는 거야 당연한 거지. 그것도 안 하면 그게 애야? 안 그러우?"

"그걸 말이라고 해? 유진이 같이 순한 애가 어디 있다고."

화길과 민숙은 아주 작정을 한 것 같았다.

"그럼 하루 종일 놔두는 건 하지 않을게요."

민숙이 답답한 듯 그녀를 불렀다.

"유진 엄마."

하지만 은재는 단호했다.

"저도 염치가 있어야죠. 애 보는 일이 보통 힘든 게 아닌 걸 아는데 어떻게 하루 종일 두 분께 맡겨요? 대신 3시까지만 있게 하고 집으로 데려다 달라고 할게요. 가끔 주말에 출근할 때는 별수 없이 두 분께 유진일 하루 종일 맡기잖아요."

그것이 은재가 할 수 있는 최선의 선택인 것을 아는 내외는 다행히 더는 아무 말도 하지 않았다.

"그리고 힘드시면 언제든지 말씀하셔야 해요. 힘드신데 저와 유진이 때문에 말씀 안 하시고 그러면 저희, 여기서 나갈 거예요."

"너는 나간다는 게 무기냐? 툭하면 나간대, 어째?"

민숙이 못마땅한 듯 그녀를 흘겨보자 화길이 끼어들었다.

"진주 친구니까 그렇지. 진주도 사춘기 때 툭하면 가방 싸지 않았어?"

그럴 분위기가 아닌데 은재는 갑자기 풋, 웃음이 나왔다. 정말 행동파인 진주답다 싶었다.

"그래, 유진 엄마, 그렇게 좀 웃어. 웃고 살아. 응?"

"네, 두 분 정말 너무 감사해요."

"또, 또 그 소리. 우리야말로 적적한 집에서 유진이 고물거리는 게 얼마나 고마운데. 우리 두 내외만 있으면 분위기가 영 칙칙해. 기분만 싱숭생숭해지고 몸도 더 아픈 거 같고. 밭에 새싹이 나는 거, 산에 꽃 피는 거, 아기 크는 거, 그걸 보는 것만큼 행복한 일이 어디 있는지 알아? 그렇지, 유진아?"

민숙이 눈을 맞추자, 아기의 동그란 눈이 반달이 되었다. 까르륵, 기분 좋게 웃자 민숙과 화길 모두 따라 웃었다.

"아이고, 예쁜 것. 어디서 이런 예쁜 게 왔을까, 응?"

그러게……. 이렇게 예쁜 게 대체 어디서 왔을까……?

은재는 이부자리 위에 곱게 잠이 든 유진의 얼굴을 한참 동안 들여다보았다.

눈도, 코도, 입도, 그리고 손가락, 발가락 모두 예쁘지 않은 게 없는 우리 유진이. 삭막한 사람들 틈에서 마음 붙일 곳 없이 늘 혼자라고 생각했던 엄마에게 전부가 되어 준 우리 유진이. 잦은 통증과 식욕 부진으로 제 개월 수보다 두 달은 더 작아 보이는, 안타까운 우리 유진이.

차라리 수술을 해서 금방 낫는 거라면 제아무리 돈이 없어 애를 먹어도, 사채 빚을 내서라도 시킬 텐데……. 수신증에서 가장 중요한 것이 불필요한 수술을 방지하기 위해 수술 시기를 결정하는 일이라 은재는 늘 유진의 상태를 신경을 곤두세워 체크해야만 했다.

그녀는 건강하게 낳아 주지 못해 유진에게 너무 미안했다. 그럼에도 잘 웃고 애교 많은 예쁜 딸을 너무 사랑했다.

매달 셋째 주 월요일은 유진의 정기 검사 일이었다. 절대로 빠질 수 없는 일이라 입사 전 미리 양해를 구하자 사무장은 월급을 삭감하는 조건으로 허락해 주었다.

한 달에 한 번 있는 서울 나들이. 은재는 지난주 장에 나갔던 민숙이 사 온 노란색 후드 점퍼와 움직이기 편안한 초록색 바지를 유진에게 입혔다. 모두 안감이 따뜻한 털로 누벼진 것이어서 추위에도 끄떡없었다. 노란색, 초록색의 앙상블이 유진을 더욱 깜찍하고 귀엽게 만들어 주었다.

"아유, 우리 유진이 너무 예쁜데?"

병원에 가는 날 아침이면 불안함이 터질 듯 그녀의 가슴을 짓누르지만, 은재는 애써 밝은 목소리로 유진을 칭찬했다. 유진은 엄마의 칭찬이 기분 좋은지 보조개를 만들며 담뿍 웃었다.

"자, 이제 갈까, 우리 딸?"

그녀가 아기띠로 유진을 앞으로 업고 우유와 기저귀 가방을 들고 나오자 화길과 민숙이 걱정스러운 듯 정원에 서 있었다.

"추운데 왜 나와 계세요? 저희 다녀올 테니 얼른 들어가세요."

화길이 민숙보다 앞장서며 말했다.

"터미널까지 바래다줄게."

"안 그러셔도 돼요."

화길에 이어 민숙까지 말을 거들었다.

"말 들어. 얼른 타."

민숙과 화길이 강경하게 나올 땐 그녀가 무슨 말을 해도 소용이 없음을 그간의 경험으로 알고 있었다. 은재는 별수 없이 차에 오르며 진심으로 감사했다.

"감사합니다."

터미널로 가는 차 안의 정적은 무거웠다. 그동안 유진은 검사를 받으며, 좋아진 달도 있었고 나빠진 달도 있었다. 팔뚝보다 조금 더 큰 아이의 검사 결과에 어른 셋의 심장이 덜컹 내려앉았다 제자리를 찾곤 하는 게 벌써 7개월째였다.

"유진이 괜찮을 거예요, 너무 걱정 마세요. 지금껏 잘 견뎌 왔는걸요? 그렇지 유진아? 할아버지, 할머니, 유진이 괜찮아요, 해. 응?"

무거운 분위기를 바꿀 겸 유진의 가느다란 팔을 톡톡 흔들어 주자, 신이 난 유진이 까르르 웃었다. 아기의 웃음은 신기한 힘을 가지고 있었다. 유진이 웃자, 어둡던 민숙과 화길의 얼굴이 활짝 펴졌다.

"우리 유진이 웃음은 백만 불짜리 웃음이다. 아이고, 이쁜 것."

"진주가 얼른 결혼을 해서 아기를 낳아야 할 텐데, 그래야 두 분이 좋으실 텐데요."

"오늘 만나면 그 말 좀 꼭 해 줘라. 처녀 귀신이 되려나, 시집 안 갈 거면 집에 오지도 말라고 해!"

"꼭 전할게요."

이야기를 나누는 새 터미널에 도착했다. 은재가 차에서 내리는 것을 보며 민숙이 당부했다.

"조심히 다녀와."

"네, 결과 나오면 바로 전화 드릴게요."

"그래, 기다리마."

화길과 민숙은 버스에 탄 모녀를 끝까지 배웅해 주었다. 은재는 유진의 팔을 들어 두 분께 흔들어 주었다.

기저귀만 차고 검사대 위에 누운 딸아이를 보는 건 매번 그녀의 가슴을 아프게 만든다. 특히나 지금처럼 날씨가 추운 날에는 더 가슴이 아렸다. 유진이 신장 초음파, 신장 핵의학 촬영 검사 같은 이름조차 낯설고 무서운 검사를 받는 동안, 은재는 세상의 모든 신께 유진의 무사를 빌었다.

검사 결과 다행히 지난달보다 나빠지지 않았다.

"이 상태면 자연적으로 좋아질 수 있겠습니다. 지금 유진이는 신우 부위가 아주 깨끗하거든요."

"정말 감사합니다."

의사가 검사를 받을 때도 깜찍한 웃음을 잃지 않는 유진의 보드라운 볼을 건드리며 말했다.

"꼬마 용사, 힘내자."

유진은 병원에서도 인기가 많았다. 의사들뿐 아니라, 주사를 맞을 때도 잘 울지 않아 간호사들의 예쁨을 독차지했다. 다음 달 예약을 하고 로비로 내려온 은재는 유진을 칭찬해 주었다.

"다행이다, 그렇지? 우리 유진이, 잘했어. 이제 많이많이 먹어서 살이 찌고 키만 크면 되는 거야."

그녀의 칭찬을 알아듣기라도 하는 것인지, 유진이 신이 나 가느다란 두 팔을 흔들었다.

"마마, 마마!"

은재는 기분이 좋은 아이를 어르며 원무과에서 수납을 한 뒤 병원을 나섰다.

서울 도심에도 시골 못지않은 매서운 바람이 불었다. 은재는 유진이 감기에 들지 않도록 아기 담요를 폭 씌워 주었다. 직장 생활과 육아로, 유진의 검사 때나 되어야 겨우 진주의 얼굴을 볼 수 있었다. 어제 미리 전화로 약속해 놓은 카페로 들어가자 진주가 먼저 와서 모녀를 기다리고 있었다.

"은재야!"

"진주야."

한걸음에 다가온 진주는 반가워하는 그녀는 아랑곳없이 아기 띠 안의 유진을 낚아챘다.

"어디 보자, 우리 예쁜이!"

"너무한다, 너?"

은재가 섭섭한 기색을 드러내며 말했지만 진주는 신경조차 쓰지 않았다.

"답답한 널 봐서 뭐해? 차라리 우리 예쁜 유진이가 낫지."

"그럴 거니?"

진주가 유진을 어르며 혀를 쏙 내밀었다.

"억울하면 신고해라."

"뭐?"

어처구니가 없어진 은재가 웃고 말았다.

"내 딸이 사랑받는 걸 질투할 수는 없으니까 참는 거야."

그녀가 자리에 앉자, 능숙하게 유진을 품에 앉은 진주도 따라 앉았다.

"그래, 검사 결과는 어떻게 됐어?"

"괜찮대. 어쩌면 이대로 수술 없이 나을 수도 있다고 하더라? 저번 달까지는 그런 말 없었거든. 정말 다행이야."

"이야. 정말 희소식이다. 좋아, 이모 기분이다! 한턱 거하게 쏠 테니까 비싼 거 먹어."

"아서라, 점심시간 끝나기 전에 들어가 봐야지."

"반차 냈어. 귀하신 서유진 씨가 왔는데, 그 정도는 해야지?"

진주가 의기양양하게 어깨를 으쓱거렸다.

이번 승진시험에서 통과되어 최연소 과장이 된 진주는 은재가 근무했던 지사장 비서실을 책임지고 있었다. 진주는 월급도 오른 만큼, 시골 깡촌에 살아 스테이크 먹을 일은 없었을 거라고 하면서 됐다고 만류하는 그녀를 이끌고 부득불 패밀리 레스토랑으로 데려갔다. 그리고 다 먹지도 못할 만큼 많은 음식을 주문한 뒤, 비로소 그녀에게 관심을 기울였다.

"사는 건 어때?"

은재는 어깨를 으쓱거렸다.

"좋아."

그러자 진주가 신랄하게 빈정거렸다.

"참 좋기도 하겠다."

"정말이야. 돈 벌 직장 있고, 잠잘 방 있고, 우리 유진이 점점 나아지고. 좋지, 안 좋을 게 있니?"

"됐다. 내가 너랑 무슨 얘길 하겠냐?"

진주가 고개를 저으며 포크를 들 때였다.

"어머, 서 대리님!"

소리가 나는 쪽으로 고개를 돌리던 은재의 표정이 굳어졌다. 이제는 기억 한편으로 사라진 사람인 새란이 갑자기 등장하더니 눈을 빛내며 그녀 쪽으로 다가왔다.

"이게 얼마 만이에요? 정말 반가워요."

왜 하필 새란을 만난 거지? 그녀는 어색한 표정이 드러나지 않도록 감정을 수습해야 했다.

"그래, 반가워, 새란 씨. 잘 지냈지?"

"저야 그렇죠. 대리님은요?"

"나도 잘 지내."

"그런데 이 아기는 대리님 아기예요?"

새란의 눈이 호기심으로 반짝거리는 것을 본 은재는 유진을 품에 안고 그대로 식당을 나가 버리고 싶은 충동을 느꼈다.

"몰랐어? 서 대리 결혼해서 애 낳았잖아."

진주가 태연히 말을 받았다.

"어머, 그래요? 너무하셨다! 청첩장은 주셨어야죠."

섭섭한 티를 팍팍 내던 새란의 관심이 유진에게 쏠렸다.

"대리님 아기 너무 귀여워요. 정말 너무 귀엽다. 사진 찍어도 돼요?"

"아니."

그녀에게서 거부의 대답이 본능적으로 튀어나오자, 새란이 머쓱해했다. 순식간에 분위기가 어색해지자, 진주가 중재에 나섰다.

"하여튼 지 새끼는 엄청 귀하대지. 아기 엄마들 유난이란. 새란 씨, 서 대리가 사람들이 유진이 사진 찍는 거 별로 안 좋아해. 유진이가 너무 예뻐서 사람들이 자꾸 입에 올리는데, 그걸 싫어하거든."

"아, 네."

그제야 새란이 이해했다는 듯 고개를 끄덕거렸지만, 무안한 기색은 여전했다. 그러자 진주가 손짓을 했다.

"얼른 한 장만 찍어."

"그래도 돼요?"

새란이 은재의 눈치를 보며 휴대폰을 만지작거리자, 진주가 대신 대답했다.

"그럼. 그래도 되지. 안 그래, 서 대리?"

식탁 아래서 진주가 은재의 다리를 툭 쳤다. 티 나게 그러지 마, 하는 경고의 뜻이 역력했다. 은재는 별수 없이 허락하고 말았다.

"한 장만 찍어."

그녀의 허락을 받은 새란은 정말 신이 난 모습으로 유진을 얼렀다.

"우와. 유진아, 이모 봐, 이모!"

이럴 때 투정을 부려 주면 좋은데, 유진이 활짝 미소를 지었다.

나쁜 딸이야, 너.

은재는 괜히 유진을 향해 눈을 흘겼다.

호들갑스럽게 유진의 사진을 찍은 새란은, 완전히 눈치가 없진 않아서인지, 물러날 때를 알았다.

"그럼 식사들 하세요. 나중에 한번 따로 봬요, 서 대리님."

친밀하게 인사하는 새란을 향해 은재는 마음에도 없는 대답을 했다.

"그래, 그러자."

"유진아, 안녕."

새란이 손을 흔들며 사라지자, 은재의 표정에서 웃음기가 사라졌다. 그 모습을 본 진주가 혀를 찼다.

"너 언제까지 그럴 건데?"

은재는 진주의 시선을 피했다.

"내가 뭘."

"살면서 예전에 알던 사람들 하나둘쯤 다시 안 만나고 살 줄 알았어? 그렇게 어색한 티를 내면 너나 유진이나 좋을 게 뭐가 있어? 유진이 낳기로 결정했을 때부터 이런 일쯤 예상했었어야지. 닥치면 닥치는 대로 유들유들하게 넘어가는 게 제일 좋아. 유진이한테도 그게 제일 좋은 일이고, 몰라?"

"네 말이 맞아."

정말 진주의 말이 백번 옳다. 그녀도 그래야 한다고 생각했다. 미혼모로 아이를 낳은 것이 자랑스럽지 않다 해도 부끄럽지도 않았다. 유진은 그녀의 전부였고, 그녀가 사는 단 하나의 이유였다. 그럼에도 사람들의 시선이 아이에게 쏠리는 것을 원치 않았다.

"그래도 난, 싫어. 친하지 않은 사람들이 유진이 사진 찍는 것도 싫고 만지는 것도 싫어. 너희 어머니도 그러셨어."

정말 민숙이 그런 말을 했었다.

모르는 사람들 손을 타는 것이 아기에게 좋지 않다고. 은재도 민숙과 생각이 같았다. 특히 유진의 건강에 대해 신경을 곤두세우고 있는 은재는, 사람들의 손과 입에 유진이 오르내리는 게 정말 싫었다.

　그러자 진주가 반박했다.

　"하여튼, 엄마들이란. 그런 건 다 미신이야. 예쁘니까 사람들이 한 번이라도 더 쳐다보는 거지. 관심받는데 나쁠 게 뭐야? 그러니 애 가진 유세 좀 그만해라. 응? 그리고 새란 씨가 유진이 사진 찍어 뭘 하겠니? 제 애도 아닌데 고작 휴대폰에 저장해 놓는 게 다지. 신경 쓰지 말고 고기나 먹어. 내가 얼마나 큰맘 먹고 사 주는 건지 알아? 난 내 돈 주고 절대 이런 거 안 먹는 사람이야. 그러니까 남기지 말고 다 먹어, 유진 엄마."

　진주의 으름장에 은재가 마지못해 포크를 들었다. 입맛이 없었지만, 진주의 성의를 생각해 먹기 시작했다. 진주는 대수롭지 않게 생각했지만 은재는 새란의 일이 영 마음에 걸렸다.

　IE 그룹 싱가포르 지사.

　열대기후 특성상 일 년 내내 더운 싱가포르의 기온에도 불구하고 체력 관리를 소홀히 해 기운이 없는 제인은 점심도 먹는 둥 마는 둥 사무실로 들어와 웹 서핑 중이었다. 장염에 걸려 며칠 고생하다 겨우 나은 닉도 뜨거운 티만 홀짝거리며 자리를 지키고 있었다.

　그때였다.

「어머?」

　제인의 입에서 의문의 탄성이 터져 나왔다. 워낙 극적인 걸 좋아하는 성격이라 저런 탄성에 일일이 반응하는 것에 지쳐 버린 닉은 관심도 기울이지 않았다.

「닉, 이것 좀 봐.」

　닉이 시큰둥하게 대답했다.

「또 뭔데 호들갑이야?」

「이 아기, 은재 씨 아기래.」

「무슨 소리야?」

　제인의 호들갑에도 닉은 여전히 미적지근한 반응을 보였다. 그에 제인이 발끈하고 말았다.

「와서 좀 보라니까!」

　제인이 버럭 소리를 지르자, 닉은 그제야 마지못한 듯 일어나 제인의 자리로 다가갔다. 뽀얀 하트형의 앙증맞은 아기 얼굴이 모니터 가득 채워져 있었다.

「완전 아기 천사네? 잘 만들었다. 그런데 누구네 아기라고?」

「은재 씨 아기!」

　닉이 미간을 좁히며 기억을 더듬었다.

「은재 씨면, 서은재 씨?」

「그래, 그 서은재 씨!」

　제인이 확답을 하자, 그제야 닉은 놀랍다는 듯이 아기 얼굴을 찬찬히 들여다보았다.

「와……. 그새 결혼해서 이런 애를 만들었어?」

「그런가 봐. 정말 너무 귀엽지 않아?」

「그런데 서은재 씨 회사 그만뒀다 하지 않았나? 아기 사진을 어떻게 올려?」

제인이 어깨를 으쓱거렸다.

「심심해서 한국 지사 홈페이지 서핑하다, 직원 페이스북까지 들어갔더니 천사가 불쑥 튀어나오네?」

다시 한 번 모니터를 본 닉이 혀를 내두르며 감탄사를 연발했다.

「이야, 진짜 천사다. 어떻게 이렇게 예쁘냐?」

「딱 보니까 엄마 닮았네, 뭐.」

그때 언제 들어왔는지, 크리스가 그들 뒤로 다가와 고개를 디밀었다.

「뭐 합니까?」

제인이 냉큼 모니터를 당겨 보여 주었다.

「실장님! 여기 좀 보세요. 이 아기요.」

「흠, 예쁘네요. 어느 연예인 아기랍니까?」

「실장님도 아는 사람 아기예요.」

크리스가 관심을 드러내며 물었다.

「누군데요?」

「서은재 씨 아기래요. 서은재 씨.」

그러자 크리스가 미간을 좁혔다.

「누구요?」

닉과 제인이 합창을 했다.

「서은재 씨 아기요!」

그때 비서실의 문을 막 열고 들어서던 신욱의 몸이 굳어졌다.

뭐……? 누구의 아기라고……?

그를 본 크리스와 제인, 닉이 일제히 자리에서 일어났다.

「지금 뭐라고 했지?」

「예?」

「무슨 일인데, 이렇게 시끄럽냐고 물었잖아!」

「아, 그게…….」

가장 가까운 곳에서 신욱을 보좌하는 탓에 아주 많은 것을 알고 있는 크리스가 황급히 앞으로 나섰다.

「아무 일도 아닙니다. 들어가시죠.」

신욱은 그런 크리스를 한 번 쳐다본 뒤 회장실로 들어갔다. 그는 커다란 마호가니 책상을 돌아가며 다시 물었다.

「무슨 일이야?」

비서들의 시선을 완벽하게 차단시킨 뒤에야, 크리스는 신중하게 대답했다.

「서은재 씨 아기 사진이 한국 지사 직원의 페이스북에 올라온 모양입니다.」

재킷을 벗던 손짓이 멈칫했으나 그것뿐이었다.

「나가 봐.」

크리스가 나간 뒤, 그는 의자에 앉아 깊숙이 등을 기댔다.

서은재.

이제 아무 상관없는 여자였다.

1년이 더 지나, 이제 와서 뭘 어쩌겠다고. 미처 2년도 안 된 시간 동안 또 다른 남자를 만나 결혼을 해서 아이를 낳았다고? 여자들이란 언제나 신속하고 빠르다. 신욱의 표정이 신랄해졌다.

싱가포르가 IE 그룹의 아시아 거점 국가이기 때문에 매년 새해가 되면 싱가포르부터 시작해 유럽을 거쳐 본사가 있는 뉴욕으로 돌아가는 것이 신욱의 한 해 일정이었다. 수많은 양의 보고서와 결재 서류를 쳐다보다 증시를 체크하기 위해 모니터를 응시했다.

서은재의 아기.

서은재의 아기.

서은재의 아기.

그 말이 머릿속을 뱅글뱅글 돌아다닌다.

빌어먹을……!

악다문 잇새로 저절로 욕설이 터져 나왔다. 얼마나 자랑스러웠으면 페이스북까지 올리게 허락한 거지? 얼마나 대단한 아이기에……?

페이스북을 뒤지기 시작하는 그의 손길에 힘이 실렸다.

오늘 만난 서은재 대리님의 아기. 너무 귀엽다.

이름은 유진이. 아기 천사 강림.^^

소개글을 읽을 때까지는 동요하지 않았다. 하지만 스크롤바를 내리는 순간, 신욱은 얼어붙고 말았다.

아기.

아기라 해서 갓 태어난 신생아라고만 생각했었다. 이렇게 개월 수가 많이 된 아이라고는 생각하지 못했다. 본능적으로 계산을 했다. 일 년하고 3개월. 임신이 열 달이면, 이 아이는 칠 개월에 접어들어 간다. 아기에 대해 아무것도 알지 못하지만, 이 아기는 아직 7개월이 된 것 같아 보이지 않았다.

다른 놈을 만나 결혼했겠지. 그리고 허니문 베이비로 아기를 가졌겠지.

거칠게 의자를 밀치고 일어난 신욱은 창가로 다가가 허리에 손을 얹었다. 이제는 절지 않고 걸을 수 있게 된 오른쪽 다리가 심하게 당겼지만 무시했다. 숨을 들이쉬고 내쉴수록 의문만이 생겨났다.

하지만 그게 아니라면?

그는 콘돔을 쓰지 않았었다. 서은재가 약을 먹었다고 해서 별생각을 하지 않았지만, 만약 그게 아니라면…… 그중 어느 한순간 임신이 됐다면, 이 아이는 그의 아이가 된다는 말이다. 그는 다시 아기의 얼굴을 보았다. 아기는 서은재의 완벽한 판박이였다. 다른 놈의 그림자는 찾을 수 없는 아기의 얼굴.

그의 심장이 아프게 조여들었다. 참을 수가 없어진 그가 주먹을 말아 쥐고 책상을 내려쳤다.

대체, 대체 넌 누구야!

「크리스!」

신욱의 성난 부름에 즉시 문이 열리고 크리스가 들어왔다.

「부르셨습니까?」

「알아봐야 할 게 생겼어.」

크리스의 표정이 짐작하는 일이 있는 듯 신중해졌다.

「최단 시간 내에 서은재, 찾아. 반드시.」

신욱은 잇새로 서은재의 이름을 말했다.

「알겠습니다.」

크리스가 나간 뒤, 신욱은 인내와 침착성을 잃고 회장실을 서성거렸다. 이런 모호함 따위 원치 않는다. 그는 답을 원했다.

기다림의 시간은 터무니없이 길었다. 신욱의 지시를 말없이 이행하는 크리스에게서는 신중함이 묻어났다. 이 모든 것이 의미하는 것이 무엇인지, 신욱만큼이나 잘 알고 있었기에. 그러지 말자 해도, 손은 어느새 아이의 얼굴을 찾아낸다. 머리도 아이의 사진이 실린 페이스북의 주소를 외우고 있었다.

다른 놈과 결혼해서 낳은 아이일 거야. 내 아이라고 하기엔 너무 작고, 날짜도 정확하지 않아.

그럼에도 그는 아이의 얼굴을 살피고 있었다. 아래위로 네 개씩 난 진주처럼 뽀얀 젖니가 더없이 앙증맞다. 커다란 눈에는 믿어지지 않을 만큼 긴 속눈썹이 드리워져 있었고, 아기답지 않게 높이 솟은 콧등은 보는 이로 하여금 손으로 눌러 보고 싶은 충동을 느끼게 만들었다. 가장 예쁜 건 빨갛고 동그란 입술이었다. 꽃봉오리 같은 예쁜 입술은 아기를 더욱 사랑스러워 보이게 만들었다.

노크 소리가 들렸다. 신욱은 얼른 웹 창을 닫았다.

「들어와.」

크리스가 들어왔다. 크리스의 손에는 그에게 건넬 서류 파일이 들려 있었다. 본능적으로 서은재와 아이에 관련된 것임을 깨달았다. 신욱은 침착함을 잃지 않은 채 냉랭한 어조로 물었다.

「어떻게 됐지?」

「현재 거주하고 있는 곳을 파악했습니다. 여기 주소입니다.」

「아이는?」

그의 물음에 크리스가 신중하게 대답했다.

「출생증명서가 파일에 첨부되어 있습니다.」

크리스를 힐끗 쳐다본 그가 파일을 펼쳤다. 그리고 크리스의 말처럼 첨부된 아이의 출생증명서 사본을 들어 보았다.

서유진

201*년 7월 2일 생

그것을 보자 머릿속이 바이러스에 감염된 컴퓨터처럼 엉망으로 변한 기분이 들었다. 아주 간단한 셈인데, 그것을 할 수가 없었다.

서유진, 7월 2일…….

출생증명서의 사본을 구겨 쥔 그의 주먹에 푸른 핏줄이 툭툭 불거졌다. 이 아이는……! 눈앞이 새하얘질 만큼의 강한 분노가 그의 전신을 덮쳤다. 감히, 감히…… 내 것을 훔쳐 달아나?

「한국으로 간다. 지금 당장!」

신욱의 명령이 있은 즉시 IE 그룹의 전용기가 이륙 준비를 끝냈다. 기장이 이륙 허가를 받는 동안 좌석에 앉아 깊은 생각과 분노에 잠긴 그를 크리스가 일깨웠다.

「회장님, 아셔야 할 것이 하나 더 있습니다.」

「뭐지?」

「유진 양이 산전 검사에서 수신증이 발견되어 현재까지 검사와 치료를 받고 있답니다.」

「수신증?」

「신장 질환의 하나랍니다.」

신욱의 무표정한 얼굴에 균열이 어렸다. 서은재도 신우염을 앓았었다. 그런데 아이도 신장 질환을 앓아?

「현재 상태는 어떻지?」

「비교적 양호한 상태라고 합니다.」

「서은재 생모의 사망 원인이 무엇인지 확인해 보도록 해.」

「알겠습니다.」

그도 모르는 딸이 세상에 존재한다는 것을 알게 된 날, 아이가 아프다는 소식까지 함께 전해 들어야 하다니, 뭐 이렇게 빌어먹을 일이 다 있어!

내 것을 훔쳐 간 것도 모자라 건강하게 낳아 주지도 못하다니, 서은재를 향한 분노가 더욱 깊어졌다. 내 아일 볼모로 돈을 뜯어낼 작정이었나? 내 아일 볼모로 내 관심을 얻어 낼 작정이었어!

「아이 상태 확인해서 바로 싱가포르로 데려갈 테니, 차질 없이 대기하도록 해.」

「예, 회장님. 말씀하신 대로 준비하겠습니다.」

서은재, 더는 내 아일 장난감처럼 여기지 못할 거야. 보는 즉시 데려갈 테니까. 네게 지금의 내 기분이 어떤지 확실히 느끼도록 해 주지.

신욱의 표정이 더없이 냉혹해졌다.

13.

은재는 경쾌한 멜로디를 들으며 서서히 잠에서 깨어났다. 노란 내의 차림의 유진이 앉아 장난감을 두드려 소리를 내고 있었다. 동그란 축구공 모양의 장난감은 지난달 다녀간 진주가 사준 것이었는데, 특정 부위를 누르면 매번 다른 노래가 나와 유진이 곰 인형만큼이나 애지중지했다. 오늘따라 잠에서 일찍 깬 서유진 양은 아침부터 음악 삼매경에 빠져 있었다.

그녀는 이불 속에서 게으름을 피우며 손에 닿는 유진의 앙증맞은 발을 잡았다.

"유진이 일어났어?"

"마?"

그녀의 목소리를 들은 유진이 장난감 공을 안고 돌아보았다. 동그랗게 벌어진 입술 사이로 보이는 작은 아래쪽 앞니가 귀여왔다.

"배 안 고파? 맘마 먹을까, 맘마?"

"맘마!"

유진이 손뼉을 짝 쳤다.

그 바람에 공이 데굴데굴 굴러가며 제멋대로 음악 소리를 내자, 유진이 엉덩이를 치켜들고 기어 공을 쫓아갔다. 속도는 느리지만 절대 포기하는 법이 없는 서유진이다. 이제 고작 생후 7개월이지만 유진은 제 근성이 어떤지 엄마인 그녀에게 제대로 보여 주곤 했다.

커튼을 걷자 밖은 아직 푸르스름한 미명이 남아 있었다. 부지런한 유진이 덕분에 새벽잠이 확 줄어들었다. 일과 육아를 함께 하는 건 힘이 든 일이었지만, 학업과 생계를 책임졌던 그때도 힘들기는 매한가지였다. 지금, 몸은 고되지만 유진이 조금씩 자라는 것을 보면 은재는 고생처럼 느껴지지 않았다.

"오늘은 맛있는 맘마 먹을까?"

말귀를 알아듣는지 유진의 고개가 갸웃거려졌다. 유진이 아침잠이 없어서 그녀도 덩달아 일찍 일어나는 일이 많아 아침에 이유식을 많이 만들어 주었다. 입이 짧아서 많이 먹지 않는 유진에게 때에 맞춰 매번 새로 만들어 주는 것이 조금이라도 이유식을 더 먹이는 방법 중 하나였다.

"보자, 오늘은 유진이 뭘 만들어 줄까?"

수신증을 앓는 아이라서 먹는 것도 신경을 써야 한다. 그녀는 일요일에 장을 봐 놓은 적채와 새송이버섯, 브로콜리와 다진 소고기를 찾았다. 보통 아기들보다도 더 염분을 제한해서 이유식을 만들기 때문에 솔직히 맛은 없었다. 그래서인지 먹던 걸 데워 주면 유진은 혀를 내밀어 먹기를 거부했다. 솔직히 한 대 쥐어박고 싶지만, 어쩌랴. 그녀는 늘 유진이 먹고 남긴 이유식을 식사 대용으로 먹었다. 효녀인 딸 덕에 그녀도 저염식의 식이요법을 실천하는 중이었다.

다행히 오늘 이유식은 입맛에 맞는지 유진이 그릇을 싹 비워 냈다.

"다 먹은 건 좋은데, 배 안 아파?"

은재는 근심스럽게 빵빵한 유진의 배를 보았다.

그녀는 스스로가 걱정이 많은 사람이라는 걸 엄마가 되어서 느끼는데, 유진이 안 먹어도 걱정, 너무 많이 먹어도 걱정이었다.

상을 물린 은재는 유진에게 곰 인형을 쥐여 주고 출근 준비를 서둘렀다. 머리를 감고 샤워를 하고 나오는 동안에도 유진은 앉혀 둔 자리에서 곰 인형과 놀고 있었다. 드라이어 바람으로 머리를 말리는 그녀의 손이 무거웠다. 어렵사리 구해 벌써 6개월째 일을 하는 회계 사무실은 여러모로 그녀의 편의를 봐주는 고마운 곳이었다. 그래서 가급적이면 오래 근무를 하고 싶지만, 걸림돌로 작용하는 사람이 하나 있었다.

여느 곳에 한 명씩은 꼭 있는 그런 사람.

은재는 한숨을 쉬었다.

"후우, 후우."

그러다 유진의 옹알이에 정신을 차렸다.

"후우, 후우."

은재는 이마를 찌푸렸다.

"유진이 그거 무슨 소리야?"

"후우, 후우?"

"그래, 그거. 나쁜 소리인 거 같은데?"

그러자 유진이 짧은 손가락으로 곧장 그녀를 가리켰다. 그녀의 한숨 소리를 흉내 낸 것이었다. 은재는 헛웃음이 나왔다. 이래서 애들 앞에서 함부로 행동하면 안 된다고들 하나 보다.

"알았어. 엄마 안 그럴게. 유진이도 그러지 마, 알았지?"

뭔가 불만스러운 듯 바알간 입술을 툭 내밀었다. 너무 귀엽고 앙증맞은 모습이어서 하루 종일 보고 있어도 심심하지 않을 것 같지만, 지금 나가지 않으면 회사에 늦을 것이다. 그녀는 유진의 점퍼와 털모자를 챙겼다.

"자, 우리 아가씨. 이제 그만 나가 볼까?"

"미스 서, 나 커피 한 잔 줘."

사무장 박경렬이 그녀를 불렀다. 오후에만 벌써 네 번째 커피 심부름이었다.

"네, 사무장님."

그녀는 맞은편에 앉은 여직원 두 명의 동정 어린 시선을 모른 척하며 사무실 한쪽에 놓인 싱크대에서 커피를 타 나왔다.

"여기 있습니다."

"고마워, 미스 서."

박경렬이 두툼한 손이 은근슬쩍 그녀의 다리를 스쳤다. 순간 적으로 강한 불쾌감이 엄습했지만, 내색할 수가 없었다. 서른두 살의 미혼모가 구할 수 있는 직장은 그다지 많지 않았다. 게다 가 아이의 검사로 매월 셋째 주 월요일은 반드시 쉬어야 했고, 시시때때로 조퇴를 하고 열이 오르는 아이를 안고 병원으로 달 려가야 하는 미혼모는 특히나 직장 구하기가 쉽지 않았다.

"아이고, 우리 미스 서가 타 주는 커피 맛이 아주 일품이네, 일품. 이러니 내가 미스 서한테만 커피를 타라고 할 수밖에 없 잖나? 응?"

올해 마흔일곱 된 박경렬은 세무사 사무실 대표의 사촌이라 고 했다. 직원 네 명의 작은 사무실이었지만, 그곳에서 휘두르 는 박경렬의 권한은 막강해서 박경렬의 눈 밖에 난 직원은 어떻 게든 사무실을 나가게 되어 있다고 했다.

그런데 그 박경렬이 그녀에게 지나친 관심을 보인다는 게 문 제였다. 추행에 가까운 농담이나 손짓이 시간이 지날수록 점점 더 심해지고 있었다. 보다 못한 여직원들이 이 사무실에서 더 견디는 것은 바보 같은 일이라고 충고해 주었으나, 그녀의 심정 으로는 바보가 되어도 좋았다.

매달 서울까지 왕복해서 검사를 받는 병원비와 차비는 상상 을 초월했다. 방세와 분유값, 기저귀값 등 고정적인 지출도 컸 다. 당장 일을 그만두면 유진을 키울 수가 없다. 은재는 세상 그 어떤 수모를 당한다 해도 유진만큼은 부족함을 느끼지 않게 키우고 싶었다.

그녀가 아무리 사랑해도 채워 줄 수 없는 아빠의 빈자리를 7 개월이 된 아이는 벌써 느끼고 있었다. 마트에 가거나 병원에 가면, 유진은 그녀의 가슴에 기대어 남자가 있는 다른 가족들을 물끄러미 바라보곤 했다.

유진의 작은 세상에서 남자 어른은 진주의 부친 화길이 전부였지만, 제 아빠가 아님을 본능적으로 아는 것 같았다. 은재는 아기를 안은 젊은 남자를 물끄러미 보는 딸의 시선이 그렇게 뼈 아플 수가 없었다. 그런 만큼 경제적인 부분까지 부족해 아이를 가슴 아프게 만들고 싶지 않았다. 하지만 사무장의 치근덕거림은 점점 그 수위를 높여 가고 있었다. 대수롭지 않게, 사람들이 있는 곳에서도 그녀를 향한 사적인 관심을 드러냈다.

"미스 서, 오늘 시간 좀 내지?"

"아이를 데리러 가야 해서 시간을 낼 수가 없습니다."

"에이, 뭐 그리 팍팍해? 응? 같이 저녁이나 먹고 들어가. 애는 어린이집에서 잘 봐 줄 거 아니야."

미혼모라는 사실이 가장 견딜 수 없는 것은, 박경렬 같은 남자들이 그녀를 쉽게 생각한다는 것이었다. 쉬운 여자여서 아빠 없는 아이를 낳았다고 생각하는 남자들의 더러운 오만함이 정말 견딜 수 없는 일이었다.

"죄송합니다."

박경렬의 두꺼비 같은 손이 그녀의 엉덩이를 꽉 잡았다 놓았다. 징그러워 소스라치게 놀랐지만 은재는 침착함을 잃지 않았다.

"지금 뭐 하신 겁니까?"

비록 시간이 한참 지났다 하나 그녀는 IE 그룹 지사장 비서를 7년 동안 한 사람이었다. 갖가지 인간 군상을 겪을 대로 겪은 그녀에게 박경렬은 상대거리가 되지 않았다.

"오늘만 애 좀 다른 사람한테 부탁해. 저녁 먹고 분위기 좋은 곳에서 한잔하고 가자, 응?"

그녀의 침착함을 승낙으로 받아들였는지, 박경렬의 목소리가 더욱 은근해졌다. 분위기 좋은 곳에서 한잔하자는 말을 곧이곧대로 받아들이기에 그녀는 이미 세상을 너무 많이 알고 있었다.

그녀가 혼자 몸이었다면 미친개를 상대하고 있겠거니 생각하고 대수롭지 않게 넘길 수 있었다. 하지만 그녀는 아기 엄마였다. 아기에게 떳떳하지 못한 엄마가 되는 것만큼은 절대 있어서는 안 될 일이었다.

"사무장님."

그래서 박경렬을 부르는 목소리에 분노가 실리는 것은 어쩔 수가 없었다.

"다시 한 번 이러신다면, 성추행으로 신고하겠습니다."

"뭐?"

그러자 박경렬이 코웃음을 쳤다.

"아니, 내가 충고와 사랑의 의미로 좀 토닥거리는 걸 성추행으로 몰아가? 하여튼 요즘 젊은 것들은 배려를 몰라요, 배려를."

그러더니 보랍시고 다시 그녀의 엉덩이를 힘껏 잡아 자신에게로 끌어당겼다. 은재가 박경렬의 가슴을 밀치고 물러났다.

"사무장님의 배려 따위 원치 않습니다. 더는 사무장님을 보고 싶지 않으니, 사직서는 내일 우편으로 전달하도록 하겠습니다."

"야, 미스 서."

그녀의 단호한 태도에도 빙글거리고 능글맞게 굴며 다가온 박경렬이 갑자기 태도를 바꿔 그녀의 멱살을 움켜잡았다.

"이년이, 어디서 대가리 빳빳하게 쳐들고 난리야? 야, 내가 너 얼마나 뒤를 봐준지 알아? 내가 괜히 뒤를 봐줬겠어? 한 번 따먹지도 못했는데, 내가 너 이대로 순순히 나가게 둘 것 같아?"

은재는 숨이 막힐 만큼 멱살이 잡혀서도 침착함을 잃지 않았다.

"모든 일은 당신이 시작한 거야. 당신은 날 나가게 그냥 뒀어야 했어."

그녀는 있는 힘껏 박경렬의 급소를 걷어찼다.

"허억!"

부지불식간에 급소를 걷어차인 박경렬의 얼굴이 새빨갛게 변해 어쩔 줄 몰라 하는 걸 차가운 눈으로 보았다.

"난 내 딸을 위해서 다닌 거지 당신의 배려로 사무실을 다닌 게 아니야. 그러니 내 딸의 이름을 더럽히지 마."

"너…… 너 이년……."

그녀는 뒤 한 번 돌아보지 않고 사무실을 나왔다. 조금이라도 빨리 어린이집에 가기 위해서는 버스를 타야 했지만 그녀는 버스 정류장을 그냥 지나쳤다. 구두 소리가 매서운 북풍 바람에 묻혔다.

어린이집이 가까워질수록 물기를 머금은 심장이 울컥울컥 피를 토해 냈다.

참아야지, 참아야지…….

"마!"

하지만 그녀를 기다리고 있다 해바라기처럼 활짝 웃는 천진한 딸의 얼굴을 보자 눈물이 쏟아졌다. 은재는 걷잡을 수 없이 쏟아지는 눈물을 주체하지 못하고, 아이를 끌어안았다. 그러자 유진의 인생 7개월 동안 단 한 번도 보지 못했던 엄마의 눈물에 아이가 당황하기 시작하더니, 이내 같이 울기 시작했다.

"으아앙."

"흐흑, 울지 마, 울지 마, 유진아."

그녀는 아이의 정수리에 입을 맞추며 흐느낌을 감추려 애썼다. 하지만 뜻대로 되지 않았다. 아주 오래전부터 참기만 했던 눈물이 한 번 터지자 멈출 생각을 하지 않았다. 당황한 보육 교사들이 주변을 맴돌기만 할 뿐 무슨 말을 해야 할지 몰라 허둥거리는 게 느껴졌다. 가까스로 마음을 추스른 그녀가 유진을 안고 일어났다.

"죄송합니다."

"아닙니다. 힘든 일이 있으셨나 봐요."

"……네, 조금."

목이 메어 더는 말을 할 수가 없어진 그녀가 고개를 숙이는 것으로 인사를 대신하고 유진을 데리고 어린이집 밖으로 나왔다. 매서운 바람이 사정없이 파고들었다. 그녀는 가방 속에 넣어 두었던 아기 담요를 꺼내 유진의 머리 위에서부터 씌웠다.

"바람이 부니까 이거 쓰고 가자."

마치 알겠다고 대답하는 듯, 훌쩍거리는 소리가 더없이 마음 아프다.

왜 엄마에게 온 거야. 다른 좋은 엄마 아빠들도 많은데 그 엄마 아빠한테 가지, 왜 엄마한테 와서 이렇게 고생을 하는 거니, 우리 아기. 건강하게 낳아 주지도, 풍족하게 키워 주지도 못하는데, 아빠도 없는데……. 소리 없이 흘러내린 눈물이 찬바람에 얼어붙어 얼굴을 시리게 만들었다.

혼자만의 상처와 감상에 빠져 민숙의 집 앞에 주차된 검은 차들을 알아차리지 못했다.

달칵, 차 문이 열리는 소리에 뒤돌아본 은재는 숨조차 쉴 수가 없었다. 신욱이 검은 코트 자락을 휘날리며 서 있었던 것이다. 신욱을 본 순간, 은재는 아무 생각도 할 수가 없었다. 비정하고 냉정한 얼굴에 어린 무심함은 그가 모든 것을 알고 왔다는 것을 말해 주었다. 유진을 안은 팔에 저절로 힘이 실렸다.

그는 냉정한 눈으로 그녀와 아기 담요에 폭 싸인 유진을 응시했다. 그러다 딱 한 마디 했다.

「데려가.」

그러자 있는지도 몰랐던 검은 양복의 사내들이 일제히 그녀에게 다가왔다. 은재는 사내들의 팔을 뿌리치며 저항했다.

"왜 이러는 거예요!"

하지만 두 명의 사내가 그녀의 팔을 잡아 움직이지 못하게 한 사이, 다른 두 명의 사내가 유진의 아기띠를 풀기 시작했다.

"아아앙!"

갑작스레 담요가 날아가고 직면한 험악한 분위기에 놀란 유진이 울음을 터트렸다. 결국 힘으로 사내들을 이길 수 없는 은재가 아이를 빼앗기고 말았다.

"유진아!"

"으앙, 아아앙!"

사내들에게는 놀라서 우는 아이에 대한 동정이나 배려 같은 것은 조금도 없었다. 그대로 차에 태워 문을 닫은 뒤 출발했다. 그러는 동안 은재는 또 다른 사내들에게 붙잡혀 꼼짝도 할 수가 없었다.

"이 나쁜 자식! 이건 납치야! 납치라고! 당장 내 딸 데려와, 내 딸 데려오라고!"

사내들에게 양팔이 붙잡혀 절규했다.

"애초에 납치는 네가 먼저였어. 네가 감히 내 것을 훔쳐 달아나?"

"내 딸이야!"

"아니, 내 딸이야. 이제부터 너는 내 딸에 대해 아무 권리도 없어."

잔인하고 냉혹하게 말한 그가 차에 올라탔다. 차 문이 닫히자 그제야 사내들이 그녀의 팔을 놓아주었다. 은재는 실성한 여자처럼 손잡이를 흔들며 차 문을 두드렸다.

"대체 왜 이러는 거예요! 어디로 가는 거예요? 네? 이러지 말아요, 이러지 말아요!"

차가 출발했다. 이대로 영영 유진을 보지 못할 것 같아 멀어지는 차를 향해 뛰었다.

"제발, 제발 이러지 말아요!"

하지만 차는 속력을 내어 그녀의 시야에서 사라졌다. 미친 여자처럼 차를 따라 뛰던 은재는 돌부리에 걸려 넘어지고 말았다. 그녀가 비명을 내질렀다.

"내 딸이야! 내 딸이라고!"

심장이 터질 것처럼 가슴이 아팠다.

아이는 차에 타서도 쉽게 울음을 그치지 않았다. 크리스가 어쩔 줄 몰라 엉거주춤한 모양새로 아이를 안은 것을 본 그는 충동적으로 팔을 뻗었다.

「이리 내.」

아이가 그의 품으로 건너왔다. 파우더 향기가 밴 보들보들한 아기는 사진에서 봤던 것보다 더 작은 것 같았다.

「7개월이 원래 이렇게 작은 건가?」

「글쎄요.」

까다로운 신욱의 뒤를 든든하게 지키는 비서실장이지만 딱 하나, 노총각이어서 아기 달래는 일에는 영 젬병인 크리스가 난감한 듯 뒷머리를 긁적거렸다. 아이는 숨이 넘어갈 듯 울어 젖혔다.

이러다 무슨 사달이 나는 건 아닐까 겁이 날 만큼.

신욱은 난생처음 아이를 그의 가슴에 기대게 해 안았다.

"쉿. 그만해라."

"아아앙! 아앙!"

"내가 네 아빠다. 그러니 울 필요도, 놀랄 필요도 없다."

격렬하게 요동치는 아이의 가는 등은 그의 커다란 손이 덮고도 남았다. 애처로울 만큼 연약한 아이의 등을 반복해서 쓰다듬자 차츰차츰 울음이 잦아들기 시작했다. 눈물방울이 송골송골 맺힌 긴 속눈썹을 들어 그를 올려다보았다. 히끅. 한참을 울어 딸꾹질을 하면서 올려다보는 아이는 정말 뭐라 말할 수 없이 앙증맞았다.

히끅, 히끅.

한참을 빤히 쳐다보더니, 작은 가슴이 들썩거릴 만큼 긴 숨과 딸꾹질을 함께 내뱉은 아이가 기운 없이 그의 품에 기대어 무방비하게 늘어졌다. 생전 처음 보는 사람임에도 불구하고 온전히 자신을 내맡긴 것은, 이 아이도 그가 아빠임을 본능적으로 깨달아서이지 않을까. 단 한 번도 느껴 보지 못한 뜨거운 기운이 심장에서부터 전신으로 퍼져 나갔다.

그래, 내가 네 아빠다. 내가…….

불과 이틀 전까지 존재하는지도 몰랐던 딸에 대한 애정이 스스로도 놀랄 만큼 샘솟았다. 여전히 제 설움에 겨워 간간이 흐느끼는 아이의 등을 어루만져 주었다. 한 번 손을 대자, 손을 뗄 수가 없게 됐다.

내 딸.

널 내게서 뺏어 간 네 엄마를 절대 용서하지 않는다.

신욱의 눈이 비정하게 빛났다.

그녀가 넋을 잃고 앉아 있는데 방문이 벌컥 열리고 민숙과 화길이 황망한 얼굴로 뛰어 들어왔다.

"유진 엄마, 사람들이 이상한 소리를 하던데, 참말이야?"

"누가 애를 데려갔다던데, 거짓말이지? 응? 유진이 어디 있어?"

유진을 친손녀처럼 예뻐하는 화길이 방 안을 두리번거렸다.

"애가 어디 있냐고 묻잖아!"

"당신은 가만히 좀 있어 봐요!"

민숙이 넋이 나간 그녀의 팔을 잡고 흔들었다.

"유진이 납치당한 거지? 납치면 신고를 해야지 이렇게 넋을 놓고 있으면 어떡해! 유진 엄마, 정신 차려, 응?"

"어머니."

"그래그래, 유진 엄마. 내가 경찰에 신고할게."

"흐흑."

두 손에 얼굴을 묻고 흐느끼는 그녀를 놀란 눈으로 쳐다보았다.

"괜찮아. 요즘 경찰이 얼마나 솜씨가 좋은데? 유진이 금방 찾아낼 거야."

그 말에 마침내 은재의 가슴이 무너졌다.

"아니에요. 절대 못 찾아요. 절대 못 찾을 거예요. 흐흑."

"그게 무슨 말이야? 경찰도 못 찾으면 대체 누가 유진일 찾아? 유진이 데려간 사람이 누군지 알아?"

"흐흐흑."

"아이고 답답해! 제발 말 좀 해 봐. 노인네들 숨넘어가는 꼴 보고 싶어!"

"······유진이 아빠예요."

"뭐?"

"그 사람이 유진일 안 보여 주기로 작정하면, 전, 전, 유진일 찾을 수가 없어요. 다시는 유진일 볼 수가 없다고요. 어떡해요, 어떡해요, 어머니?"

실성한 듯 매달리는 은재를 본 민숙은 그제야 사태의 심각성을 깨달았다. 더럭 겁도 났고 오기도 났다.

"대체 유진 애비 그놈이 어떤 놈이기에 애 어미한테 애를 안 보여 준대? 응? 애 어미가 애를 낳았으니 세상에 있는 거지 애는 하늘에서 뚝 떨어졌대?"

심장이 터질 듯 흐느껴 울던 은재가 정신을 놓고 말았다.

"아이고, 유진 엄마! 정신 차려, 유진 엄마!"

아기는 작았다.

7개월이라는 사실이 믿기지 않을 만큼. 그래서 처음 사진을 봤을 때 그의 딸인지 확신할 수가 없었다. 그럼에도 무엇 하나 흠잡을 데 없는 완벽한 꼬마 숙녀였다. 그의 품에서 한참을 다독거려 준 뒤에야 울음을 그친 아이는 새로운 환경에 조심스럽게 호기심을 드러냈다. 그가 전용기를 타고 한국으로 날아오는 동안, 임시로 머물 호텔 레지던스의 방 하나가 아이 방으로 꾸며졌다.

그 방에 앉혀 놓으니 온갖 장난감이 놓인 방을 신기한 듯 두리번거리다 이내 흥미를 잃고 그를 올려다보았다. 아무리 찾아도 제가 원하는 엄마가 보이지 않자 모든 것에 흥미를 잃은 것 같았다. 또한 한참을 울어 몹시 지쳐 보였다. 커다란 눈에 맺힌, 미처 흘러내리지 못한 눈물방울이 그의 마음을 아프게 했다.

신욱은 이성이 시키기도 전에 아기를 품에 안았다. 서툰 동작이어서 불편함을 느낄 법한데도 홀로 앉아 있는 것보다는 좋아하는 것 같았다. 그의 옷깃을 꼭 쥔 앙증맞은 손에 희열을 느꼈다. 본능적인 신뢰, 아무도 가르쳐 주지 않았지만 그를 아빠로 믿고 받아들이는 아이를 보자 혈연이라는 것이 얼마나 위대한 것인지 새삼 깨달았다. 그는 지쳐 보이는 아이의 고운 머릿결을 쓸어 주며 크리스를 보았다.

「밥을 먹여야 할 텐데.」

「호텔 측에서 이유식을 준비했습니다.」

「주의해야 할 알러지는 없는가?」

그의 물음에 크리스가 서류를 뒤적거렸다.

「특별히 보고된 알러지는 없는 것으로 나왔습니다.」

「그래도 모르니 땅콩이나 유제품 같은 건 가려서 사용하도록 지시하고, 여러 종류로 조금씩 만들라고 해.」

「예, 회장님.」

마음 같아서는 오늘 밤 당장 아이를 데리고 싱가포르로 떠나고 싶었지만 제 엄마와 떨어져 우느라 잔뜩 지쳐 버린 아이를 무리하게 이동시키는 건 가혹하게 느껴졌다. 너무 어려서 비행기의 압력과 소음에 잘 적응을 할지도 미지수였다. 며칠 한국에 머물더라도 아이의 컨디션에 맞춰 주는 게 옳다고 판단했다. 이유식이 준비되는 동안 호텔 측에서 소개한 베이비시터가 레지던스로 들어왔다.

아이는 많은 양을 먹지 못했다. 입에 넣어 주면 밀어내는 것이 대부분이었다. 그의 감시 아래 이유식을 먹이던 베테랑 베이비시터가 조심스럽게 말하길, 정상적인 7개월의 아이보다 먹는 양이 반 정도에 그친다고 했다.

잘 먹지 않으니 성장이 더딜 수밖에 없는 것이리라. 어린것을 보는 그의 마음이 안타깝고 답답해졌다. 겨우 몇 숟갈만을 먹은 아이는 목욕을 시키자마자 잠이 들었다.

셔츠의 단추를 푼 흐트러진 차림으로 아기 침대에 앉은 신욱은, 노란색 새 실내복을 입고 곤히 잠든 유진의 이불을 고쳐 덮어 주었다. 이틀 전까지 세상에 존재하는지도 몰랐던 딸아이였다. 그래서 화가 났다. 딸아이의 지난 7개월 동안 아이와 함께 아빠인 그가 누렸어야 할 마땅한 권리를 잔인하게 빼앗긴 것이 너무나 화가 났다.

왜 내게서 이 아이를 뺏은 거지? 대체 무슨 권리로?

신욱은 세상에서 가장 잔인하고 사악한 것이 여자임을 다시 한 번 절감했다.

제법 순한 듯하던 아이가 밤이 되자 본격적으로 보채며 울기 시작했다. 한 번도 엄마와 떨어져 본 적이 없는 아이로서는 당연한 일이었다.

"왜 이렇게 우는 거지?"

"열 때문인 것 같습니다. 38도 5부입니다."

유진의 체온을 잰 베이비시터가 심각한 어조로 말하자, 아이 방을 나온 신욱이 큰 소리로 크리스를 찾았다.

「크리스, 지금 당장 의사가 필요해. 지금까지 아이를 진찰했었던 의사로 데려와. 당장!」

「알겠습니다.」

유진의 울음소리는 길고 높았다, 시간이 지날수록 가늘어졌다. 앵앵, 앵앵. 우는 것조차 힘이 든 것이 분명한 아이를 보노라니 피가 마르는 심정이었다. 일 분이 한 시간처럼 느껴졌다. 크리스가 들어오는 것을 보자 안도감이 밀려들었다.

「의사는 도착했나?」

「예, 옆방에서 대기 중입니다.」

「들어오라고 해.」

한밤중에 불려온 의사는 40대 중반의 남자 의사였다. 세상살이에 익숙해서인지, 아니면 이런 상황을 종종 직면해서인지 갑작스럽게 불려온 데다, 낯선 신욱을 보고서도 당황하지 않았다.

"안녕하십니까? 유진 양 주치의입니다."

"아이 아빠입니다."

아빠, 그 말을 제 입으로 내뱉는 순간, 심장이 아프게 조여들었다. 그의 딸이라는 사실을 더욱 절감했다.

"수신증이 있는 아이들은 복부 통증을 만성적으로 느끼는 데다 열도 자주 오르죠. 해열제를 처방하고 혹시 모를 감염을 위해 항생제를 처방하겠습니다."

"항생제라니, 이렇게 어린데 먹여도 된단 말입니까?"

날카로운 그의 질문에도 의사는 사람 좋은 미소를 지어 보였다.

"요로 감염으로 협착이 더 심해지면 그게 더 위험합니다. 유진 양은 지금껏 항생제를 복용하고 있지만 특별한 트러블은 일어나지 않았습니다."

그럼 오늘 아이에게 약을 먹이지 않아 문제가 일어난 것일까?

죄책감이 밀려들었다.

그가 지켜보는 사이, 간호사가 유진을 안고, 주치의가 유진의 고사리보다 더 작은 손등에 아이의 손보다 더 크고 굵어 보이는 링거 바늘을 삽입했다. 바늘이 여린 손등의 피부를 뚫자 아이가 자지러지게 울음을 터트렸다.

"움직이지 못하게 더 꽉 잡아요."

순간 신욱은 하마터면 의사의 턱을 후려칠 뻔했다. 네 딸이라도 그러겠냐고, 네 딸이 저런 바늘에 피부가 뚫려 아파하는데도 그렇게 말할 수 있냐고 멱살을 잡고 흔들고 싶은 충동을 느꼈다.

하지만 그의 심정을 알 길 없는 의사가 링거 바늘에 링거 줄을 연결하며 말을 이었다.

"출산 당시에는 유진 양보다 유진 양 어머니 상태가 더 좋지 않았습니다. 임신 초기에는 심각한 유산 위기도 겪었는데, 중기로 넘어가면서 임신중독증이 심해졌어요. 말기에는 거의 일상생활이 불가능할 정도였으니까요. 임신중독증이 심하면 산모에게 치명적인 위험이 될 수도 있는데, 기적이라고 해도 과언이 아닐 만큼 잘 버텼어요. 물론 이 꼬마 아가씨도 잘 버텼죠."

주치의는 능숙하게 반창고를 붙이며 그를 보았다.

"산모는 따님 상태가 더 좋지 않아서 산후 조리를 할 수가 없었습니다."

신욱의 주먹이 저도 모르게 굳게 말려 들어갔다. 그런 것 따위 알고 싶지 않았다.

"내일 오전까지 유진 양의 열이 내리지 않는다면 병원으로 데리고 오십시오. 입원해서 검사를 하고, 경과를 지켜봐야 할 수도 있습니다."

"그렇게 하겠습니다."

크리스의 안내를 받아 의사와 간호사가 나가자, 신욱은 베이비시터마저 내보냈다. 그는 의사의 처치 덕분인지 아니면 약물 때문인지 축 늘어져 잠이 든 아이의 젖은 머리카락을 쓸어 올려 주었다. 링거 바늘 때문에 자지러지게 울던 모습이 그의 뇌리 속에서 사라지지 않는다.

설마 지난 7개월 동안 매일 이랬던 건 아니겠지? 매일 이렇게 고통스러웠던 건 아니라고 제발 말해 보려무나.

하지만 이 어린것이 무슨 대답을 한다고…….

아버지가 돌아가신 그날, 더는 누군가로 인해 마음이 아플 리는 없다고 생각했다. 그런데 지금, 그의 마음이 아프다. 아이를 처음 본 순간부터 마음이 아프다.

❀

"아이고, 유진 엄마, 정신이 들어?"

민숙의 목소리를 듣는 순간 은재는 현실로 돌아왔다. 이신욱이 나타났고, 그녀에게서 유진을 빼앗아 간 현실로…….

"유진이, 우리 유진이."

민숙이 두서없이 중얼거리며 자리에서 일어나는 그녀를 부축했다.

"아유, 유진 엄마, 일단 정신 좀 차리고 뭘 해도 해야지, 이러다 줄초상 나겠네. 응?"

"어머니, 우리 유진이요……."

"그래그래. 유진이 찾아야지. 그런데 유진 엄마가 먼저 마음을 강하게 먹고 정신을 차려야 해. 속이 든든해야 하니까, 내가 죽 좀 쒀 올게. 그거 먹고 정신 차린 다음에 유진이 찾으러 가자, 응? 조금만 기다려. 알았지?"

진심으로 그녀를 걱정하며 어른 민숙이 방을 나갔다. 은재는 혼란한 눈으로 방 안을 둘러보았다. 1년이 넘게 그녀가 살았던 민숙의 아래채 작은 방이 분명했다. 노란색 꿀벌 모빌도, 하얀색 아기 담요도 그대로인데, 내 아기만 없었다.

이대로 유진을 빼앗길 수는 없었다. 그가 무슨 권리로 내 딸을 내게서 뺏는단 말인가! 분노가 은재의 전신을 휘감았다. 그가 분명히 말했었다.

그에게서 그 무엇도 바라지 말라고.

그래서 그녀는 그와는 상관없이 유진을 홀로 낳아 홀로 키웠다. 한 번도 유진과 이신욱을 연관시켜 생각하지 않았다. 그랬는데 이렇게 나타나 유진을, 내 딸을 뺏어 가다니!

"절대 뺏기지 않아!"

은재의 절규가 방 안 가득 울려 퍼졌다. 방을 기다시피 움직여 옷장을 여는데, 휴대폰의 벨이 울렸다. 이신욱인가? 손에 들었던 코트를 던진 채 재빨리 휴대폰을 확인했다. 하지만 진주였다. 은재는 떨리는 목소리로 전화를 받았다.

"응, 나야."

수화기 너머 격앙된 진주의 목소리가 들려왔다.

— 엄마가 전화하셨던데, 그게 다 무슨 소리야? 애 아빠가 데려갔다면서, 대체 누가 유진일 데려가?

"이신욱."

그의 이름을 말하는 그녀의 목소리는 더없이 공허했다.

— 뭐? 그게 사실이야?

"진주야. 그 사람이 있는 곳을 찾아야 해. 제발 나 좀 도와
줘."

— 그, 그래 알았어. 그런데 유진의 존재를 어떻게 안 거야?

"나도 모르겠어. 갑자기 나타나서 데려가 버렸어. 아무 말도
하지 않고 유진일 뺏어 갔어."

그 순간을 떠올리자 다시 온몸에 소름이 돋았다.

"이대로 유진일 잃어버리면 나 못 살아. 반드시 그 사람 있는
곳을 알아내서 유진이 데려올 거야."

— 하지만 은재야. 대니얼 회장이 존재를 드러내지 않기로
작정했다면, 서울 하늘 아래 있어도 그 인간 못 찾아. 너도 알
고 있잖아?

"그래서 이렇게 손 놓고 내 딸을 뺏기라고? 그럴 순 없어!"

— 진정해, 은재야. 일단 진정하고 생각을 해. 그 인간을 찾
을 수 있는 방법이 반드시 있을 거야. 대니얼 회장 같은 사람이
절대 혼자 움직이진 않을 거 아니야? 측근이 누군지…….

크리스 얀!

진주의 말이 끝나지도 않았건만 전화를 끊은 은재는 서둘러
다이어리를 뒤졌다. 크리스 얀의 명함을 찾아냈다. 휴대전화의
숫자 버튼을 누르는 손이 부들부들 떨렸다. 신호가 가고, 상대
가 전화를 받았다.

— 네.

크리스 얀의 목소리가 분명했다.

「서은재예요.」

— 아······.

그녀는 단도직입적으로 물었다.

「내 딸 어디 있어요?」

— 무슨 말인지, 저는 모릅니다.

분노가 치솟았다.

「거짓말하지 마세요! 이신욱 회장과 함께 있다는 것 모를 줄 알아요? 이건 납치예요! 당장 내 딸이 어디 있는지 말해요!」

— 죄송합니다.

그녀의 말이 다 끝나지도 않았는데, 전화가 끊겼다.

하······!

분노에 찬 은재는 휴대전화를 노려보다 부들부들 떨리는 손으로 다시 전화를 걸었다. 그러자 전원이 꺼져 있다는 멘트가 흘러나왔다. 그녀는 휴대전화를 벽에 던져 버렸다. 대체 이 인간들, 내 아일 데리고 뭘 하자는 속셈이야!

이대로 있을 수만은 없다.

날이 밝자마자 은재는 서울로 가기 위해 준비를 했다. 하지만 은재가 제 의지로 제대로 움직여지지도 않는 몸을 이끌고 나가려는 걸 민숙이 만류했다.

"아이고, 유진 엄마. 이렇게 일찍 어딜 가겠다는 거야? 응?"

"이대로 앉아 있을 순 없어요. 유진일 찾아야 해요. 지금 당장이라도 유진일 데리고 출국해 버릴 수 있는 사람이에요."

은재의 다급한 말에 민숙이 대경실색했다.

"뭐야?"

단순한 싸움은 아니지 싶었는데, 아이를 데리고 외국으로 가
버릴 수도 있다는 말을 듣자 더욱 심각하게 다가왔던 것이다.

"다녀올게요."

"아이고, 이 일을 어쩌누, 이 일을 어째!"

붙잡지도, 떠밀지도 못하는 상황에서 민숙과 화길이 발만 동
동 굴렀다.

이신욱을 만나야 한다는 일념으로 IE 한국 지사를 찾았지만
그녀는 회사 안으로 들어갈 수가 없었다. 경비들의 저지와 함께
경호원들까지 내려와 그녀의 출입을 막았다. 은재는 사내들의
사이를 비집고 들어가기 위해 안간힘을 쓰며 소리쳤다.

"이신욱을 만나야 한단 말이야!"

"여기서 이러시면 안 됩니다. 그만 가시죠."

"이신욱, 나와! 이 나쁜 자식아, 나오라고!"

은재는 실성한 여자처럼 악을 썼다. 로비를 드나들던 사람들
이 모두 호기심 어린 눈으로 그녀를 쳐다보았다. 더는 이대로
둘 수 없다고 판단했는지 경호원 세 명이 은재의 팔과 몸을 잡
아 회사 밖으로 끌고 나갔다.

"이거 놔!"

"한 번만 더 소동을 부리면 경찰에 신고할 겁니다. 가요,
가!"

그들은 거친 손놀림으로 은재를 밀쳤다. 우람한 덩치의 경호

원 셋에게 밀린 은재는 저항 한 번 못 해 보고 차가운 돌바닥에 쓰러지고 말았다.

"은재야!"

그때, 진주가 외마디 비명을 지르며 달려와 넘어진 그녀를 감싸 안았다. 민숙의 전화를 받고 은재가 언제쯤 도착할까 초조하게 기다리던 진주였다. 로비로 내려오다 경호원들의 거친 행동을 본 진주는 진심으로 분노해 소리쳤다.

"당신들, 정말 너무한 거 아니에요? 아무리 그래도 남자 세 명이 여자 하나를 잡아 길바닥에 팽개치는 건 폭행이나 다름없는 거잖아요!"

은재는 진주의 품에서 완전하게 무너졌다.

"진주야, 흐흐흑."

"울지 마. 괜찮아."

진주는 쉽게 일어나지 못하는 그녀를 억지로 일으켜 세웠다. 이 모든 사달의 주인공인 줄도 모르고 새란도 다가와 은재를 부축했다.

"일단 진정해. 일이 어떻게 돌아가는지, 그리고 어떻게 유진일 데려올 건지 생각을 해야지 무턱대고 이러면 안 되잖아. 침착해. 응?"

어떻게 침착해!

은재는 가슴을 쥐어뜯으며 그렇게 절규하고 싶었다. 목숨보다 소중한 내 딸을 볼 수가 없게 됐는데……!

그때였다.

왼쪽 옆구리의 심한 통증으로 인해 잠시간 숨을 쉴 수가 없었다. 진주가 허리를 굽힌 채 일어나지 못하는 그녀를 수상한 눈으로 쳐다보았다.

"너 왜 그래?"

"대리님, 괜찮으세요?"

"아무것도 아니야."

은재는 입술을 깨물어 고통을 참으며 힘겹게 일어났다. 그 순간 눈앞이 핑 돌면서 심한 오심을 느꼈다. 더 서 있지 못하고 푹 주저앉고 말았다.

"은재야."

그녀의 온몸이 가늘게 경련을 일으키는 것을 본 진주의 표정이 심각해졌다.

"안 되겠다, 너 병원 가야겠어."

"아니야. 안 돼. 유진일 찾아야 해."

진주가 그녀의 어깨를 잡고 강하게 흔들었다.

"유진이 찾기 전에 네가 죽게 생겼다고! 제발 정신 좀 차려!"

심장이 뻣뻣하게 굳는 것 같은 느낌. 진주의 손아귀 아래 은재의 얼굴이 새파래졌다. 숨…… 숨을 쉴 수가 없다.

14.

"사구체 신염입니다."

황급히 찾은 응급실에서 의사의 진단을 들은 진주는 순간적으로 사고가 마비됐다.

"네? 그, 그게 무슨 말씀이세요? 사구체 신염이라니요? 그건 대체 무슨 병인데요?"

이해가 되지 않으니 질문이 많아질 수밖에 없었다. 그러자 도리어 의사가 되물었다.

"며칠 증상을 보였을 텐데 모르셨습니까? 신장 질환 중 하나로 그대로 방치하면 만성 신부전으로 발전하는 병입니다."

만성 신부전!

진주와 의사 모두 은재를 보았다. 하지만 그녀는 고개를 저을 기운조차 없었다. 다리가 붓고 오심을 느낀 지 며칠 되긴 했다.

그런데 그것이 사구체 신염일 거라고는 생각하지도 못했다.

"입원해서 치료를 받으셔야 합니다."

"안 돼요."

은재의 강경한 대답을 들은 진주가 기가 막혀 소리를 질렀다.

"너 미쳤어?"

"유진일 찾아야 해."

그러자 의사가 엄한 얼굴로 나무랐다.

"지금도 완전히 회복될지 장담을 못 하는 상황에서 퇴원을 하시겠다고요? 이 시기를 놓치면 만성 신부전으로 진행됩니다. 만성 신부전이 어떤 병인지, 그 끝이 무엇인지 제가 설명해 드려야 합니까?"

"제 아이가 제가 모르는 곳에 가 있어요. 지금 찾지 않으면 영영 보지 못할 수도 있어요."

의사는 냉담했다.

"전 환자분께 무슨 사정이 있는지 정확하게 모릅니다. 대신 제가 알고 있는 것만 말씀드리죠. 환자분이 지금 치료를 하지 않으시면 힘들게 아이를 찾는다 해도, 아이가 크는 것을 보지 못하게 될 겁니다."

의사는 그녀의 가슴에 대못을 박는 소리를 아무렇지 않게 한 뒤 다른 침상으로 가 버렸다. 무심하게 등을 돌리고 가 버리는 의사를 원망스러운 눈으로 보던 진주가 은재에게 물었다.

"정말 아무런 징조도 없었어? 사구체 신염이라니, 말이 되니? 난 정말 어이가 없다. 그 큰 병이 이렇게 쉽게 걸리는 병이었냐고!"

진주가 흥분했다. 은재는 눈물을 닦으며 고개를 저었다.

"신우염을 앓고 있었어."

그녀의 말을 들은 진주의 눈이 동그래졌다.

"뭐?"

"그냥 몸살이라고 생각했는데, 알고 보니까 그게 신우염이었어. 식당 아르바이트 할 때 처음으로 그런 증세가 시작됐어."

"식당 아르바이트를 할 때라면, 의재 새끼가 한창 사고 칠 때 아니야? 그 뒤치다꺼리하느라 휴학하고 죽어라 일할 때. 맞지?"

은재는 기운 없이 고개를 끄덕거렸다.

"맞아. 그래서 임신 기간 동안 힘이 들었던 거야. 그리고 유진이가 아픈 것도 모두 내 탓이야. 내가 유진일 그렇게 낳았어."

은재는 이불을 그러잡고 흐느끼기 시작했다.

"아픈 아이로 낳아 놓고 지켜 주지도 못했어. 우리 유진이, 낯선 사람들 틈에서 얼마나 불안할까."

연방 손등으로 눈물을 닦지만 흘러내리는 눈물이 더 많았다. 단순한 친구가 아닌, 자식을 잃은 엄마인 은재가 안타까워 진주의 눈시울도 덩달아 붉어졌다.

그러는 사이, 회진을 하던 의사가 병실로 들어왔다. 진주는 얼른 눈가를 문질러 닦고 의사가 은재를 진찰할 수 있도록 비켜섰다. 의사는 신중한 얼굴로 은재의 상태를 진찰했다.

의사가 무슨 말이라도 해 주길 바라며 기다리던 진주는 참지 못하고 두 손을 꼭 모은 채 초조하게 물었다.

"회복될 수는 있는 건가요?"

"일단 치료 경과를 지켜봅시다. 완전히 회복되는 경우도 있고 만성 신부전으로 발전하는 경우도 있지만 빨리 병원에 와서 혼수상태나 사망에 이르는 최악의 상태는 면했습니다."

전혀 도움이 안 되는 이야기다. 들을수록 무서운 이야기기도 했다.

"그나마 핍뇨성 급성 신부전증이 아니어서 다행입니다. 핍뇨란 하루 소변량이 400㎖ 이하로 배출되는 것인데, 증상이 발현하고 3일에서 5일 이내 투석을 하지 않으면 신장 기능이 완전히 망가지면서 생명이 위험해질 수도 있습니다."

아, 몰라, 몰라!

의사의 말을 들을수록 진주는 머릿속이 하얘지고 눈앞이 빙글빙글 도는 것만 같았다. 어쨌든 진주가 이해한 결론은 은재의 상태가 나쁘다는 것, 이대로 방치하면 아주 나빠진다는 것, 두 가지였다. 다 필요 없고, 중요한 건 대비를 하는 것이다. 고개를 가로저은 진주가 의사에게 물었다.

"혹시 모르니까 제 신장이 환자에게 맞는지 검사해 볼 수 있죠?"

"검사하시겠습니까?"

"네."

진주는 고개를 끄덕거렸다.

의사가 병실을 나간 뒤, 진주는 반쯤 실성한 얼굴로 베드에 기대어 앉는 은재에게 다가왔다.

"은재야, 지금은 네 몸 생각만 해. 아까 의사 말 들었잖아. 지금 무리해서 찾으면 너 유진이 크는 거 못 봐. 학교 가는 것도 보고 결혼하는 것도 보고 아기 낳는 것도 보려면 일단은 네가 건강해야 해. 응?"

"진주야. 우리 유진이 괜찮을까……?"

"은재야. 그 인간이 제 딸이라고 데려갔는데 설마 애를 어디다 팔아먹겠니? 너도 이제 좀 진정해. 네가 낳은 애야. 그 인간이 아무리 길길이 날뛰고 지랄을 한다 해도, 결국은 네 딸이라고. 하늘 아래 못 찾을 이유도 없고 못 볼 이유도 없어. 그러니까 제발 마음 크게 먹고 생각을 편하게 가져."

단호한 진주의 말을 들은 은재가 넋을 잃은 채 고개만 끄덕거렸다.

진주의 연락을 받은 민숙과 화길이 그길로 서울로 올라왔다. 마른하늘에 날벼락 격으로 딸을 빼앗기고 사구체 신염이란 판정을 받아 입원한 은재의 기구한 모습에 민숙은 눈물짓고 말았다. 근육이 수축되는 병을 앓고 있는 남편 화길 때문이라도 더 밝고 긍정적으로 사는 민숙이 우는 모습을 은재와 진주 모두 처음 보았다.

"어머니, 울지 마세요."

"이것아, 내가 어떻게 안 울어. 내가 살다가 살다가 너처럼 기구한 녀석은 또 처음 본다. 요즘 같은 세상에 너 같은 애가 아직도 있다니, 아이고, 가슴이야. 억장이 무너져서 견딜 수가 없어."

"엄마, 왜 그래? 안 그래도 속상한 애 앞에서 왜 자꾸 이러셔."

"내가 오죽하면 이래, 오죽하면? 생떼 같은 자식 뺏긴 것도 모자라 신장병이라니, 콩팥에 생기는 병이 얼마나 무서운 병인데 그래!"

민숙이 팔딱거리는 사이, 화길은 침통한 표정으로 은재를 쳐다보기만 했다. 당장이라도 유진을 데려오고 은재를 낫게 해 주고 싶지만 그럴 수 없는 자신의 처지가 한탄스럽고 원망스러워 그런 것이 분명했다. 민숙의 걱정보다 화길의 소리 없는 근심이 은재와 진주의 가슴을 더 무겁게 했다.

"아버지, 그러지 마요. 응? 신경 쓰면 몸 아프잖아."

진주가 화길의 팔을 잡으며 말했다. 은재 역시 애써 밝은 표정을 지으며 화길을 안심시켰다.

"아버님. 괜찮을 거예요. 너무 염려하지 마세요."

"아버지, 이러지 말고 엄마 모시고 집으로 가세요. 응? 여기 있어 봐야 자꾸 서로 마음만 아프게 하는 거라고요. 엄마, 아버지 모시고 가요. 아버지도 환자야."

진주의 말을 들은 화길은 천천히 고개를 끄덕거렸다.

"그래, 알았다. 유진 엄마, 일단은 몸 생각을 해. 유진일 찾으려고 해도 유진 엄마가 건강해야 찾을 수 있는 거야."

"네, 명심하겠습니다, 아버님."

진주가 부모님을 배웅하기 위해 잠시 병실을 나간 사이, 은재는 이불을 잡고 눈물을 훔쳤다. 이런 자신이 너무 어리석게 느껴졌다. 딸을 빼앗기고도 아무 해결책을 내놓지 못한 채 무력하게 주저앉아 우는 자신이 진저리 쳐지게 싫었다.

❅

유진의 열은 쉽게 가라앉지 않았다. 결국 의사의 말처럼 오전이 되도록 열이 내리지 않는 아이를 안고 급히 병원을 찾을 수밖에 없었다. 곧 입원이 결정되고 아이는 병실로 올라갔다. 작은 몸에 링거 줄을 주렁주렁 단 채 신욱의 품에 기운 없이 늘어져 병실로 이동하던 아이가, 지나가던 여자의 뒷모습을 보고 도토리처럼 작은 고개를 들었다.

"아?"

그러다 이내 제 엄마가 아닌 것을 알아차리고 훌쩍거리기 시작했다.

"마아."

엄마가 보고 싶은 거다. 기운이 없어 크게 울지도 못한 채 앙앙거리는 모습이 형용할 수 없이 처연해 보였다. 소아 환자의 특실 병실은 놀이방 하나를 그대로 옮겨 놓은 것과 같은 모습이었다. 하늘색 톤의 구름무늬가 그려진 벽지와 알록달록한 모빌도 유진의 엄마에 대한 그리움을 떨치게 만들지는 못했다.

유진을 베드에 눕히자, 아이는 몸을 뒤척이며 칭얼거리기 시작했다. 병원에 따라온 베이비시터가 아이를 안정시키려고 노력했지만 모두 허사였다. 고열과 엄마에 대한 그리움이 아이를 지치게 만들고 있었다. 신욱은 아버지의 병세가 깊어졌을 때 느꼈던, 자신이 대신 아파 주고 싶다는 마음을 아이를 보며 다시 느꼈다.

「회장님.」

「뭐지.」

「서은재 씨에게서 전화가 왔습니다. 상당히 격앙되어 있었습니다.」

은재의 이름을 듣는 순간 신욱의 눈이 냉정하게 빛났다.

「무슨 말을 하던가.」

「납치임이 분명하니, 유진 양을 돌려 달라고 했습니다.」

「납치?」

신욱은 조소를 숨기지 않았다.

「그 여자가 아직 물정을 모르는군. 상대하지 말고 내버려 둬.」

유진의 열은 해열제를 쓰고 얼음주머니까지 동원했지만 정상 체온보다 3도나 높았다. 멀쩡한 성인 남자도 픽픽 쓰러지게 만들 만큼 독한 놈이 바로 고열인데, 이제 7개월 된 아기는 오죽할까.

며칠 사이 유진의 하얀 얼굴은 해쓱하게 변해 얼굴의 광대뼈마저 도드라졌다. 그것을 지켜보는 신욱의 마음은 편치 않았다.

주치의를 바꿔서 해결될 일이 아님을 알면서도 의사를 바꾸고 병원을 옮겼다. 그가 할 수 있는 일은 죄다 했지만, 그 일이 유진에게 별 도움은 되지 않았다.

간호사가 병실 안으로 들어오자 기운 없이 늘어져 있던 유진의 고개가 살짝 올라갔다. 유진은 아무리 아파도 여자의 화장품 냄새를 맡으면 본능적으로 고개를 들었다.

"마?"

기운 없이 불러 보다 간호사의 얼굴을 보고는 제 엄마가 아닌 것을 알고 실망해 다시 늘어진다. 잠시간 아이의 얼굴에 감돌던 생기는 비통한 절망으로 바뀐다. 아이의 그런 모습을 볼 때마다 신욱은 죄책감을 느꼈다.

그럴 필요가 없다고 냉정한 이성이 말했지만, 그럼에도 죄책감이 들었다. 유진이 아픈 시간이 늘어 갈수록 그의 오만한 독선과 고집으로 인해 유진이 더 고통받는 것은 아닐까 하는 자괴감마저 들었다.

결국은 그 여자를 유진 앞에 데려다 놓아야 한단 말인가.

한참을 칭얼거리다 겨우 잠이 든 아이를 보며 신욱은 주먹을 말아 쥐었다. 그를 기만하고 농락한 여자를, 딸의 엄마로서 살게 해 줘야 한단 말인가!

병실 문이 열리고 크리스가 들어왔다. 유진이 잠든 것을 본 크리스의 발걸음이 더욱 조심스러워졌다.

「잠들었습니까?」

신욱이 짧게 고개를 끄덕거렸다. 그들은 함께 내내 병원에 있었지만 신욱은 병실에서, 크리스는 휴게실에서 노트북으로 회사 상황을 수시로 체크했다. 그런 크리스가 유진의 침대를 떠나지 못할 때는 이유가 있는 게 분명했다. 신욱은 나지막한 어조로 물었다.

「보고할 게 있나.」

「네, 실은…….」

어지간해서는 말을 흐리는 법이 없는 크리스가 얼버무리자 신욱의 고개가 돌아갔다.

「뭐지?」

「그게…… 은재 씨가 병원에 입원 중이라는 보고를 받았습니다.」

신욱의 얼굴이 매정하게 돌아갔다.

「그런 보고라면 하지 마라.」

하지만 크리스는 주저하지 않고 말을 이었다.

「제게 전화를 건 다음 날 회사를 찾아온 모양입니다. 경비들이 다소 난폭하게 행동을 했다는데, 아무래도 서은재 씨의 상태가 위중한 것 같습니다.」

「크리스. 그만하라고 했을 텐데.」

「사구체 신염이랍니다. 그대로 방치하면 만성 신부전으로 진행된답니다.」

순간 신욱의 얼굴이 굳어졌다.

「뭐라고?」

「회사를 찾았을 때 경비들에 의해 밖으로 끌려 나갔답니다.

소란이 있었는데, 그때 쓰러지셨다고 들었습니다. 제가 알기로는 빨리 적절한 치료를 해야만 하는데, 은재 씨가 유진 양을 찾아야 한다고 버티는 모양입니다.」

가면을 뒤집어쓴 것처럼 차가운 표정의 신욱이 잇새로 험악한 말을 내뱉었다.

「미쳤군.」

정말, 미쳤다.

그 여자, 제 몸 아픈 걸 대수롭지 않게 여기는 건 싱가포르에서나 한국에서나 똑같았다. 시간이 지났어도 변한 게 하나도 없었다!

「계속 치료를 거부한다면 예후가 좋지 못할 거랍니다. 다행히 심한 탈수와 쇼크로 인해 발병했을 가능성이 높아서 치료를 받으면 신장 기능의 큰 손실 없이 회복될 가능성이 많은데, 그때를 놓치면…….」

더 듣고 싶지 않다. 그 여자의 상태를 알고 싶지 않다. 신욱은 손을 들어 크리스의 말을 잘랐다.

「그만하지, 크리스.」

「알겠습니다.」

그 정도면 신욱이 오래 참은 거라는 걸 아는 크리스가 말을 멈추고 뒤로 물러났다.

「나가 봐.」

크리스가 정중히 고개를 숙인 뒤 병실을 나갔다. 홀로 남은 신욱은 애써 무심함을 유지하고 있었다. 하지만 늘어뜨린 주먹이 굳게 말려 부르르 떨리고 있었다. 언제 닥칠지 몰라 걱정했던 병이 서은재를 집어삼켰나 보다.

잘됐군. 내게서 자식을 빼앗아 갔으니 벌을 받아야지.

이성은 더없이 신랄했지만 심장은 아니었다. 그는 울다 지쳐 잠든 딸을 내려다보았다. 며칠 전까지만 해도 존재하는지 몰랐던 그의 어린 딸아이. 엄마를 그리워하며 우는 아기.

사구체 신염이라니……. 빌어먹을…… 몸 관리를 대체 어떻게 한 거야!

서은재가 눈앞에 있다면 어깨를 잡고 마구 흔들어 주고 싶었다.

유진의 단잠은 오래가지 않았다.

서너 시간 곤히 자다 깨어났다. 이유식을 먹이려고 시도했지만 혀로 밀어낼 뿐, 아기는 먹으려고 하지 않았다. 하지만 며칠 동안 밤낮을 가리지 않고 곁에 있어 준 그를 향해 완전히 마음의 문을 연 유진이 손을 내밀었다.

"아, 아, 아!"

아빠라고, 단둘이 있을 때 유진에게 가르쳐 줬지만 아직 그 말을 따라 하기에는 아기가 너무 어렸다. 그가 손을 내밀자 고사리처럼 작은 손으로 검지를 움켜잡았다. 그리고 그의 얼굴을 올려다보고는 배시시 웃었다. 살이 쏙 빠져 오동통하지는 않지만 예쁜 얼굴의 귀염성은 조금도 사라지지 않았다.

그는 자유로운 한 손으로 유진의 하얀 볼을 톡 건드렸다. 제 엄마처럼 부드럽고 말랑하다. 제 엄마처럼…….

"……없는 것보다는 있는 게 낫겠지."

그의 낮은 말에 유진의 눈이 동그래졌다.

"으응?"

마치 무슨 뜻이냐고 묻는 것 같아 피식 웃고 말았다. 신욱은 아이의 동그란 눈을 들여다보며 물었다.

"엄마, 좋아?"

말은 잘 못 하지만, 말귀는 알아듣는지 유진이 엄마라는 말에 커다란 눈을 더욱 커다랗게 떴다.

"마! 마!"

그러더니 이내 울먹거렸다.

"마…… 아아…… 아앙."

결국 울음보를 터트리고 말았다. 신욱은 유진을 품에 안고 어르기 시작했다. 비록 그에게 엄마란 존재는 지독한 업보 같았지만, 유진에게 엄마는 사랑하고 그리운 상대인 것 같았다. 그를 배신했다 해서 서은재가 좋은 엄마가 아니라는 말은 아니었다.

그래, 없는 것보다는 있는 게 낫다.

신욱은 하나뿐인 이 예쁜 딸에게 결핍을 만들어 주고 싶지 않았다. 그가 그랬던 것처럼 생모의 사랑을 갈구하다 종래에는 경멸하고 저주하게 되는 그런 삶을 살게 만들고 싶지도 않았다. 그는 유진에게 세상에서 가장 좋은 것만 보고, 좋은 것만 듣고, 좋은 것만 먹게 하고 싶었다.

서은재를 용서할 수 없다 해도, 그녀를 볼 때면 목을 졸라 버리고 싶은 충동을 느낀다 해도, 유진을 위해서라면……

"마, 마아!"

그의 품에 얼굴을 묻고 한참을 울던 유진이 눈물로 얼룩진 작은 얼굴을 들었다.

"왜 그러니?"

"바?"

정확하지도 않은 유진의 말이었음에도 그 말을 듣자 그의 심장이 아프게 조여들었다.

"아빠라고 한 거야? 아빠, 아빠?"

"바, 바아?"

그는 유진을 꼭 끌어안았다. 열이 있어 뜨거운 몸은 한없이 작기만 하다. 신욱은 자신의 고집 때문에 더는 아이를 아프게 할 수가 없다는 결론에 도달했다. 지금은 오직 그의 아기만 생각해야 했다.

원래도 신우염을 앓고 있었지만 임신을 해서 얻은 임신성 신장병이 다시 사구체 질환으로 이어졌다. 다행히 발병 기전을 찾아 치료하기 때문에 일상생활에 지장이 없을 정도로 회복할 수 있다는 의사의 진단이 내려졌다.

하지만 그렇다고 해서 단숨에 증상이 사라지는 것은 아니었다. 은재가 느끼는 가장 큰 불편함은 고열과 오심이었다. 반복되는 고열과 오심으로 인해 앓아누운 은재는 맑은 정신을 유지할 수가 없었다.

며칠을 앓았는지, 얼마나 누워 있는지 시간을 가늠할 수조차 없었다. 그녀는 꿈속에서 유진을 보았다. 그녀의 작고 어린 딸을……

유진아!

아기의 이름을 소리쳐 부르며 뛰어갔지만, 그 작고 부드러운 몸을 품에 안을 수가 없었다. 그녀가 달리는 만큼 유진은 멀어져, 결코 잡히지 않았던 것이다. 은재는 꿈속에서조차 절망하여 울고 말았다.

유진아, 유진아……!

그리움에 사무쳐 아이의 이름을 부르는 순간, 눈이 떠졌다. 자신도 모르는 사이에 눈시울이 축축하게 젖어 있었다. 그녀는 누운 채로 흐느껴 울고 말았다.

이게 뭐란 말인가, 이게…….

은재는 자신이 너무 무력하고 한심해서 견딜 수가 없었다. 배 속에 있을 때부터 태어나 7개월의 짧은 삶을 사는 동안 유진은 그녀의 품에서 단 한 번도 떨어져 본 적이 없었다. 그녀가 하루 종일 일을 하고 돌아온 저녁이면 유진은 아기 캥거루처럼 품에 달라붙어 떨어지려고 하지 않았다. 그만큼 엄마의 품을 그리워하는 아이인데……. 벌써 며칠째 엄마를 보지 못한 유진이 얼마나 상심하고 있을지 굳이 애써 상상하지 않아도 알 수 있었다. 그래서 가슴이 너무 아팠다.

하지만 그녀는 문이 열리는 소리를 듣고 얼른 눈물을 닦았다. 진주가 그녀의 우는 모습을 본다면 속이 상할 테니까…….

괄괄한 진주의 목소리가 들려오지 않아 문 쪽을 돌아본 순간 은재는 굳어지고 말았다. 아이를 빼앗아 갔던 신욱이 서 있었던 것이다. 그를 본 은재가 이성을 잃고 달려들려다 그만 침대에서 떨어지고 말았다. 링거 줄까지 빠져 선혈이 팔을 타고 흘러내렸다. 그럼에도 굴하지 않고 비명을 내질렀다.

"당신, 내 딸 어디로 데려갔어! 내 딸 어디 있어!"

쓰러져 앉은 그녀의 팔에서 물처럼 주르르 흐르는 붉은 피를 보고서도 신욱은 전혀 동요하지 않았다.

"아프다는 건 거짓말인가 보군."

"뭐야?"

분노의 힘은 엄청났다. 그의 말처럼 언제 아팠냐는 듯 자리를 박차고 일어나 신욱의 뺨을 내려치기 위해 손을 올렸지만 이내 그에게 잡히고 말았다.

은재는 그의 억센 손아귀에서 손을 비틀어 빼며 소리쳤다.

"유진이 데려와요. 내 딸이야! 당장 데려다 달라고!"

"내 딸은, 잘 있어."

그녀가 기억하는 그대로, 그의 얼굴은 냉랭하고 무표정했다. 그가 잇새로 말하는 '내 딸'은 그녀를 섬뜩하게 만들었다. 은재는 떨림을 숨기려고 두 손을 꼭 마주 잡은 채 그를 노려보았다.

"이제 와서 나와 내 아이한테 왜 이래?"

그녀는 분노를 드러내며 내내 궁금하던 것을 물었다.

"당신이 분명히 말했잖아. 당신에게 아무것도 바라지 말라고! 그래서 그 말대로 아무것도 바라지 않았어. 유진인 내 딸이야.

당신은 그냥 정자 제공만 한 거라고!"

그러자 그가 한걸음에 다가와 그녀의 목을 움켜잡았다.

"다시 한 번 그딴 말을 지껄여 봐."

온 힘을 다해 그를 밀친 은재가 비명을 내질렀다.

"제발 사라져! 처음부터 그랬던 것처럼 가 버려요! 제발 가 버려!"

섬뜩한 정적이 뒤를 따랐다. 아니다, 이래선 안 된다. 그의 마음을 돌리려면 이렇게 소리를 질러 될 일이 아니다.

"아니에요, 미안해요, 내가 미안해요."

은재는 필사적인 심정으로 그의 앞에 무릎을 꿇고 애원했다.

"당신한테 아무것도 요구하지 않아요. 각서를 쓰라면 쓸게요. 나중에라도 유진이 당신을 찾아가거나, 친자 소송을 한다거나, 돈을 요구한다거나 그런 일 없을 거예요. 유진인 당신이 아빠인지도 모르고 자랄 거예요. 반드시 그렇게 될 거니까, 이대로 가 줘요. 유진일 내버려 둬요. 당신에게 중요한 아이도 아니잖아."

"누가 그랬지? 내 딸이 내게 중요하지 않다고?"

그녀를 내려다보던 신욱의 표정에 균열이 생기며 목소리에 분노가 실렸다. 서은재는 계속해서 같은 말을 되풀이하고 있었다. 그가 유진을 원치 않았다고!

"처음부터 그랬잖아."

"무슨 헛소리야!"

아무리 사정하고 애원해도 그의 마음은 변하지 않는다. 절망한 은재가 비명을 내질렀다.

"임신했다고 말했잖아! 임신했다고 말했어! 임신했다는 내게 당신과는 아무 상관없는 일이라고 분명히 그랬잖아! 그런데도 몰랐다고 할 거야? 불리하면 모른 척하는 게 당신 방식이야?"

"헛소리 집어치워!"

그들은 서로를 죽일 듯이 노려보았다.

"유진이 어디 있어요? 당장 데려갈 거니까, 내 앞에 데려와요!"

"누구 마음대로 애를 데려가?"

"내가 낳았어!"

"그래, 네가 낳았지. 남들 다 건강하게 낳아 주는데, 너만 내 딸을 아픈 아이로 낳았지."

그의 조소가 그녀의 죄책감을 사정없이 들쑤셨다. 그것만큼은, 정말 그것만큼은 은재는 떳떳할 수가 없었다. 은재는 두 손을 모아 그에게 빌었다.

"제발 당신이 하라는 대로 할 테니까, 유진이 줘요. 유진이만 주면 당신이 하라는 대로 할게요."

그녀의 눈에서 굵은 눈물이 방울방울 떨어졌다.

"아이를 보고 싶으면."

은재의 열망 어린 얼굴을 본 그가 시선을 돌렸다.

"네 몸부터 나아서 와."

"신욱 씨!"

"아픈 몸으로 내 딸을 보게 해 줄 수 없어."

그의 모호한 말을 들은 은재는 절망했다.

"날 안심시켜 놓고 떠나려는 거죠? 그렇죠?"

"크리스를 남겨 두지."

그 말을 끝으로 그가 병실을 나갔다.

"신욱 씨! 제발 우리 유진이, 데려다 줘요!"

「진정하세요.」

크리스가 다가와 그녀를 만류하는 한편, 호출 벨을 눌러 의료
진을 불렀다.

「이거 놔요! 난 저 사람한테 가야 해요! 이거 놓으라고요!」

「이러실수록 회장님의 분노만 사실 뿐입니다. 마음을 가라앉
히세요.」

호출을 받은 의사와 간호사들이 들어와 링거 바늘을 다시 끼
우고 지혈을 하고, 흥분한 그녀에게 진정제를 투여하는 소동이
한바탕 일어났지만 은재의 분노는 쉽게 가라앉지 않았다. 유진
을 보여 줄 생각이 있다면 이렇게 나와서는 안 된다는 게 은재
의 생각이었다. 딸을 향한 애달픈 모정을 보다 못한 크리스가
나섰다. 베이비시터에게 화상 통화로 유진의 얼굴을 보이게 한
후, 은재에게 내밀었다.

「한번 보겠어요?」

기운 없이 늘어져 있던 은재가 살짝 고개를 들었다. 그러자
휴대폰 액정 화면 가득 유진의 얼굴이 보였다.

"유진아!"

— 아, 아, 응? 응?

유진이 액정을 손으로 툭툭 치며 옹알이를 했다.

"유진아! 유진아!"

— 마?

"유진아. 엄마야, 엄마."

— 마? 마! 아, 아! 마!

아이의 흥분이 급격히 고조됐다. 은재는 터져 나오는 울음을 삼키며 유진에게 계속해서 말을 걸었다.

"우리 유진이 잘 있지?"

— 마아. 마아.

엄마의 목소리가 들리고 얼굴도 보이는데 왜 만질 수 없는지, 왜 안길 수 없는지 이해할 수 없는 유진이 고개를 갸웃거리며 울먹거렸다.

"유진아."

— 아아아앙.

급기야 유진의 울음보가 터졌다.

"울지 마. 엄마가 유진이 보러 갈게. 유진아, 울지 마."

결국 아이만 울린 채 화상 통화가 끝이 났다. 그녀의 괜한 고집으로 유진을 울리고 만 것이 가슴 아파 은재도 한참을 울었다.

「실장님.」

「말씀하십시오.」

「그 사람이 정말…… 우리 유진이 보여 줄까요? 혹시라도 나 몰래 유진일 데려가기 위해 시간을 버는 건 아닐까요?」

그러자 크리스가 신중하게 입을 열었다.

「은재 씨.」

「네.」

「저는 다른 건 모르겠습니다. 하지만 회장님께서 따님을 무척 아끼신다는 것은 확실하게 알고 있습니다. 회장님께서는 따님이 슬퍼할 만한 일은 하지 않으실 겁니다.」

유진이 슬퍼할 일을 하지 않는다, 라……. 유진인 내가 없으면 안 돼. 나 역시 유진이 없으면 안 된다고!

「……실장님 말을 믿고 싶어요.」

유진의 얼굴을 본 은재가 진정제의 효과로 겨우 잠이 드는 것을 지켜보던 크리스는 나직하게 한숨을 쉬었다.

결국 이렇게 될 일을…….

오너와 서은재, 꼬마 아가씨 사이를 핑퐁처럼 왔다 갔다 했더니, 철야를 한 것보다 더 피곤했다. 은재가 깨지 않도록 휴게실로 가서 커피 한 잔을 들고 돌아오던 크리스는 포환처럼 돌진하는 자그마한 물체에 부딪쳐 커피를 쏟고 말았다.

"어머! 어머머!"

여자가 호들갑을 떨며 커피가 쏟아진 치맛자락을 털어 냈다.

"좀 조심하셨어야죠!"

「죄송합니다.」

분명 같이 잘못한 것 같은데 왜 내가 일방적으로 사과를 해야 하지? 순간적으로 크리스는 혼란에 빠졌다.

진주가 괄괄한 성질대로 버럭 소리부터 지르고 고개를 든 순간 멋진 흑발의 잘생긴 백인이 어쩔 줄 몰라 내려다보고 있었다. 잘생긴 백인이면 뭐하냐고, 내 게 아닌데! 진주는 잘생긴 남자와 예쁜 여자를 보면 심통이 났다.

「죄송합니다. 괜찮습니까?」

"당연히 안 괜찮지. 그리고 한국에 왔으면 한국말을 쓰든가. 영어만 쓰면 다야? 영어가 니네 나라 말이지 우리나라 말은 아니잖아. 그럼 영어 쓰면서 미안한 척이라도 하든가."

영어 울렁증이 있는 진주가 마구 구시렁거렸다.

"죄송합니다."

헉!

"한국말 할 줄 알아요?"

"조금?"

그럼 그렇다고 말을 하지!

진주는 쌀쌀맞게 병실 안으로 들어왔다. 수선스럽게 병실로 들어온 진주는 헛, 하고 멈춰 섰다. 은재의 잠을 깨우지 않기 위해 뒤늦게 조심했지만 이미 늦었다.

"왔니?"

깼으니 물어봐야지.

"은재야, 은재야. 밖에 저 외국인은 누구야?"

"크리스 얀. 대니얼 리 회장의 비서잖아. 지사장의 비서이면서 어떻게 크리스 얀을 몰라?"

진주의 관심이 급속도로 떨어졌다.

"아, 그래? 나 지사장 비서 된 지 이제 한 달이다, 뭐. 모르는 게 당연하지."

"왜?"

"아니야. 아픈 애 붙잡고 별 얘기를 다 한다, 내가. 어때, 오늘은 좀 괜찮아?"

"응. 퇴원하고 싶은데 안 된대."

은재의 기운 없는 말을 들은 진주가 펄쩍 뛰었다.

"미쳤어? 무슨 퇴원을 해? 치료도 제대로 안 받아 놓고!"

"그 사람이 다녀갔어."

"응? 그 사람이라니?"

"이신욱."

화가 난 진주의 얼굴이 시뻘게졌다.

"뭐야? 뭐래! 남의 자식, 아니지, 자기 자식도 되는 거긴 하지. 어쨌든 애 엄마 동의도 없이 애 뺏어 간 주제에 무슨 낯짝으로 여길 찾아왔대?"

"내 몸이 나으면 유진일 보여 주겠대."

"하, 기가 막혀서! 보여 줄 거면 지금 보여 줘야 안정이 돼서 빨리 낫지! 정말 보여 주긴 한대?"

"실장님이 화상 통화 하게 해 줬어. 우리 유진이…… 얼굴이 많이 야위었더라."

은재의 가슴이 눈물로 메워졌다. 눈으로 볼 수 있는 아이를 손으로 만질 수 없고 가슴으로 품을 수 없다는 게 아무리 생각해도 믿어지지 않았다. 진주는 이신욱과 크리스 얀이라는 백인 실장에게 세상의 모든 저주를 퍼부으며 은재를 위로했다.

"은재야. 마음을 편하게 가져. 대니얼 회장이 어쨌든 너 퇴원하면 유진이 보여 주기로 했다면서."

"혹시라도…… 마음이 바뀔지 모르잖아."

"믿어. 믿는 수밖에 없어. 안 보여 줄 생각이었으면 병원까지 오지도 않았겠지."

"……그럴까?"

"당연하지. 그러니까 우리 그 말을 믿자, 응?"

은재는 진주의 호언장담에 한 줄기 희망을 걸었다.

결국 그녀는 입원을 한 지 일주일 만에 퇴원을 했다. 파주에서 서울까지 날마다 면회를 왔던 민숙과 화길이 반색을 해 그녀를 맞았다.

"유진 엄마, 이제 괜찮아?"

민숙의 말에 진주가 퉁명스럽게 대꾸했다.

"아직 안 괜찮아. 다 나은 거 아니야."

"아유, 다 나은 거 아닌데 왜 퇴원했어?"

역시 은재 대신 진주가 답을 했다.

"병원에 있어 봐야 치료라고는 주사 맞고 약만 먹는 건데 뭐. 답답하기만 하고. 차라리 집에서 요양하고 통원 치료 받기로 했어."

"그래? 그것도 괜찮은 방법이긴 하다. 날씨가 차, 얼른 들어가자."

은재가 온다는 연락을 받은 민숙이 미리 보일러의 온도를 높여 놓아 아래채 방은 후끈후끈했다.

민숙이 은재를 부축하는 사이, 진주가 빨리 이부자리를 폈다.

"누워."

차를 타고 이동했을 뿐인데도 몹시 피곤했다. 은재는 자리에 누우며 중얼거렸다.

"아파도 염치가 없어요. 자식이 어디 있는지도 모르는데, 아파서 누워 있는 게 너무 한심해요."

"별소리를 다 한다. 그런 말이 어디 있어? 누가 아프고 싶어 아픈가? 유진 엄마. 마음 강하게 먹어. 세상 살다 보면 이보다 험한 일도 많이 겪고 그래. 이건 별일 아니다, 하면 정말 별거 아니게 지나가게 되어 있어."

민숙이 은재를 다독거렸다.

"정말…… 그랬으면 좋겠어요. 아무 일도 아니었으면 좋겠어요."

그녀가 퇴원을 한 다음 날이었다. 아침 일찍 대문을 두드리는 소리에 민숙이 문을 열어 주다 깜짝 놀라 뒷걸음질을 쳤다.

"유진 엄마! 유진 엄마! 밖으로 좀 나와 봐."

유진의 물건이 가득한 집에서 선잠을 잤던 은재가 밖으로 나왔다. 이신욱이 보낸 것이 틀림없는 사내들 두 명이 대문 앞에 버티고 서 있었다. 저들이 대체 무슨 말을 할지 몰라 은재의 가슴이 철렁 내려앉았다.

"회장님께서 모시고 오라고 하십니다. 같이 가시죠."

아……! 은재는 겉옷을 챙겨 입을 생각조차 하지 못한 채 입은 옷 그대로 사내들을 따라나서기 위해 대문을 나갔다. 그런 은재를 잡은 것은 민숙이었다.

"유진 엄마, 우리도 같이 가."

아침부터 무슨 일인가 싶어 거실 창으로 내다보던 화길도 마당을 가로질러 그녀에게 다가왔다.

"이런 불한당 같은 놈들 편에 유진 엄마만 보낼 수가 없어. 이건 남자가 가야 해결될 일이야."

"나도, 나도 갑시다. 원, 하늘이 무섭지도 않나? 어미가 두 눈 시퍼렇게 뜨고 안고 있는 앨 뺏어 가?"

민숙도 소매를 걷어붙인 채 분노에 겨워했다.

은재는 잠시 멈춰 서 눈을 감고 심호흡을 했다. 이신욱은 감정적으로 싸워 이길 수 있는 상대가 아니었다. 그녀가 먼저 정신을 차리지 않으면 유진을 영영 빼앗길지도 모른다. 깊이 숨을 들이마셨다 천천히 내쉬며 눈을 뜬 은재가 민숙과 화길을 돌아보았다. 그리고 감정을 가라앉힌 차분한 어조로 말했다.

"어머니, 아버님. 저 혼자 다녀올게요."

"아이고, 어딜 혼자 가! 어림도 없다. 우리도 같이 가자."

"유진이 아빠예요. 유진이에게 해를 끼칠 사람은 아니에요."

적어도 유진에게만은.

"괜히 다 같이 가셨다 봉변이라도 당하시면 저, 진주 얼굴 어떻게 봐요? 괜찮을 거예요. 유진이가 있는데, 저한테 함부로 대하진 않을 거예요. 그러니 걱정 마시고 집에 계세요. 얘기 끝나는 대로 어떻게 됐는지 바로 연락드릴게요."

"그래도 안심이 안 되는데……."

미덥지 못한 눈으로 은재와 검은 양복의 사내들을 번갈아 보는 민숙을 화길이 당겼다.

"듣고 보니 유진 엄마 말도 일리가 있어. 아무리 불한당 같은 놈도 제 딸 낳아 준 여자한테 함부로 하진 않을 거야. 우리가 따라가면 유진 엄마가 곤란할 수도 있으니, 당신도 그만 들어와."

그러자 민숙이 못 미더운 얼굴로 그녀에게 말했다.

"그럼 얘기 끝나는 대로 바로 전화해, 응?"

"알겠습니다. 들어가세요."

걱정이 되어 자꾸만 뒤를 돌아보는 민숙을 화길이 데리고 대문 안으로 사라졌다. 홀로 남게 된 은재가 검은 양복의 사내들을 응시했다.

"어디로 가면 되죠?"

"타시죠."

그녀는 사내가 문을 열어 주는 차 뒷좌석에 올라탔다. 그녀를 태운 차는 미끄러지듯 출발해 멈추지 않고 달렸다. 차가 달리는 거리만큼 유진과 멀어지는 것 같은 불안감을 떨쳐 버릴 수가 없었다.

뒷좌석에 앉은 은재는 무릎 위에 올린 두 손을 마주 잡았다. 살면서 한 번쯤, 어쩌면 이런 일이 생길지도 모른다고 생각하긴 했었다. 신욱이 유진의 존재를 알고 그녀들을 만나러 오는……. 하지만 그 생각은 늘 헛웃음으로 금세 지워졌다. 은재는 그의 비서가 전해 주었던 말들을 잊지 못했다.

나와 상관없는 일이니 알아서 하라던 매정하고 차가운 말을……

더구나 유진인 딸이었다. 혼인을 하지 않고 낳은 아들의 존재를 원할 리도 없었지만, 만에 하나 그 아들을 이신욱의 거대한 그룹을 이을 후계자로 원할 수도 있었다. 하지만 유진은……. 이신욱의 기준에 비춰 보면 유진은 그에게 전혀 필요가 없는 아이였다. 그런데 왜 이런 일을 벌였는지 은재는 이해할 수가 없었다. 그에게 유진이 소중할 까닭이 없었다.

날 벌주기 위해 아이를 인질로 삼는 것일까? 하지만 대체 무엇 때문에 내가 벌을 받아야 하지? 난 그의 말처럼 그에게 아무것도 원하지 않았어. 그의 관심이 사라졌을 때 조용히 떠나 주었다고!

차분한 표정 뒤에 감춰진 거친 감정의 폭풍이 그녀를 잠식하기 전에 차가 멈춰 섰다. 유명한 외국계 오성급 호텔 입구였다. 조수석에 앉아 있던 사내가 내려 뒷문을 열어 주었다.

"내리시죠."

차에서 내리기 위해 한 발을 밖으로 내딛는 순간, 을씨년스런 바람이 훅 끼쳤다. 차에서 내린 은재는 사내의 뒤를 따라 호텔 안으로 들어갔다. 로비를 지나 끝없이 이어진 복도의 끝에 멈춰 선 사내가 굳게 닫힌 문을 노크했다.

"들어와."

신욱의 목소리였다. 그의 목소리를 듣자 내내 차분하던 그녀의 얼굴에 새파란 분노가 어렸다. 사내가 그녀를 돌아보며 손짓했다.

"들어가시죠."

심호흡을 한 은재가 문을 열고 들어섰다. 신욱은 저택의 응접실 같은 분위기를 풍기는 VIP룸의 거대한 창가에 그녀를 등지고 서 있었다. 거만하고 태연한 남자의 등을 보자 분노는 걷잡을 수 없이 커졌다.

"유진이는 어디 있어요?"

"지금 병원에 있어."

"뭐, 뭐라고요?"

"열이 올라서 입원시켰어."

늘 노심초사하던 일이 터진 것일까? 은재가 다급히 물었다.

"그 병원이 어디예요!"

그녀는 정신없이 병실 문을 열며 딸의 이름을 소리쳐 불렀다.

"유진아!"

"마! 아아앙!"

그러자 그녀를 본 유진이 서러운 울음을 터트렸다. 저를 두고 어딜 갔던 거냐고, 엄마가 밉다고 우는 것만 같았다. 한걸음에 다가간 그녀는 유진을 품에 안았다. 작고 어린 몸을 품에 가두자 비로소 숨이 쉬어졌다.

"아앙, 아아앙!"

"울지 마, 울지 마, 유진아."

그렇게 말을 하면서 그녀도 울고 있었다. 다시 못 만나면 어쩌나, 불안과 공포로 떨어야 했던 밤이 생각났다. 제 설움을 큰 소리로 토해 내는 아이를 안고 은재도 서럽게 흐느껴야 했다.

엄마의 젖 냄새가 그리웠던 유진이 그녀의 가슴에 코를 박고 떨어질 줄을 몰랐다. 그녀도 아이를 꼭 끌어안고 내려놓지 않았다. 단 하루도 떨어져 본 적이 없었던 모녀의 지난 시간은 너무나 길었다. 서로를 끌어안자 비로소 마음이 충만해짐을 느꼈다.

"우리 아기, 엄마가 우리 아기 너무 보고 싶었어."

그녀는 유진의 보드라운 머릿결에 입을 맞추며 속삭였다.

"우리 아기도 엄마가 보고 싶었니?"

"마!"

마치 그렇다고 대답을 하듯, 유진이 외쳤다.

"그래그래, 우리 딸."

눈물이 났다. 이렇게 소중한 아이를 어떻게 빼앗겨?

하루 종일 베이비시터가 그렇게 안정시키기 위해 애를 썼음에도 소용없었던 일이, 그녀의 등장만으로 모두 해결이 됐다. 열이 채 내리지도 않았는데, 유진은 더는 울지도 보채지도 않았다. 그동안 몇 숟가락 먹지 않고 내내 혀로 밀어내던 이유식도 반 그릇이나 뚝딱 먹더니, 이내 잠이 고롱고롱한 눈을 하고서도 제 엄마의 품에 매달려 떨어질 줄을 몰랐다. 이 어린것도 제 엄마가 사라질까 봐 불안한 거다.

"우리 아기, 이제 잘 시간이다. 예쁜 아기는 일찍 자야지?"

은재가 부드러운 목소리로 아이를 어르며 여윈 등을 쓸어내려 주었다. 제 엄마의 품속에서 아이는 앵 소리 한 번 내지 않고 곧장 잠이 들었다. 제 딴에도 몹시 곤했던 모양이다. 하지만 깊게 잠이 든 것 같아 편히 자라고 베드에 눕혀 주려 하자 바로 깨어 불안한 울음을 터트렸다.

"아니야, 엄마 여기 있어, 엄마 여기 있다."

은재는 얼른 딸을 다시 품에 안고 다독거렸다.

"엄마가 여기 있는데 왜 울어, 응? 우는 아기는 미운 아기야. 예쁜 유진인 다시 자자."

잠에 취해서도 유진의 작디작은 손이 그녀의 옷깃을 꼭 그러 쥐는 것을 느끼자 가슴이 뜨거워졌다.

아이를 재우기 위해 크기가 넉넉한 베드에 함께 눕자, 그제야 자신이 얼마나 지쳤는지 실감이 났다. 몸을 낮게 하기 위해 억지로 먹고 자고 했지만 마음이 편하지 않으니 누워 있는 자리가 가시방석이었다. 그런데 지금은…… 유진을 꼭 안고 누워 있으니 세상 그 무엇도 부럽지가 않았다. 쌕쌕거리는 유진의 깊은 숨소리가 마치 자장가처럼 들렸다.

조금만, 조금만 이대로 자야지. 아주 조금만…….

꿈속에서라도 유진을 빼앗길 수 없어, 아이를 안은 팔에 힘을 준 채 그녀는 눈을 감았다.

신욱은 병실에 딸린 휴게실에서 유진의 주치의가 설명하는 것을 묵묵히 들었다.

"요로 감염이나, 접합 부위의 협착이 더 심해지지 않았습니다. 요관이나 신장에 상처도 남기지 않았고요. 하루 이틀 뒤 퇴원하셔도 됩니다."

"알겠습니다."

"그럼 저는 이만 실례하겠습니다."

주치의와 인사를 하고 돌아서자 크리스가 대기하고 있었다. 신욱은 잠을 자지 못해 뻑뻑한 눈가를 누르며 물었다.

「여권은 준비됐나?」

「여기 있습니다.」

크리스에게 받은 유진의 여권을 펼쳐 본 신욱은 그것을 재킷 안주머니에 넣었다.

「지금 어디 있지?」

누구를 말하는 것인지 의심하지 않는 크리스가 냉큼 대답했다.

「병실에 유진 양과 함께 계십니다.」

「알았어.」

신욱은 크리스를 지나쳐 병실로 들어갔다. 그는 조도가 낮은 스탠드 불빛을 의지 삼아 베드 곁으로 다가갔다. 베드 위에 은재와 유진이 서로를 꼭 껴안은 채 잠들어 있었다. 은재는 아이를 끌어안고 있었고, 아이는 고사리 같은 손으로 제 엄마의 옷깃을 꼭 잡고 있었다. 절대로 떨어지지 않겠다는 듯. 너무나 닮아 모녀지간임을 의심할 수 없는 두 여자의 모습이 그를 심란하게 만들었다.

이 두 여자를 어쩌면 좋을지……

아기 캥거루처럼 은재의 품에 쏙 파고들어 잠이 든 아이는 그가 본 표정 중 가장 행복하고 평온해 보였다. 인정하기 싫지만, 그의 딸에겐 엄마라는 존재가 필요해 보였다. 그런 아이와 달리, 은재는 몹시 지쳐 보였다. 며칠 사이 광대뼈가 도드라질 만큼 살이 쑥 빠져 있었다. 그럼에도 미모는 여전했다. 아이를 낳고 모성을 알게 되어서인지 섬세한 선이 아름답던 얼굴은 이제 성숙한 아름다움까지 내포하고 있었다.

그늘이 드리워질 만큼 긴 속눈썹과 매끈한 콧등, 아름다운 입술……. 서은재는 여전히 그의 욕망을 자극한다. 페니스가 뿌듯해지며 발기하기 시작한다. 그는 확 돌아섰다.

빌어먹을……!

그때 문득 은재의 가방에서 작은 벨 소리가 들렸다. 며칠 만에 겨우 단잠이 든 딸아이의 잠을 방해하지 않기 위해 얼른 전화를 꺼냈다. 발신인에 '사무장'이란 표시가 떴다. 깊게 잠이 들어 벨 소리에도 눈을 뜨지 않는 은재를 힐끗 본 그가 복도로 나와 전화를 받았다. 신욱이 미처 입을 열기도 전에 쌍욕이 귓가를 어지럽혔다.

— 야, 이년아! 너, 지금 어디 있어? 어? 내가 얼마나 전화를 해 댔는지 알아? 네년이 겁이 나서 내 전화를 피하는 모양인데, 어림도 없다고! 내가 진단서 끊어 놨다. 당장 와서 무릎 꿇고 빌지 않으면 이대로 고소할 거니까 그렇게 알아!

신욱은 미간을 좁힌 채 발악이 터져 나오는 전화기를 노려보았다.

— 내가 시키는 대로 하면 고소 같은 건 없을지도 모르지. 네 년이 발로 걷어찬 물건, 네년 입으로 빨아. 그럼 내가 고소 안 한다.

"너 누구야."

신욱의 목소리는 더없이 음산했다. 그러자 지금까지와는 사 뭇 다른 당황한 목소리가 가늘게 새어 나왔다.

— 어…… 음, 그게…… 미스 서 휴대폰 아닙니까?

"이 개새끼야! 누구냐고 묻잖아!"

사자후처럼 터져 나오는 분노를 이기지 못하고 고함을 지르 자, 전화가 뚝 끊기고 말았다. 머리가 어질어질할 만큼 강한 분 노가 전신을 엄습했다. 너무 화가 나서 온몸이 부들부들 떨렸다.

「회장님, 무슨 일이십니까.」

휴게실에 있다 그의 고함에 놀라 달려 나온 크리스가 조심스 럽게 물었다. 그는 부들부들 떨리는 손으로 휴대폰을 건넸다.

「사무장이란 놈이 누군지, 어디 있는지 당장 알아내. 당장!」

「알겠습니다.」

크리스가 휴대폰을 받아 들고 사라진 복도를 서성거리다 결 국 분을 참지 못해 주먹을 말아 쥐고 힘껏 벽을 쳤다. 강한 충 격을 받은 피부가 파열되며 뼈가 부러진 것 같은 심한 통증이 밀려들었지만 그마저도 분노를 잠재우지는 못했다.

은재는 그의 딸을 낳은 여자다. 아무도, 그 누구도 서은재를 함부로 대할 수 없다. 함부로 대했다면 반드시 대가를 치르게 할 것이다. 반드시!

15.

"어마, 마, 어마."

은재는 잠결에 유진의 옹알이 소리를 들으며 미소 지었다.

"우리 딸, 벌써 깼어?"

잠에 취해 허스키해진 음성으로 말을 하는데,

"바아?"

순간, 이곳이 어디인지 깨달은 그녀는 벌떡 일어나 앉았다. 뒤를 돌아보자 신욱이 서 있었다. 매정하게도 유진이 안아 달라 손을 내미는 것을 보면서도 그저 서 있기만 했다.

"아, 아!"

아빠 소리를 제대로 낼 수 없는 유진이 나름의 최선을 다해 신욱의 관심을 끌기 위해 애쓰고 있었다. 아기임에도 이미 아빠의 부재를 느끼고 있던 유진은 신욱을 거부감 없이 아빠로 받아

들인 모양이었다.

아이가 저렇게 애를 쓰는 걸 보면서도 안아 주는 게 그렇게 힘드냐는 말이 입 밖으로 나오기 직전이었다. 말없이 다가온 그가 유진을 너른 품 안에 안았다. 그러자 유진이 기분 좋은 듯 까르르 웃었다.

"바, 바!"

유진이 없었다면 이 불편한 순간을 어떻게 모면했을지 모르겠다. 잠결에 흐트러진 머리를 매만지던 그녀의 시선이 붕대에 감긴 그의 손에 닿았다. 어젯밤까지 멀쩡했던 손이 갑자기 왜 저렇게 된 거지?

그때, 크리스가 다가와 그에게 귓속말을 속삭였다. 혹시라도 그녀 몰래 유진을 데려가려는 속셈인 건 아닐까, 불안한 눈으로 그들을 응시했다. 크리스의 귓속말을 듣는 신욱의 짧고 강렬한 시선이 그녀에게 닿았다. 저 시선이 의미하는 것이 무엇인지 은재는 알 수가 없었다.

그녀에게서 시선을 돌린 그가 굵직한 저음으로 물었다.

「그곳이 어딘지 알고 있겠지?」

「예, 회장님.」

「가지.」

그는 베드에 앉은 그녀에게 유진을 건넸다.

"어디 가는 거예요?"

은재는 유진을 꼭 끌어안고 불안한 음성으로 물었다. 하지만 그는 대답하지 않고 그대로 병실을 나갔다. 크리스가 대신 그녀에게 말했다.

「편히 계시면 됩니다.」

신욱에게서 풍기는 섬뜩한 기운에 은재의 몸이 가늘게 떨렸다. 대체 무엇 때문에 저러는 거야? 골몰히 생각에 잠겨 있던 그녀를 깨운 건 유진의 옹알이였다.

"마, 마."

시간을 보니 벌써 오전 9시가 다 되어 가고 있었다. 은재는 허둥지둥 베드를 내려왔다.

"미안해, 우리 유진이 배고픈데 엄마가 몰랐구나."

마침내 엄마의 관심을 끄는 데 성공한 유진이 더욱 보채기 시작했다.

"맘마, 맘마!"

"알았어. 금방 줄게."

주위를 두리번거리던 그녀는 베드 위 호출 버튼을 눌렀다.

신욱은 이마를 찌푸린 채 허름한 사무실의 간판을 올려다보았다. 경호원 두 명과 함께 그의 뒤를 지키고 서 있던 크리스가 조용히 설명했다.

「이곳에서 여섯 달 동안 근무하셨답니다.」

「여섯 달?」

그의 이마가 더욱 험악하게 일그러졌다.

생후 7개월짜리 아이를 둔 여자가 어떻게 여섯 달을 일하지? 그럼 산후 조리도 하지 못한 채 일자리를 구하고 일을 하러 나간 건가? 그 여자, 제정신인 거야?

서은재를 향한 분노가 또 하나 늘어났다.

그들이 들어서자 두 명의 여직원이 두 눈이 동그래져 쳐다보았다. 하지만 그들을 무시한 채, 타깃인 사내를 향해 다가갔다. 박경렬, 기름진 얼굴은 탐욕스러워 보였고 툭 튀어나온 배는 사내의 무절제한 삶을 말해 주는 듯했다.

"무슨 일로 오셨습니까?"

험악한 인상을 풍기는 신욱 일행을 본 박경렬이 엉거주춤 자리에서 일어났다. 신욱은 그의 어깨를 강하게 눌러 자리에 앉힌 뒤 무심함을 가장한 목소리로 물었다.

"당신인가?"

사내는 영문을 모르겠다는 듯 멍청한 표정을 지었다.

"예? 무슨 말씀이신지?"

"진단서를 끊었다고?"

"예?"

신욱이 박경렬이 앉은 의자의 중앙을 힘껏 찼다. 다리 사이를 강타당할 뻔한 박경렬이 깜짝 놀라 일어났다.

"왜 이러시는 겁니까?"

그는 재킷에서 수표 뭉치를 꺼내 박경렬의 발아래 던졌다. 박경렬이 수표에 찍힌 엄청난 액수에 놀라 신욱의 얼굴을 쳐다보는 사이, 신욱이 잇새로 으르렁거렸다.

"치료비는 줬으니 그 물건, 다신 쓰지 못하게 만들어 주지."

"왜, 왜 이러…… 아, 아악! 으아아아악!"

박경렬이 비명을 지르자 여직원들도 덩달아 비명을 지르며 사무실을 뛰쳐나갔다.

잠시 뒤, 신욱은 피투성이가 된 박경렬을 내버려 둔 채 주위를 둘러보았다. 조악하기 그지없는 공간은 사무실이라 부르기조차 민망한 곳이었다. 천천히 걸음을 옮기던 그가 익숙한 글씨체를 발견하고 책상 앞에 멈춰 섰다. 은재의 자리였다. 의자가 겨우 들어가는 좁디좁은 책상. 석유난로를 피워 탁한 공기에도 환기조차 제대로 되지 않는 낡은 공간과 인간 같지 않은 사람에 치여 여섯 달을 보냈을 은재가 떠올랐다. 다른 책상보다 월등히 많은 서류 뭉치들이 그간 은재가 처리했을 업무의 양을 짐작케 했다. 과중한 업무에 고단했을 테지만 분명 말 한 마디 하지 않았겠지.

멍청한 여자!

숨조차 제대로 쉬어지지 않는 좁은 공간을 나온 그는 크게 소리라도 지르고 싶었다.

신욱이 병원으로 돌아왔을 때 유진은 다시 곤하게 낮잠을 자는 중이었다. 아이의 가슴을 부드럽게 토닥거리며 허밍으로 자장가를 불러 주는 여자는 겨울의 시린 햇볕을 받아 빛이 났다. 평범한 청바지와 늘어진 니트를 입었음에도 단아하고 섬세한 아름다움을 숨기지 못하는 저 여자를 향해 사무장이란 놈이 얼마나 탐욕스런 시선을 보내고 괴롭혔을지 상상만 해도 눈앞이 어질할 만큼 화가 났다.

신욱은 은재의 팔을 잡아 거칠게 돌려세웠다. 그의 눈빛에 형형히 어린 분노를 본 은재는 저도 모르게 어깨를 떨었다.

"왜, 왜 이래요?"

"내게 말하는 것보다 그 거지 같은 곳에서 희롱당하며 일하는 게 더 나았나?"

목소리를 낮춰 잇새로 내뱉는 말 한 음절, 한 음절이 주체하지 못한 분노로 가득했다.

"그게 무슨 말이에요? 이것 좀 놓고 얘기해요. 아프다고요."

결국 참지 못한 그가 그녀를 잡고 흔들었다.

"서은재!"

"소리 지르지 말아요. 유진이 깨요."

단호하게 그를 뿌리친 은재가 유진을 확인한 뒤 먼저 병실을 나갔다. 그가 따라 나오고 병실 문이 닫힌 것을 확인한 은재가 그를 노려보았다.

"다시 한 번 날 함부로 대해 봐요. 가만있지 않을 테니까."

신욱은 은재의 하얀 얼굴에 어린 분노를 보자 더 화가 났다. 이런 기백이 있으면서 그런 쓰레기는 왜 봐줬던 거야!

그는 거친 숨을 내쉬며 들끓는 마음을 애써 정리했다. 그리고 최대한 차가운 어조로 앞으로의 일정에 대해 말해 주었다.

"상태가 괜찮다면 내일, 아일 싱가포르로 데려갈 거야. 당분간 거기서 머물다 뉴욕 본가로 이동할 거고."

"그게 무슨 말이에요?"

유진이 한국이 아닌 다른 나라에서 클 거라 생각해 본 적 없는 은재는 충격을 받은 눈으로 그를 보았다. 게다가 내일 당장 이라니. 유진인 병원도 다녀야 하고, 짐도 챙겨야 하고……. 아니, 그게 중요한 게 아니다. 은재는 고개를 저었다.

"이렇게 갑자기 데려가겠다는 거예요? 어떻게 그럴 수가 있어요?"

그러자 반대는 용납하지 않겠다는 듯 그가 냉정하게 잘라 말했다.

"따라오기 싫으면 넌 여기 남아. 애만 데려갈 테니."

당치도 않은 말을 들은 은재가 발끈했다.

"누구 마음대로 내 딸을 데려가요?"

"내 딸이기도 해. 내 딸에 대한 권리가 나에게도 있어. 지금 전력을 다해 권리 행사를 하고 싶은 걸 간신히 참고 있어. 그러니 날 자극하지 마라. 서은재."

그는 냉혹했다. 그의 앞길에 방해가 되는 것을 서슴없이 헤치고 나아가는 성정이 유감없이 발휘되고 있었다. 어깨가 떨렸다. 은연중에 자리 잡은, 유진을 빼앗길 수도 있다고 생각했던 공포가 현실이 되어 그녀를 덮쳤다.

나쁜 자식, 정말 나쁜 자식!

마음 같아선 그의 얼굴을 후려치며 그렇게 소리치고 싶었다. 하지만 그의 분노를 자극해서 유진을 영영 빼길 수도 있다는 생각이 그녀를 쉽사리 움직이지 못하게 했다. 대신 그녀는 화가 나 부들부들 떨리는 목소리로 말했다.

"이렇게 떠날 수는 없어요."

"내가 분명히 말했을 텐데, 가기 싫으면 넌 여기 있어."

그의 독단적인 어조에 더 화가 났지만, 은재는 애써 이성을 유지했다.

"지금 살고 있는 집 어른들은 유진이 태어나기 전부터 나와 유진을 도와주신 분들이에요. 유진이 태어나고 아팠을 때, 아침이든, 밤이든 상관없이 아이를 업고 병원에 갈 수 있게 해 주신 분들이라고요. 물질적인 도움도 많이 받았지만 그걸 떠나 그분들은 유진일 친손녀보다 더 예뻐해 주셨어요. 그런 분들께 작별 인사도 하지 않고, 유진일 마지막으로 보여 드리지도 못하고 떠날 수는 없어요. 유진일 데리고 하루만 집에 가게 해 줘요. 부탁해요."

부탁이란 말에 그가 그녀를 보았다.

"넌 참 이상한 곳에서 부탁이란 말을 해. 정작 그 말이 필요할 때가 언제인지, 모르지."

그의 조소 어린 빈정거림에도 불구하고 그녀는 다시 한 번 진심으로 애원했다.

"부탁해요."

결국 그는 은재와 유진을 차에 태워 파주로 보냈다. 단 하룻밤이란 조건과 도망칠 경우 다시는 유진을 보지 못하게 될 거란 강한 경고와 함께. 은재의 작은 얼굴에 분노가 어렸지만, 그녀는 유진을 꼭 안는 것으로 대답을 대신한 채 돌아서 차를 타고 사라졌다. 차가 멀어지는 것을 본 그가 뒤에 선 크리스에게 물었다.

「알아보란 건 어떻게 됐지?」

「서은재 씨의 생모는 만성 신부전을 앓다 사망한 것으로 확인됐습니다. 임신을 하기 힘든 몸이었음에도 서은재 씨를 임신해 출산하고 이듬해 사망한 것으로 나와 있습니다.」

빌어먹을…….

가족력은 무시할 수 없다. 폭발이 예정되어 있는 폭탄을 떠안은 심정. 신욱은 걱정이 됐다. 너무나 걱정이 됐다.

「검사를 받아야겠다.」

「무슨 검사를 말입니까…….」

그는 크리스의 말을 자르며 명령했다.

「오늘 당장 예약해.」

「예, 알겠습니다.」

정확히 9일 만에 집에 돌아온 유진을, 민숙과 화길은 서로 안겠다며 난리를 쳤다. 단 9일이었다. 평범한 나날이었다면 기억조차 나지 않을 시간이었지만, 그 시간 동안 유진과 그녀를 둘러싼 세상이 모두 변했다.

마침 토요일이어서 진주도 파주 집으로 왔다. 얼굴을 보고 작별 인사를 할 수 있겠거니 생각하자, 안심이 되다가도 앞날을 생각하자 다시 불안해졌다. 최대한 늦게 작별 인사를 하려고 말을 아끼는 그녀를 앉혀 두고 진주가 한숨을 쉬었다.

"어떻게 된 일인지 대충 알아냈어."

"그게 무슨 말이야?"

"고새란, 그 계집애가 사달이었어!"

진주의 말에 은재가 놀라 되물었다.

"새란 씨가 왜?"

"왜, 그때 패밀리 레스토랑에서 만났잖아. 유진이 사진 찍고 싶어서 난리 치다 내가 한 장만 찍으라고 했고. 그걸 사내 페이스북에 올린 거야!"

은재는 기가 막혔다.

"뭐라고?"

다국적 기업인 만큼, IE 그룹의 홈페이지는 전 세계 지사 직원들이 공유하는 곳이었다. 그곳에 유진의 사진을 올려? 은재로서는 정말 상상도 못 한 일이었다.

"아마 그걸 본 모양이야. 웃는 사진이었으니 앞니도 보였을 테고, 그러니 개월 수를 짐작했겠지. 휴, 은재야. 정말 미안하다. 이렇게 될 줄 알았으면 사진 찍으라는 말 절대 안 했을 거야. 하여튼 이놈의 주둥이가 원수라니까. 내가 그런 말만 안 했으면 이번 같은 일은 절대 일어나지 않았을 텐데."

진주가 제 입을 쥐어박으며 자책했다.

"그러지 마. 네 탓 아니야."

은재는 곤히 잠든 유진을 보며 나직하게 말했다.

"내겐 감당하기 힘든 일이 분명하지만, 유진이에겐 의미가 다른 일이니까."

"그건 또 무슨 말이야?"

"제 아빠가 저를 예뻐한다는 거. 제 아빠가 저를 미워하고 버린 줄 알고 사는 것보다, 제 아빠에게 예쁨받고 사랑받으며 사는 게 유진이에겐 가장 중요한 일이잖아."

진주로서는 은재의 말이 심히 못마땅했지만 별수 없이 인정해야 했다.

"그거야…… 그렇지."

"진주야."

그녀가 나직하게 부르자, 진주가 경계 어린 눈으로 쳐다보았다.

"왜 그렇게 무섭게 불러? 왜?"

"유진이랑 나……."

쉽게 말을 못 하는 은재를 보며 진주의 표정이 굳어졌다.

"왜? 또 무슨 일인데? 또 유진을 사이에 두고 신경전을 벌여야 하는 거야?"

은재가 고개를 저었다.

"그 사람이 유진일 싱가포르로 데려간대. 따라오기 싫으면 난 여기 있으라는데, 그럴 수 없잖아. 그래서 나도 가기로 했어."

"뭐어?"

날벼락 같은 소식에 놀란 진주가 입을 다물지 못하고 그녀를 쳐다보았다.

"대체 언제!"

"내일."

"야!"

기어이 진주가 소리를 질렀다.

"이 기집애야! 그런 말을 왜 이제 해! 왜, 아예 영영 하지 말고 가지 그랬어, 응?"

진주는 원망이 사무쳐 은재의 등을 펑펑 때렸다.

"이놈의 인간을 가만히 두나 봐라! 그놈 어디 있어! 애 필요 없다고 할 땐 언제고 왜 이제 와 잘 사는 집에 평지풍파를 일으켜? 그놈 어디 있냐고 묻잖아!"

"진정해, 진주야."

"어떻게 진정해! 하루아침에 너랑 유진이가 한국을 떠나야 한다는데! 안 간다고 하지, 못 간다고 했어야지!"

"그 사람이 결정했으면 누구도 못 바꿔. 너도 알잖아. 무슨 일이 있어도 자신의 말대로 실천하는 사람이라는 거. 내 말은 소용없어."

"그래서 넌 지금 이 상황이 이해가 돼? 받아들여진단 말이야?"

"아니."

고개를 저은 은재가 무릎을 굽혀 끌어안았다.

"불안해. 불안해서 미칠 것 같아. 유진일 낳기로 마음먹었을 때보다 지금이 더 무서워. 그래도 어쩔 수 없잖아. 유진이 없이는 살 수가 없으니까."

"아유, 답답해!"

진주가 가슴을 쳤다. 실은 진주도 알고 있을 것이다. 이미 어쩔 수 없다는 것을……. 은재는 꼭꼭 숨기고 있던 마음을 드러냈다.

"실은 사는 동안, 날마다 불안했어. 우리 아버지나 엄마가 날 찾으러 올까 봐. 태호가 골목에 숨어 있다 나타날까 봐, 의재가 유진일 때리고 구박할까 봐, 그런 생각들 때문에 언제나 불안했어."

"너 정말……."

아무 내색이 없어 모두 잊었나 했더니 그게 아니었다. 진주는 말문이 턱 막혀 아무 말도 할 수가 없었다.

"한국을 떠나면 그런 걱정은 안 해도 되겠지. 나는 지켜 주지 못할 일도, 그 사람이라면 유진일 지켜 줄 수 있으니까. 그 사람이 유진일 사랑하지 않아도 괜찮아. 안전하게 지켜만 주면 돼. 자라는 동안 내가 느꼈던 그런 불안과 공포를 유진에게 물려주지만 않는다면, 난 그것으로 충분해."

정말 그것이면, 된다. 무릎에 얼굴을 묻은 은재와, 그런 은재를 바라보는 진주는 더는 아무 말도 하지 않았다. 말하지 않아도 그 마음이 어떤지 알기에…….

이별은 모두의 마음을 아프게 했다.

"우리 유진이, 아빠 따라가서도 할머니, 할아버지 잊으면 안 된다? 응?"

민숙이 기어이 눈물을 보이고 말았다. 그러자 화길이 벌컥 화를 냈다.

"아, 이 사람. 왜 울고 그래? 애비 없이 크는 것보단, 이게 낫지! 제 어미랑 애비 다 있는데 우리를 왜 기억해!"

민숙을 따라 울고 싶었지만, 그녀가 울면 모두가 울게 된다. 은재는 눈물을 삼키며 민숙을 꼭 끌어안았다. 그리고 화길을 보며 말했다.

"염려 마세요. 연락 자주 드리고, 유진이 사진도 자주 보내 드릴게요."

"그래, 그래야 해, 유진 엄마. 아이고, 난 화장실이 급해서 가는 건 못 보겠네. 잘 가."

화길이 붉어진 눈시울을 감추며 얼른 집 안으로 뛰어 들어갔다.

"저 양반, 자기도 눈물이 나면서 그래."

민숙이 입술을 비죽거리다 은재의 손을 잡았다.

"유진 엄마, 은재야."

"네, 어머니."

"내색은 안 했지만 진주한테 네 집안 사정 대충 들어 알고 있었어. 그런데 혼자 몸으로 애까지 키운다 해서 걱정 참 많이 했지. 진주 친구면 내 딸이나 마찬가지니까."

"정말 딸처럼 대해 주셨어요. 진주보다 제게 더 잘해 주셨잖아요."

"그래, 그러니까 내 말 들어. 호로 쌍놈이 아닌 다음에야, 애한테 아빠는 없는 것보다 있는 게 나아. 부모가 되는 인연은 보통 인연이 아닌 거니까. 유진이 생각해서 잘 살려고 노력해야 해."

"네."

"작별 인사가 너무 길면 못써. 이제 가. 유진이도 잘 가고."

"안녕히 계세요. 건강하시고요. 연락 자주 드릴게요."

"아유, 말할 필요도 없는 건 그만하고, 얼른 가. 나 문 닫아."

민숙마저 대문 안으로 사라지고, 남은 사람은 진주뿐이었다. 어제부터 내내 퉁퉁 부은 얼굴이더니 오늘 아침에는 눈까지 부어 있었다. 그런 진주를 보는 은재의 마음이 너무 아팠다.

"진주야, 갈게."

진주가 퉁명스럽게 말했다.

"잘 살아."

"응."

"살다가, 못 살겠으면 언제든 돌아와, 여기로. 알았지?"

퉁명스럽지만 진심이 묻어나는 진주의 말에 은재는 힘을 얻었다. 그녀는 애써 웃음을 지으며 고개를 끄덕거렸다.

"알았어. 꼭 기억할게."

"잘 가."

은재와 유진은 진주의 마지막 인사를 받으며 차에 올라탔다. 유진은 따라 타지 않는 진주가 이상하다는 듯 창문에서 시선을 떼지 못했다.

"이모는 안 가. 여기 살 거야."

그러자 유진이 이해할 수 없다는 듯 그녀를 보았다.

"마아?"

"유진인 이제 아빠랑 살아야 하거든."

"바아, 바아?"

"그래, 아빠랑 살아."

말귀를 알아들었는지, 유진이 활짝 웃었다. 너라도 좋다니, 참 다행이다. 너만 좋다면, 그래, 너만 좋다면……. 은재는 조용히 한숨을 삼켰다.

공항 라운지에서 그녀와 유진을 맞은 것은 크리스 얀이었다. 신욱의 모습이 보이지 않는 것을 의아해하자, 그녀의 마음을 꿰뚫은 것처럼 그가 설명해 주었다.

「회장님은 다른 비행기 편으로 싱가포르로 이미 출국하셨습니다.」

「네?」

그녀가 황당해하자 크리스가 설명을 이었다.

「사모님과 유진 양은 뉴욕으로 갈 예정입니다. 비행시간이 기니, 최대한 편하게 계십시오.」

알고 있던 것과는 사뭇 다른 내용이어서 은재는 당황하고 말았다.

「그런 말 없었잖아요. 싱가포르에서 머문다고…….」

「의사 말로는 유진 양이 아직 어린 아기여서 열대성 기후에 적응하는 게 힘들 수도 있다고 합니다. 그래서 회장님께서 바로 뉴욕으로 가는 걸로 결정하셨습니다. 다만 유진 양이 긴 비행에 힘들어하면, 가까운 곳에 착륙해 쉬었다 갈 예정입니다.」

은재는 고개를 저었다. 마치 자동차를 타고 가다 마음이 내키면 멈추고 쉴 수 있다고 말하는 것과 같았다.

유진아. 엄마는 절대로 네게 해 줄 수 없는 일들을 네 아빠는 아주 손쉽게 하는구나.

처음 비행기를 타는 유진이 높은 고도의 압력과 소음에 잘 견딜 수 있을까 걱정했지만, 그녀의 걱정이 무색하게 유진은 놀라울 만큼의 적응력을 선보였다. 활기차게 비행기 안을 돌아보며 엉금엉금 기려고 해서 오히려 은재가 녹다운이 될 지경이었다.

이래서 피는 못 속이나 보다. 유진은 일 년 동안 지구 몇 십 바퀴는 거뜬히 될 만큼의 빈도로 비행기를 탄다는 이신욱의 딸이 분명했다. 13시간이 넘는 길고 긴 시간 동안 잠시도 자지 않는 유진의 뒤를 쫓아다니던 은재는 착륙한다는 안내 방송을 들었을 때, 천국에 다다른 듯한 기분이 들었다.

비행기에서 내려 활주로까지 들어온 차에 곧장 올라탔다. 잠시였지만 강한 바람이 불어 작고 가벼운 유진이 날아갈 수도 있을 것 같았다. 한국의 겨울도 춥지만 뉴욕의 겨울에는 비할 바가 못 됐다. 2월임에도 발목이 푹푹 빠질 만큼 내린 눈으로 인해 온 세상이 하얗게 된 뉴욕을 차창 밖으로 처음 접했다.

이곳이 뉴욕이구나.

살면서 한 번쯤 미국 여행을 가 보고 싶다고 생각했던 은재였다. 비록 이렇게 오게 될 줄은 몰랐지만 미국에서 처음 만난 도시 뉴욕은 폭설에 잠겨서도 아름다움을 잃지 않는 곳이었다.

도시와 숲이 하늘 아래 땅을 공유한 곳. 은재는 품에 안겨 유심히 창밖을 내다보는 유진의 고운 머릿결에 입을 맞췄다.

"마음에 드니?"

여기가 앞으로 네가 살 곳이야.

이 땅에서 무슨 일들이 일어날지 엄마는 잘 모르겠구나. 하지만 널 위해서라면, 그게 무엇이든 이겨 낼 거야. 오로지 널 위해서…….

그녀가 굳은 결심을 하는 동안 모녀를 태운 차는 싱가포르 저택보다 더 위용을 자랑하는 맨해튼의 저택에 도착했다. 은재는 신욱이 소유한 재산이 어느 정도인지 가늠할 수도 없을 지경이었다.

그녀가 안내받은 거대한 침실은 바닥에 아이보리빛 양털 카펫이 깔려 포근함을 더해 주었다. 응접실과 드레스 룸, 욕실이 모두 침실을 기점으로 위치해 있었다. 또한 그녀의 침실과 유진의 침실이 연결되어 있었다. 노란색 벽지가 발린 방의 가구는 모두 원목이었다. 아기자기한 소품들로 꾸며진 데다, 침대 위로 버섯 모양의 지붕이 달려 있어 숲 속의 요정이 사는 방처럼 사랑스러웠다.

폭신한 시트 위에 내려놓자 유진이 곧장 얼굴을 비벼 댔다. 유진은 무엇이든 얼굴을 비벼 느낌이 매끄럽고 따뜻하면 좋아하고, 거칠거나 차가우면 그것을 싫어했다.

"좋니?"

그녀가 다정하게 말을 걸자 유진이 활짝 웃었다. 좋은가 보다.

하긴 네 아빠가 어련히 알아서 잘 했을까.

그녀는 아기 방을 둘러보았다. 묘한 열등감이 느껴졌다. 그리고 그녀가 해 줄 수 없는 것들을 대수롭지 않게 해결해 내는 신욱이 부러웠다. 돈이 있으면 사랑하는 아이에게 해 줄 수 있는 것이 이렇게 많다. 그녀는 사랑하는 마음만으로 아이를 키우는 게, 이렇게 자격지심이 드는 일인지 처음 알게 됐다.

그날 밤, 은재는 쉽게 잠들지 못했다. 유진은 버섯 모양의 침대가 몹시 마음에 드는지 그녀와 함께 잠을 자려고 하지 않고, 저 혼자 제 침대에서 잠이 들었다. 내내 한 이부자리에서 잠을 잤던 모녀였는데.

유진은 시차에도 불구하고 달콤한 잠에 빠져들었으나 정작 그녀는 잠을 이룰 수가 없었다. 사방이 고요해지자 머릿속에서 폭풍 같았던 지난 며칠이 주마등처럼 스쳐 지나갔다. 아직도 자신이 맨해튼에 있다는 것이 믿어지지 않았다.

그는 대체 무슨 생각으로 이 모든 일들을 밀어붙였을까……?

생각이 자연스레 신욱에게 향했다. 그는 2년 전과 비교해 조금도 변하지 않았다. 나는 더 못나졌지만 그는…… 여전히 남성적인 매력으로 무장하고 있었다. 햇볕에 그을린 구릿빛 피부와 완벽한 얼굴 이목구비, 탄탄한 몸매.

아니, 지금 내가 무슨 생각을 하고 있는 거야.

은재는 진저리를 치며 시트를 끌어당겨 머리 위로 뒤집어썼다.

정말 미쳤나 봐.

크리스가 무슨 말을 어떻게 했는지 몰라도, 저택의 고용인들은 그녀에게 매우 정중했고 조심스러워했다. 그녀들이 도착한 이틀 뒤부터 뉴욕에는 눈 폭풍이 불었다. 안전을 위해 나가지 말라는 크리스의 충고가 아니더라도 익숙하지 않은 남의 나라에서 유진이 감기에 걸려 아프기라도 하면 곤란하기에 저택 밖으로는 꼼짝도 하지 않았다.

시간은 더디게 흘러갔다.

미로 같은 저택에서 더 이상 길을 잃지 않게 된 어느 날, 침실 정리를 마치고 아기 방으로 들어서던 은재가 놀라 멈춰 섰다. 신욱이 유진을 안고 서 있었던 것이다. 그가 온다는 말이나, 차 소리를 듣지 못했는데…….. 갑작스레 그를 보고 놀라 좀처럼 움직이지 못하는 그녀를 본 신욱의 미간이 찌푸려졌다.

"뭐가 그렇게 놀랍지?"

"언제, 언제 왔어요?"

"지금."

그는 품 안에 안긴 유진을 능숙하게 어르며 대답했다. 몇 번 안아 보지도 못했을 아기를 저렇게 태연하고 능숙하게 안는 것을 보자 이상한 심술이 샘솟았다. 그녀는 처음 유진을 낳고, 너무 작은 유진을 잘못 안아 다치게 만들까 봐 너무 걱정이 돼서 몇 날 며칠 제대로 안지조차 못했었다. 그에 비해 신욱은 모든 게 너무나 능숙했다.

"그 표정은 뭐지?"

신욱은 생각이 얼굴에 고스란히 드러난 은재를 쳐다보았다.

"내가 내 딸을 안는 게 마음에 들지 않나?"

"그게 아니에요. 다만……."

"다만?"

"너무 능숙하게 안고 있어서 놀랐을 뿐이에요. 처음 아기를 안는 사람이 그렇게 능숙하기는 쉽지 않잖아요."

유진을 편안히 잘 안아 주기 위해, 싱가포르에 체류하는 동안 실제 갓난아기와 똑같은 인형을 가지고 연습했다는 것을 말해 줄 생각이 없는 신욱은 아무 대답도 하지 않았다. 은재가 지난 7개월 동안 유진에 대한 지식을 한 단계씩 체험으로 배운 것들을 단시간에 배우려니 그도 힘이 들었다.

유진은 그의 긴 손가락을 잡고 흔들며 신나 했다. 2주 만에 보는 아빠인데, 용케 얼굴을 잊지 않고 있다 반겨 주어 신욱을 기쁘게 했다.

"애 얼굴이 왜 이렇게 살이 빠졌어?"

"지금 앞니가 또 하나 났어요. 아기들은 이가 나면 가볍게 열도 나고 그래요. 그래서 그런 거예요. 다른 아기들보다 유진인 이가 빨리 나서 고생도 빨리 하는 것 같아요."

그녀의 설명을 들은 그가 유진의 입안을 유심히 보았다. 유진이 꽃봉오리처럼 작고 동그란 입술을 잘 벌려 주지 않자, 직접 입술을 오므려 벌리게 했다.

"어디 보자."

그는 아이의 침이 줄줄 흐르는 것도 신경 쓰지 않고 유심히 살폈다. 반질반질한 분홍색 잇몸이 조금 붉어진 부위를 보더니 가볍게 혀를 찼다.

"한꺼번에 다 나면 좋을 텐데, 왜 하나씩 나서 애를 괴롭히는 거야."

그에 대한 호의를 가진 것도 아닌데, 그의 말을 듣자 웃음이 나오려고 했다. 아이를 대하는 태도도 지극히 그답다 싶었다.

"이름을 바꿀 거야."

하지만 그것도 잠시, 갑작스런 그의 말에 은재가 정색을 했다.

"무슨 소리예요?"

"내 딸이 서유진으로 계속 살게 둘 순 없어."

그는 품 안에 안긴 딸을 보며 말했다.

"그러니 그렇게 알고 있어."

통보라도 해 주니 참으로 고맙군요.

은재는 빈정거리고 싶은 것을 애써 참았다.

서유진이 이유진이 되도록 법적으로 해결하는 것은 아주 쉬웠다. 신욱처럼 미국명을 따로 만들지 않고 은재가 지어 준 이름 그대로 미국의 서류에도 기재가 됐다. 대니얼 리의 딸, 유진 리. 그럴 상황이 아님에도 제법 근사하다고 은재는 생각했다. 하지만 그런 생각도 신욱이 서류를 던져 주기 전까지였다.

"이게, 뭐예요?"

"보면 모르나?"

그와 그녀가 부부가 되어 있었다. 그녀가 황망한 눈으로 쳐다보자, 그가 조소했다.

"동거인이 더 좋다면 그렇게 해 줄 수도 있어. 고치는 거야 어려운 일이 아니지. 하지만 난 내 아일 사생아로 만들 생각 따윈 없어, 내 아일 낳아 내 아내가 된 거지, 너 하나만으로는 절대 내 아내가 될 수 없었을 거야."

그의 독단적이고 오만한 말에 은재는 숨이 다 막혔다. 굉장한 은혜를 베푼 것처럼, 그녀를 기만하고 조소했다. 참으려고 했지만 뜻대로 되지 않았다. 은재는 뒤돌아서 나가려는 그에게 분노를 담아 소리쳤다.

"당신 아일 낳아서 참는 거예요. 유진이만 아니었으면 당신도 내 남편감으로는 어림도 없어요!"

쾅! 험악하게 닫히는 문소리가 그의 대답을 대신했다. 미처 풀어내지 못한 분노가 가슴에 켜켜이 쌓여 그녀를 부들부들 떨게 만들었다. 원래 이렇게 화를 잘 내는 성격이었나? 은재는 떨리는 손으로 이마를 짚고 생각했다. 하지만 최근 했던 일이라곤 화내고 소리치는 것밖에 다른 것은 생각나지 않는다.

유진의 방을 나와 침실로 들어서자마자 아이의 옹알거리는 소리가 스피커를 통해 희미하게 들려왔다. 은재는 다시 아기 방으로 걸음을 옮겼다. 요람에 누운 유진의 해맑은 얼굴을 보자 저절로 원망이 터져 나왔다.

"네 아빠는 정말 못된 인간이야!"

낮게 숨죽여 신욱을 힐난한 은재는 곧바로 후회했다. 아일 데리고 지금 이게 뭐하는 짓이야.

"미안해. 너한테 네 아빠를 그렇게 비난해서. 엄마가 더 못된 사람이야. 네 앞에서 무슨 말을 하는지도 모르고. 정말 미안해."

"아?"

유진이 안아 달라는 표시로 앙증맞은 두 손을 그녀에게 쭉 뻗었다.

"그래그래. 이리 오렴."

그녀는 달이 지나도 좀처럼 무거워지지 않는 딸을 가볍게 안아 들고 창가로 걸어갔다.

"서유진. 아니, 이제 이유진이지? 유진아, 맘마 많이 먹어야 해. 그래야 키도 쑥쑥 크고 살도 찌지. 살이 찌면 굉장히 귀여울 거야. 그렇지?"

유진이 그 큰 눈망울로 그녀를 유심히 보았다. 마치 그녀의 의견에 동의할 수 없다는 듯한 표정이어서 풋 웃음이 나왔다. 하얗고 말랑한 아이의 볼을 콕 누르며 말했다.

"너도 여자라고 살찌는 건 싫니?"

그러자 유진이 배시시 웃었다.

"이 녀석, 말귀는 다 알아들으면서, 말은 안 하려고 하는구나? 엄마, 해 봐. 엄마."

"마!"

"엄마라니까. 엄마!"

"어마!"

"아휴, 고집쟁이. 너도 네 아빠를 닮았어."

날이 밝자 참 지겹게 내리던 눈이 소강상태에 접어들었다.

"유진아, 눈이야. 하얀 눈. 한국에서는 엄마랑 같이 눈 못 봤지?"

물론 눈이 내리긴 했지만 낮에 아이를 안고 한가한 눈 구경을 할 수가 없었기에 유진도 이렇게 풍성한 눈을 직접 경험한 적은 없었다.

"밖에 나가 볼까?"

충동적으로 말을 해 놓고 보니 2주가 넘도록 저택 밖으로 나간 적이 없었다는 것이 불쑥 생각났다.

"좋아. 엄마랑 나가 보자."

양털이 보송보송한 아기 부츠에 빨간색 파카를 입고 노란 털모자를 쓴 유진은 너무 귀여웠다. 털장갑을 낀 손을 연방 부딪치며 좋아라 했다.

푹신한 눈밭으로 변한 정원으로 나오자 유진의 흥분은 극에 달했다.

"우리 딸, 좋니?"

유진이 웃자, 그녀도 덩달아 웃음이 나왔다.

"마! 어마!"

이제 제법 단어 같아지는 말을 가끔 하는 유진이 올려다보자, 은재의 장난기가 발동했다. 젖지 않는 스키용 바지를 입힌 걸 한 번 더 확인한 후 품에 안고 있던 아이를 푹신한 눈밭에 앉혔다.

"이렇게 하면 더 좋다?"

그런 다음 하얀 가루 같은 눈을 두 손에 가득 퍼 유진의 머리 위로 솔솔 뿌려 주자, 유진이 숨이 넘어가게 까르르 웃어 댔다.

"좋지?"

"마, 마!"

처음 만끽하는 눈이 기분 좋은지, 새하얀 눈밭을 굴렀다. 직접 보고 만지는 것이 아이의 정서 발달에 좋다는 것을 알고 있어서 감기에 걸리지 않을 정도만, 그냥 두기로 했다. 데굴데굴 구르다 똑바로 누워 하늘을 보는 유진이 애어른 같다고 느낀 순간, 그녀도 유진 옆에 팔다리를 뻗고 누웠다.

"우와, 좋다. 그지?"

"마, 마."

"좋아, 라고 하는 거야. 유진아, 엄마 따라 해 봐, 좋아."

"아! 아!"

"이 녀석."

그녀가 간질이자 유진이 숨넘어가게 웃으며 눈밭을 데굴데굴 굴렀다.

신욱은 창가에 서 그 광경을 지켜보았다. 은재와 은재를 그대로 닮은 딸의 행복한 한때를. 저택의 정원에서 웃음소리가 난 것은 오늘이 처음이었다. 경쾌하게 웃는 은재의 모습에서 강한 욕망을 느꼈다. 두 눈이 빛나고 두 볼이 빨갛게 달아오른 저 여자를 침대에 던지고 사정없이 깔아뭉개고 싶은 미칠 듯한 욕구가 그를 괴롭혔다.

16.

세계에서 가장 핫한 미혼남이었던 대니얼 리에게 아이가 있
다는 소식은 은밀하고도 발 빠르게 정, 재계로 퍼져 나갔다. 더
불어 그가 동양인 여자와 법적으로 부부가 되었다는 사실도 함
께 퍼졌다.

소문이 제멋대로 부풀려지자, IE 그룹 뉴욕 본사에서 보도문
이 작성됐다. 대니얼 리 회장의 결혼과 아이의 존재는 사실이
나, IE 그룹이 확인하지 않은 가십이나 보도문을 유포하는 자나
언론에 대해서는 강경한 대응을 하겠다는 것이 주요 골자였다.

신문이 나무 문 밑으로 날쌔게 파고들어 왔지만 커다란 위스
키 병을 들고 벌컥벌컥 들이켜는 미아의 눈에는 아무것도 들어
오지 않았다. 신욱에 의해 철저하게 바닥으로 추락한 미아가 할
수 있는 일이라고는 술을 마시는 것뿐이었다. 클럽의 웨이트리

스 자리조차 젊고 탱탱한 계집아이들에게 밀려, 미아가 설 자리
는 더 이상 없었다. 끼니도 챙기지 않고 위스키만 마셔 대는 미
아에게서 더 이상 예전과 같은 미모를 찾아볼 수가 없었다.

마지막 한 방울까지 모두 쥐어짜듯 위스키 병을 허공으로 치
켜들고 탈탈 털던 미아는 마침내 비었음을 깨닫고 빈 병을 던져
버렸다.

「술, 술이 어디 있지?」

미아는 비틀거리며 일어나 주방으로 다가갔다. 그러다 어젯
밤 사 와 아무렇게나 던져 놓았던 브리또를 밟고 말았다. 소스
가 카펫 위로 튀어 얼룩졌지만, 닦을 생각도 없이 술병만을 찾
았다. 딱 한 병 남은 위스키 병을 찾아 다시 거실 소파로 비틀
거리며 나오던 미아는 브리또 소스로 얼룩진 대니얼의 얼굴을
보고 말았다. 그대로 주저앉아 신문을 들었다.

대니얼 리의 비밀 결혼!

동양인 여성과의 사이에서 이미 딸까지 두었다는 기사를 본
미아 메이의 얼굴이 참혹하게 일그러졌다.

신문을 움켜쥔 손이 부들부들 떨렸다.

아무리 부정을 하며 보아도 대니얼이 결혼한 것은 분명했다.
급기야 미아는 머리카락을 사정없이 쥐어뜯으며 비명을 내질렀
다.

「어떻게 이런 일이 있는 거야!」

그녀는 지난 시간 동안 전력을 다해 공을 들였다.

다시 대니얼의 마음을 얻기 위해, 다시 대니얼의 옆자리를 차지하기 위해.

그런데 그녀의 노력이 무색하게 다른 여자가 그녀의 자리를 차지하고 말았다. 미칠 것 같은 분노가 미아를 뒤덮었다.

가만!

미아는 핏발이 선 두 눈으로 구겨진 신문을 다시 펼쳤다. 아이, 분명히 아이라고 했다. 대니얼에게 아이가 있다는 건…….

서은재, 그년이다! 분명히 메시지를 지웠고, 친구를 시켜 대니얼의 전언인 척 아이를 지우도록 했음에도 불구하고 결국 낳은 것이다!

「아아악!」

미아는 새된 비명을 내질렀다. 아아, 너무 어리석었다. 차라리 직접 애를 떼어 냈어야 했는데!

유진은 뉴욕 생활에 잘 적응했다. 아직 아기인 데다 엄마가 늘 곁에 있어 어린이집에 갈 필요가 없으니 유진에게 뉴욕 생활이 더 좋은 건 당연했다. 오히려 적응을 하지 못하는 것은 은재였다. 뉴욕에 온 지 삼 주가 지나 3월에 접어들었는데, 날씨가 여전히 추워 저택 밖으로는 거의 나가지 않는 단순한 생활을 반복하는 중이었다.

한국에서 정리해 가져온 단출한 살림살이가 든 캐리어를 열지 않아도 필요한 것은 모두 갖춰진 저택 생활이었지만, 그럼에도 시간이 지나자 소소한 것들을 필요로 하게 됐다. 이를 테면 속옷 같은……. 준비되어 있는 속옷은 그녀의 취향이 아닌 실크가 대부분이었는데 그마저도 사이즈가 컸다. 유진을 낳고 키우면서 살이 찌기는커녕 출산 전보다 더 살이 빠졌던 것이다.

그래서 별수 없이 내키지 않는 쇼핑이 결정됐다. 그녀는 쇼핑을 간 김에 유진의 운동화도 새로 한 켤레 사야겠다고 생각했다. 한국에서 병원에 가야 할 때 양말만 신겨서 가기가 뭣해 신발을 샀었는데, 가장 작고 싼 걸로 골랐었다. 며칠 사이에도 표시 나게 성장을 하는 아기라는 이유도 있었지만 빠듯한 생활비 때문에 마음에 드는 신발을 사 줄 수가 없었다. 그래서인지 예쁜 아기 신발을 볼 때면 늘 마음 한구석이 아렸었다.

"넌 네 아빠 딸이니까, 네 아빠 돈을 마음껏 써도 되겠지? 엄마가 유진이 운동화, 제일 비싸고 예쁜 걸로 사 줄게."

은재는 신욱을 향한 심술궂은 마음을 그렇게 표현했다.

"왜, 구두도 사고, 부츠도 사고, 샌들도 사지?"

하지만 문득 뒤에서 들려온 신욱의 빈정거림에 얼굴이 달아오르고 말았다. 얼른 뒤를 돌아보자 신욱이 문설주에 기대어 팔짱을 낀 채 그녀와 유진을 향해 서 있었다. 그는 어린 딸에게 그를 험담하다 들켜 어쩔 줄 모르는 그녀를 지나쳐 유진을 들어안았다.

"쇼핑 갈 거니?"

그는 유진을 눈높이까지 올려 아이의 천진한 눈망울을 들여다보며 말을 걸었다. 그녀가 지금까지 들어 본 적 없는 부드럽고 따뜻한 목소리였다.

"바! 바!"

처음 볼 때부터 아빠란 말을 '바'로 표현하는 유진이었다. 신욱은 자신을 아빠로 알아보는 것이 분명한 유진을 볼 때마다 뿌듯한 마음을 주체할 수가 없었다. 누가 시키지도 않았는데 유진은 가느다란 팔로 신욱의 목을 꼭 끌어안고 까르르 웃으며 애교를 부렸다. 딸의 애교가 싫지만은 않은 듯 신욱도 낮은 웃음소리를 내며 여린 등을 쓰다듬어 주었다.

마치 투명인간이 된 것처럼 부녀는 그녀를 신경조차 쓰지 않았다. 신욱이야 그렇다 쳐도, 유진인 너무하잖아? 내가 절 얼마나 애지중지 키웠는데! 처음으로 딸에 대한 배신감을 느꼈다.

"잘 데리고 다녀와. 아직 날이 찬데 감기 걸리지 않게."

어머머?

"나 계모 아니에요. 어련히 알아서 잘 하려고요."

그가 유진을 안은 채 뾰족한 가시를 드러내는 은재를 힐끗 바라보았다.

"신발, 제일 비싼 걸로 사 줘. 내 딸에게 싸구려를 신게 할 수 없어."

은재의 얼굴이 확 달아올랐다.

"알았어요."

"잘 다녀와라."

그가 유진의 고운 머릿결을 쓰다듬어 준 뒤 그녀의 품에 안겨 주고 아기 방을 나갔다. 아빠가 나간 것이 서운한지 유진의 시선은 신욱이 나간 문에서 떨어질 줄을 몰랐다. 딸의 그런 모습에 정말 섭섭함이 들었다.

"배신자. 엄마가 널 믿고 살아야겠니? 응?"

"으응?"

그러자 유진이 눈을 동그랗게 뜨고 고개를 갸웃거리며 그녀를 올려다보았다. 저는 항상 엄마 편인데 왜 그러냐는 듯 순진하기 짝이 없는 얼굴이었다.

아휴, 내가 애 데리고 무슨 소리를 하는 거야, 정말.

은재는 제 머리를 쥐어박았다. 그러자 유진이 그녀의 팔을 꽉 잡고 불안하게 후들거리는 다리로 용을 쓰고 일어나 그녀의 머리에 입술을 댔다.

"어마, 후우, 후우."

이 깜찍한 녀석을 어쩌면 좋을까. 유진에 대한 사랑이 넘쳐, 아이를 꼭 끌어안고 마구 입을 맞췄다. 유진이 숨이 넘어가게 웃어 댔다.

유진의 방을 나와 복도를 걷던 신욱은 아이 방에서 흘러나오는 웃음소리에 걸음을 멈췄다. 은은한 은재의 웃음 위로 은방울보다 더 낭랑한 딸의 웃음소리가 복도를 가득 메웠다.

그는 지금, 그의 평생에서 가장 행복한 웃음소리를 듣고 있다.

유진이 춥지 않게 내피에 양털이 누벼진 하얀 점퍼와 귀엽기 그지없는 진을 입혀 아래층으로 내려오자, 신욱과 처음 보는 백

인 여자가 서 있었다. 붉은색에 가까운 금발머리에 회색 눈동자
가 매우 매력적인 여성이었다. 유진을 안은 채 여자와 신욱을
번갈아 보자, 여자가 먼저 한 발자국 앞으로 나와 인사했다.

「처음 뵙겠습니다. 린제이 쿠퍼입니다.」

「안녕하세요.」

은재 역시 정중하게 인사를 하며 신욱을 돌아보았다.

"앞으로 네 개인적인 일을 봐 주면서 외출할 때도 동행할 거
야."

"비서란 말인가요?"

그는 침묵으로 대답을 대신했다. 외출에 동행하는 것은 린제
이 쿠퍼뿐만이 아니었다. 마흔 가까이 된 매우 깐깐해 보이는
베이비시터도 차 옆에 서 있었다. 딸과의 가벼운 쇼핑을 원했던
은재는 기가 막혔다.

"그냥 살 것만 사서 올 건데, 이렇게 여러 사람 피곤하게 할
필요 있어요?"

"착각하지 마. 모두 유진을 위해서니까. 유진이 내 딸이라는
걸 알 만한 사람들은 다 알아. 그만큼 거리로 나갔을 때 표적이
되기 쉽다는 뜻이야. 너도 유진이 위험해지는 걸 원치 않겠지?"

그에 대구할 말은 없다. 은재는 신욱을 흘겨본 뒤 차에 올라
탔다.

유진이 그의 딸인 건 분명하니까, 그의 말에도 일리가 있다.
대부호인 대니얼 리의 현재 유일한 자녀인 유진은, 그가 재산을
사회에 환원하지 않는 한 그의 상속녀가 분명했다.

우여곡절 끝에 출발한 차가 뉴욕 메이시스 백화점에 도착했다. 뉴욕을 대표하는 백화점 중 하나라는 말이 무색하지 않게 무척 휘황찬란했고 사람들도 많이 붐볐다. 먼저 차에서 내린 베이비시터가 정중하게 물었다.

「제가 아가씨를 안을까요?」

「아니요. 제가 안고 들어갈게요.」

그녀는 가장 먼저 유진의 운동화를 사러 유아용 매장을 찾았다.

노란색 바탕에 파란 줄무늬가 들어가, 매우 귀여워 보이는 운동화가 그녀의 시선을 사로잡았다. 운동화가 그녀의 마음에 들었음을 눈치챈 직원이 유진의 사이즈에 맞는 운동화를 보여 주었다. 유진은 투정 한 번 부리지 않고 직원이 신겨 주는 대로 가만히 앉아 있었다.

유진의 발에 신겨진 노란 운동화는 앞으로 펼쳐질 봄날, 푸른 잔디밭을 마음껏 뛰어다녀도 전혀 불편할 것 같지 않는 경쾌함을 선사했다. 제가 보기에도 마음에 드는지, 유진은 그녀가 양손을 잡아 주자 위태롭게 서 있기까지 했다.

「이걸로 할게요. 포장해 주세요.」

은재는 무조건 큰 사이즈를 사서 신고 있어도 벗겨지는 그런 운동화가 아니라, 유진의 발에 편안하게 맞는 운동화를 사 줄 수 있다는 것에 감사했다. 그리고 그것이 모두 신욱 덕분임을 기억했다. 또한 그가 유진에게 인색한 아빠가 아니어서 고마웠다.

유진을 위한 쇼핑을 끝낸 그녀는 속옷을 사기 위해 걸음을 옮겼다. 빠진 살이 언제 다시 붙을지 모르니 두어 개만 사야겠다고 생각하며 매장을 돌아보았다. 하지만 처음 보는 란제리를 유진이 잡아당겨 떨어뜨리자, 별수 없이 뒤에서 대기하고 있던 베이비시터에게 유진을 맡길 수밖에 없었다.

린제이가 그녀의 뒤를 지키는 동안, 그녀는 가장 평범한 하얀 레이스 팬티와 브래지어 세트 두 개를 골랐다. 착용해 보란 직원의 말에 망설이다. 교환하는 수고로움을 덜기 위해 탈의실로 들어갔다. 생각보다 잘 맞아 직원이 봐 줄 필요도 없었다. 얼른 옷을 갈아입고 탈의실로 나오던 은재의 걸음이 갑자기 멈췄다.

미아 메이가 유진을 안고 서 있었다.

「지금 뭐하는 거예요!」

순간적으로 피가 거꾸로 솟는 기분이었다. 은재는 손에 들고 있던 속옷 세트를 던지고 날카로운 외침과 함께 단걸음에 다가가 유진을 미아에게서 뺏어 안았다.

「어머, 은재 씨? 이 꼬마가 은재 씨 아기였어요?」

미아 메이가 놀란 듯 눈을 크게 뜨고 그녀와 유진을 번갈아 보았다.

「예쁜 동양 아기라고 생각했는데, 은재 씨 아기였다니. 그럼 이 꼬마 아가씨가 대니얼의 딸?」

은재는 미아가 유진의 존재에 대해 놀란 척하지만, 이미 모든 걸 알고 고의적으로 접근했다는 것을 의심할 수밖에 없었다. 그녀는 교양이나 이성 따위 모두 벗어던지고 미아 메이에게 달려

들어 인형 같은 얼굴을 손톱으로 확 그어 버리고 싶은 충동을 느꼈다. 그리고 순간적으로 느낀 미아 메이에 대한 살인적인 질투의 감정에 놀라고 말았다. 그녀는 여전히 신욱의 약혼녀였던 미아 메이를 질투하고 있었다.

신욱의 사랑에 목말라 하던 2년 전과 조금도 달라지지 않은 마음이 자신도 모르는 사이에 수면 위로 드러나자 몹시 당황했다. 그 모든 일을 겪고 아직도 이신욱에 대한 마음이 남아 있을 거란 생각은 하지 못했었다. 유진을 부정하는 말을 들었을 때의 그 비참함과 슬픔은 다 어디로 사라졌단 말인가!

「아기가 정말 예뻐요.」

미아가 마음에도 없는 말을 하며 화장품을 만진 게 분명한 손으로 유진의 얼굴을 쓰다듬으려고 했다. 은재는 얼른 뒷걸음질 쳐 유진에게 미아의 손이 닿지 않게 했다.

「어린아인, 손을 씻고 만지는 게 좋아요.」

「어머, 그래요? 몰랐어요. 아일 낳아 봤어야지.」

미아는 맵시 있는 제 몸매를 자랑스럽게 훑어보며 말했다. 2년 전보다 살이 빠진 게 분명해 보이는 몸매였지만 그럼에도 여전히 매력적이었다. 미아 메이는 그녀보다 우월하다는 것을 온몸으로 말하고 있었다.

「이렇게 만난 것도 인연인데 차라도 한 잔 했으면 좋겠지만 내가 좀 바빠서요. 나중에 봐요.」

은재는 미아 메이와 빨리 헤어지고 싶은 마음에 마음에도 없는 대답을 했다.

「그러죠.」

「참.」

그녀에게서 멀어지던 미아가 뒤돌아서 싱긋 웃었다.

「그 사람이 시계를 놓고 갔더라고요. 대니얼에게 그렇게 좀 전해 줄래요?」

순간 찬물을 뒤집어쓴 듯 모멸감이 전신을 엄습했다.

「그럼, 정말 안녕.」

도도한 손짓을 해 보이며 제 갈 길을 향해 가는 미아 메이의 뒷모습을 보다, 그녀의 심상치 않은 표정에 불안해하며 서 있는 베이비시터를 응시했다.

「미아 메이가 왜 유진을 안고 있었죠?」

「그게, 아기가 예쁘다고 한 번만 안아 보자고 해서……. 미아 메이를 모르는 사람은 없으니까, 전 그래도 된다고 생각했어요.」

베이비시터의 안일한 대답은 은재를 더욱 화나게 만들었다.

「미아 메이를 모르는 사람이 없으니까 잘못이라는 거예요. 그리고 난 얼굴이 알려진 사람이면 내 딸을 안아 보게 놔둬도 된다고 말한 적 없어요. 한 번만 더 이런 일이 있으면 가만히 있지 않을 거예요. 명심하세요.」

「예, 사모님. 죄송합니다.」

「이번 한 번은 그냥 넘어갈 테니 조심하세요.」

애꿎은 화풀이를 한다는 생각이 없지 않았지만, 은재는 미아 메이가 유진의 주변에 있는 것이 끔찍하게 싫었다. 유진은 그녀의 딸이었고, 딸아이의 주변에 있어야 할 사람과 있지 말아야 할 사람을 구분 짓는 것은 분명 그녀의 권리였다. 은재는 유진을 안은 팔에 힘을 준 채 차갑게 말했다.

「그만 집으로 돌아가죠.」

「하지만 사모님, 쇼핑은……」

「됐어요. 돌아가죠.」

지금 당장 유진을 아무도 건드리지 못할 집으로 가고 싶은 생각밖에 없었다.

미아는 은재가 아기를 안고 베이비시터와 비서를 뒤에 거느린 채 멀어지는 것을 보며 주먹을 움켜쥐었다. 원래 그녀가 있어야 할 자리를 빼앗은 은재에 대한 증오가 스멀스멀 전신으로 퍼져 나갔다.

분을 삭이지 못해 발을 구르던 미아는 마이클을 찾아가기로 했다. 빌라로 들어서는 그녀를 본 마이클의 표정이 일그러졌다.

「여기 함부로 오지 말라고 했잖아! 누가 보면 어쩌려고 그래?」

「누가 보면 어때서? 오빠와 내가 남매인 걸 모르는 사람도 있나?」

태연한 미아의 대답이 마이클을 더 화나게 만들었다.

「왜 그렇게 심기가 불편하지?」

「그만 나가.」

「마이클, 내 얘기 좀 들어 봐. 서은재 그년을 봤어. 대니얼의 딸을 안고 아주 자랑스럽게 메이시스 백화점을 활보하고 다니고 있더라. 비서와 베이비시터까지 데리고!」

마이클이 비죽이 웃으며 위스키를 마셨다.

「결국 그렇게 됐나?」

「지금 웃음이 나와!」

미아가 신경질적인 비명을 내질렀다. 손톱을 잘근거리며 카펫 위를 서성거렸다.

「미아, 그만 포기해. 서은재가 대니얼의 아이를 낳았어. 혼인신고도 됐고, 이제 더는 어쩔 수가 없다고.」

「마이클, 마이클! 제발 입 다물어!」

미아가 사납게 마이클을 노려보았다.

「지난 4년간 네가 아무리 발버둥 쳐도 못 한 일이야. 포기해.」

「미쳤어? 공들인 시간이 얼마인지 알아? 내가 대니얼에게 들인 시간이 얼만데! 절대 포기할 수 없어. 난 절대 포기 안 해!」

「그럼 너 혼자 해라, 미아.」

사람을 죽이고 홀로 치르는 대가는 혹독했다. 미아에 대한 사랑으로 눈이 멀어 지나 최의 죽음을 사주했던 마이클은 매일 밤 살귀로 변해 달려드는 지나 최의 꿈을 꿨다. 지나 최도 그다지 좋은 인간은 아니었다. 차라리 존재하지 않는 것이 여러 사람에게 이로운 존재였지만 그렇다고 해서 마이클의 죄책감이 줄어드는 건 아니었다. 마음의 감옥을 짓고, 그 속에 틀어박혀 매일 밤 신음했다.

그런데 미아는 그의 고통은 안중에도 없이 계속해서 같은 요구를 해 왔다. 눈먼 사랑이 남긴 것은 살인자라는 끔찍한 멍에 뿐. 그는 미아를 사랑해서 좋았던 것이 하나도 없었다. 서서히 미아에 대한 마음이 사라진다.

「마이클, 제발!」

미아가 달라붙어 페니스를 잡으려고 하자 마이클은 거친 손으로 미아를 떨쳐 냈다.

「난 더 이상 네가 기분 내킬 때 베푸는 관심을 갈구하지 않는다. 그러니 제발 그만해.」

마이클의 차가운 거절을 받은 미아가 표독스럽게 소리쳤다.

「아니, 오빠는 절대 날 못 떠나.」

「그럴까?」

「당연하지. 오빤 사람을 죽였어. 세상 사람 다 모른다고 해도 내가 그걸 알고 있잖아? 아무리 증오하는 생모였어도 생모가 오빠 손에 죽은 걸 알면 대니얼이 가만히 있지는 않을 거라고. 오빠도 끝이란 말이야!」

「미아!」

「그러니까 내 말 들어, 마이클. 내 뜻을 따라야 해.」

미아는 그에게 달라붙어 쉬지 않고 피를 빨아먹는 거머리 같았다. 잘못된 사랑의 대가가 이토록 크고 참혹한 것인가. 마이클은 절망했다.

✳

신욱은 자정이 훨씬 지난 시각, 저택으로 돌아왔다. 유진을 뉴욕에 데리고 오기 위해 신년 일정이 모두 뒤죽박죽이 된 터라 업무량이 평소의 두 배를 넘었다. 현관으로 들어서자 대기하고 있던 집사와 린제이 쿠퍼가 인사를 했다. 신욱은 집사에게 코트를 건네며 린제이에게 그의 두 여자에 대해 물었다.

「오늘 밖에서 별일 없었나?」

「그게, 사모님께서 백화점에 가셨다 미아 메이를 만났습니다.」

린제이의 보고를 들은 신욱의 이마가 단번에 찌푸려졌다.

「미아 메이? 그 여자가 왜 거기 있었지?」

아직도 뉴욕 바닥을 헤매고 다니는 건가? 정말 끈질긴 잡초를 상대하는 기분이었다. 단지 그것만으로도 기분이 몹시 언짢은 그에게 린제이가 또 다른 사실을 보고했다.

「베이비시터가 아가씨를 안겨 준 걸 사모님께서 아시고 언짢아하셨습니다. 제가 부주의해서 일어난 일입니다. 죄송합니다.」

「제정신이야!」

결국 신욱이 버럭 고함을 질렀다.

「내 딸을 왜 아무에게나 안겨 줘? 그러다 유괴라도 당하면 어쩌려고 그런 짓을 한 거냐고! 당장 해고해!」

「알겠습니다.」

「그런 일이 일어나지 말라고 자네를 고용한 거야. 잊었나?」

베이비시터가 유진을 안고 있던 동안 은재를 지켜야 했던 린제이는 신욱의 추궁을 순순히 받아들였다.

「죄송합니다. 앞으로 이런 일 없도록 각별히 주의하겠습니다.」

「내 아내가 허락하지 않은 사람에게 함부로 내 딸을 안게 하지 마. 함부로 만지게 하지도 마라! 내 딸은 아무나 만져도 되는 인형이 아니야! 알겠나? 내 아내와 내 딸을 수행하는 모든 사람들에게 전해.」

「예, 회장님.」

그는 분노를 숨기지 않은 채 이 층으로 올라갔다. 지금은 괜찮지만, 또 언제 병원 신세를 져야 할지 모르는 아이였다. 개월 수보다 작은 몸집 때문에 그의 마음을 아프게 만드는 어린 딸이 미아 메이에게 안겨 있었다는 것을 생각만 해도 화가 났다. 그가 이런데 은재는 더했겠지.

침실로 들어간 그는 재킷을 벗어 소파에 던졌다. 셔츠의 단추를 푸는데, 노크도 없이 문이 열리고 은재의 모습이 드러났다. 복도의 불빛에 의해 섬세한 몸의 실루엣이 여과 없이 드러났다. 본인은 모를 실루엣이 그의 욕망을 한없이 자극했다.

"왜."

뭉글거리는 욕망으로 목소리가 자연 탁하고 낮게 흘러나왔다.

"아직도 그 여자 만나요?"

그 역시 미아 메이에 대한 엄청난 분노를 느꼈지만, 어쩐지 그것을 은재에게 드러내고 싶지 않았다. 미아 메이로 인해 은재를 자극하고 싶다는 이상한 심리가 생겨났다.

"네가 무슨 상관이지?"

"물론 나와 상관없어요. 하지만 오늘처럼 그 여자가 내 딸에게 접근하게 내버려 둔다면 아주 큰 상관이 있어질 거예요."

경고를 남긴 그녀가 뒤돌아섰다. 그는 깨달았다. 이대로 은재를 내보낼 수 없음을……. 지난 2년간의 금욕이 깨어지며 걷잡을 수 없는 욕망이 생겨났다.

은재가 문손잡이를 잡았다. 그런데 갑자기 등 뒤로 그의 기척이 느껴지더니 뒤에서 뻗어 나온 강한 팔이 열린 문을 쾅 하고 닫았다. 그가 그녀를 돌려세워 문에 기대게 하자 은재는 순식간에 문과 그의 가슴 사이에 갇히고 말았다.

"대답해."

"대체 뭘 말이에요?"

"왜 내 아일 낳았지? 그건 언제든 내게 돌아올 빌미를 만들기 위해서가 아니었나?"

하체를 밀어붙이며 지분거리는 그의 말에 은재가 분노했다.

"저리 가요!"

그의 가슴을 밀쳤지만 그는 꿈쩍도 하지 않았다.

"대답해! 왜 낳았어!"

"나쁜 자식, 저리 가!"

"왜? 네가 원하는 대로 널 가져 주겠다는데!"

그의 뺨을 때리기 위해 손을 올렸으나, 팔목을 잡히고 말았다. 팔목이 잡힌 채로 끌려가 침대 위로 내동댕이쳐졌다. 재빨리 일어나 도망치려고 했지만 그의 손에 발목이 잡히고 말았다.

"하지 마!"

그에게서 벗어나기 위해 그녀가 발버둥 쳤지만 아무 소용도 없었다. 그의 거친 손길에 블라우스가 찢어지고, 치마가 허리 위로 올라갔다.

"나쁜 자식!"

그를 똑바로 쳐다보며 분노를 터트렸다. 그러자 그가 자괴 어린 조소를 지으며 대답했다.

"아니라고 한 적 없어."

그것은 전쟁이었다.

그의 뜨거운 숨결이 귓가에 닿았다 싶은 순간, 귓바퀴가 그의 입안으로 삼켜졌다. 은재의 가슴이 크게 들썩거리며 긴 숨이 새어 나왔다. 귓구멍으로 미끈한 혀가 파고든다. 진저리 쳐지게 소름 끼치는 느낌…….

그녀의 길고 하얀 목덜미에 붉은 흔적을 남긴 채 입술을 아래로 이동했다. 아이를 낳아서인지 2년 전보다 가슴이 풍만해져 있었다. 짙은 핑크빛의 유두를 이로 물자, 유두가 꼿꼿하게 성을 내기 시작했다. 다른 유방을 사정없이 쥐어뜯으며 크게 입을 벌려 한 입 가득 베어 물고 빨아 당겼다.

이 수치스런 상황에서도 신음이 터져 나오려고 했다. 그녀의 이성과 달리 육체는 그가 전해 주던 쾌락과 욕망을 하나도 잊지 않고 있었다. 그의 손이 지나가는 자리마다, 그의 입술이 지나가는 자리마다 붉은 흔적이 남으며 새빨간 욕망이 넘실거린다.

은재는 입술을 힘껏 깨물며 비명이 터져 나오지 않기를 기도했다.

옴폭 패인 배꼽에 혀를 밀어 넣고 희롱하던 그가 그녀의 얇은 팬티를 찢어 버렸다. 쫙, 천이 찢어지는 소리가 흥분을 배가시켰다. 그는 그녀가 다리를 오므리려 힘을 주는 것을 아주 가볍게 제압해 활짝 벌렸다.

깨끗하고 톡 쏘는 특유의 체취를 맡자 이미 거대하게 팽창한 페니스가 더욱 커지며 마치 살아 움직이는 듯 끄덕거렸다. 분홍빛 속살을 혀로 쓰윽 핥자 그녀의 허리가 튕겨 올라왔다. 그는 커다란 손으로 그녀의 납작한 아랫배를 꽉 눌러 움직이지 못하게 한 채, 입술을 묻었다.

흐윽!

은재는 피가 맺힐 만큼 힘껏 입술을 깨물었다.

한계였다. 신욱은 더는 견디지 못할 것 같았다. 이미 2년이나 이 여자를 잊고 살았던 육체가 비명을 질러 댄다. 그는 상체를 일으키며 젖은 입술을 손등으로 쓰윽 닦았다. 얼굴이 빨개진 채, 옆으로 고개를 돌린 그녀는 가쁜 숨만 내쉬고 있었다.

활짝 벌린 다리 사이의 통통하게 부풀어 오른 질구를 쓰윽 문지르다 꽉 잡자, 은재가 두 손으로 입을 가렸다. 하지만 그는 그녀의 반응을 즐거워할 여유가 없었다. 맑은 액을 흘려 대는 귀두로 질구를 문지르자 그녀의 섬세한 등이 바르르 떨리며 활처럼 아름답게 휘어졌다. 신욱은 홀린 듯 은재를 바라보며 질구를 희롱하다 푹 쑤셔 넣고 말았다.

아아, 아아!

뜨겁게 옥죄는 속살의 느낌.

이제야 알겠다. 그는 이 여자가 그리웠었다. 이 여자의 달콤한 체취, 이 여자의 크림 같은 피부, 이 여자의 부드러운 머릿결 모두 너무나 그리웠었다.

두 번 다시 뺏기지 않아!

미칠 것 같은 광기가 그의 전신을 지배했다. 출산을 했다고는 믿어지지 않을 만큼 좁은 질이 페니스를 끊을 것처럼 물고 수축한다. 온몸이 그녀의 질 안으로 빨려 들어가는 것만 같은 느낌. 머릿속이 아찔할 만큼의 쾌감이 엄습했다. 그동안 어떻게 이 여자의 느낌을 잊고 살았을까, 어떻게……! 그는 통제를 잃고 거칠게 그녀를 찔러 대기 시작했다. 질의 깊은 곳을 계속해서 찔리자, 미칠 것 같은 쾌감에 은재의 머릿속이 빙글빙글 돌았다.

그는 쉽게 끝낼 마음이 없는 것 같았다. 절정의 문턱에서 허우적거리는 그녀를 다시 현실로 끌어내려, 자궁 끝까지 페니스를 묻고 힘껏 비벼 댄다. 치골에 닿은 음낭과 마찰된 성기가 빚어내는 접촉이 또 다른 쾌락이 되어 그녀를 괴롭혔다.

하악, 하악. 은재는 가쁜 숨을 몰아쉬었다. 숨이 막혀 심장이 터질 지경이었다. 제 몸이 의지를 잃고 두 다리가 그의 허리를 옥죄며, 움직임을 부추긴다. 제발, 끝까지 가게 해 달라고……! 세상에 다시없을 음란한 여자가 되어 신욱에게 보채는 것이 믿어지지 않았다. 그가 뿌리 끝까지 페니스를 뺐다, 쾅, 소리가 나게 박아 넣었다. 젖은 살이 닿으며 철썩거리는 소리가 귀를 때

141

린다.

이대로는 못 참아.

미칠 것 같은 쾌락과 충족되지 못한 욕망에 이성을 잃은 은재는 그의 굵은 팔에 손톱을 박았다. 그것이 신호가 되었는지, 그의 움직임이 지금까지와는 비교도 할 수 없을 만큼 거칠어졌다. 그녀의 엉덩이를 꽉 그러잡은 채, 속도를 높여 질주하기 시작했다. 은재는 그의 속도를 따라가기가 너무 벅찼다. 이대로 숨이 멎어도 이상할 게 하나 없는 전쟁 같은 섹스였다.

"그만, 그만……!"

은재는 저도 모르게 비명을 내질렀다.

더는 견딜 수가 없어!

그 순간 페니스의 뭉툭한 끝이 송곳처럼 날카롭게 자궁의 벽을 찔렀다.

"아앗!"

커다란 비명과 함께 오르가슴에 다다랐다. 눈앞이 빙글빙글 돌고 머릿속이 하얘졌다. 신욱은 축 늘어진 그녀의 허리를 강하게 잡은 채 마지막 질주를 계속했다.

조금만……. 조금만 더……!

이대로는 부족해, 부족하다.

은재가 다시 비명을 내지른다. 그 날카로운 교성에 미쳐, 그가 마지막 피치를 올렸다. 순간 그의 상체가 휘어지며 뻣뻣하게 굳어졌다. 사정. 서은재가 떠난 뒤, 다시 가진 서은재와의 첫 섹스, 그 미칠 듯한 쾌락. 그는 은재의 작은 엉덩이가 형체를 잃을 지경이 되도록 움켜잡은 채 절정의 쾌락을 음미했다.

극한의 쾌락이 서서히 물러간 뒤에야 몸을 뺀 그는 대자로 뻗어 가슴을 크게 들썩거리며 가쁜 숨을 몰아쉬었다. 은재가 그에게서 등을 돌린 채 몸을 웅크렸다. 색색, 그녀 역시 가쁜 숨을 내쉬고 있었다.

차츰차츰 광기 어린 욕망이 물러가고 이성이 돌아왔다. 은재는 욕망에 어이없게 져 버린 자신이 한심했다. 그를 등진 채 몸을 일으켜 침대를 내려가려는데, 뒤에서 뻗어 온 팔이 그녀를 잡아 다시 침대에 눕혔다.

"갈 거예요. 했으니 됐잖아요."

반항 어린 눈으로 그를 쏘아보자, 그의 입매가 비틀렸다.

"겨우 한 번으로?"

"그럼 대체 어쩌자는 거예요?"

"내가 만족할 때까지야."

"난 싫어."

"네가 유진일 낳은 순간부터 네게 선택권은 없어."

마치 벽을 보고 이야기하는 심정이었다. 이 독선적이고 오만한 남자를 어떻게든 이기고 싶다는 치기 어린 생각이 그녀를 지배했다.

예고도 없이 그의 긴 손가락이 질 안으로 파고들었다. 페니스보다는 얇지만 더 꼿꼿해서 질 안을 긁어 대는 힘이 상상을 초월했다. 은재는 소리 내지 않기 위해 최선을 다했다.

"인정해. 너도 나만큼 이걸 원하고 있어."

"아니야."

은재는 목소리가 떨리지 않았음을 감사히 여겼다.

"그래?"

비릿하게 웃더니 손가락 하나를 더 밀어 넣었다. 허리가 뒤틀렸다. 페니스의 움직임을 흉내 내어 들고 났다. 손가락 두 개로 꽉 차는 질 안에 맑은 액이 고이며 그의 손가락을 적시는 게 고스란히 느껴졌다. 수치스러움을 참지 못한 그녀는 두 눈을 질끈 감고 말았다.

빡빡하던 움직임이 부드러워지자, 승리감을 만끽할 틈도 없이 페니스가 다시 처음처럼 발기했다. 그녀를 흥분시켜 비웃어 줄 심산이었는데, 정작 그도 그녀만큼이나 흥분하고 말았다. 온몸을 도홧빛으로 물들인 서은재가 이루 말할 수 없이 아름답다 느낀 순간, 그의 심장이 뜨겁게 조여들었다.

내 아내.

이제 그 누구도 강탈해 갈 수 없는, 법적으로도 완벽하게 그의 아내가 된 여자. 오로지 그만이 탐할 수 있다. 그만이……. 그 사실은 수컷의 오만함을 한껏 고취시키기 충분했다. 그녀의 속살을 크게 벌리며 페니스가 파고든다. 처음보다 더 커진 것 같은 페니스는 그녀의 몸을 찢을 것처럼 거대했다. 천천히 밀려 들어 오는 그것이 내장까지 밀어 올리는 기분에, 은재는 숨이 막혀 왔다.

뜨겁고 뭉근하며 아릿한 쾌감……

전부를 꿰뚫을 것처럼 날카롭게 파고들었다 쑥 빠져나간 그것이 다시 파고들어 그녀를 찔러 댄다. 한 번, 두 번……. 움직임이 반복될수록 속도는 빨라지고 세상은 좁아진다.

이신욱이란 남자와 서은재라는 여자만이 존재하는 작은 세상.

광기 어린 쾌락으로 얼룩져 울고 신음하고 몸부림쳐 하나로 얽혀 든 그들의 나신은 체액과 땀으로 얼룩져 있었다.

"아아앗!"

다시 그녀의 높은 교성이 방 안 가득 울려 퍼졌다. 그와 동시에 그의 낮은 숨소리가 묵직하게 뒤를 이었다.

"헛!"

아랫배에 뜨거운 기운이 가득 느껴졌다. 미칠 것 같은 절정의 한복판에서, 그녀는 자잘하게 움직이는 그의 행동에 강한 환희를 느꼈다. 그녀는 미쳤다. 이신욱에게 완벽하게 미쳐 버렸다.

은재는 문득 이름 모를 새가 지저귀는 소리에 눈을 떴다. 커튼이 쳐지지 않은 창가가 낯설어 눈을 깜빡거리다 정신을 차리고 벌떡 일어나 앉았다. 그녀의 곁에 신욱이 잠들어 있었다. 당황해서 시트를 끌어당겨 가슴을 가리는 그녀의 손이 떨렸다.

미쳤나 봐.

은재는 어젯밤을 생각하며 가는 신음을 삼켰다.

어떻게 저 남자와 다시 섹스할 생각을 했지?

입으로는 싫다고 하면서 몸은 끝없이 그를 받아들였다. 확실히 제정신이 아니었다.

"후회를 하기엔 너무 늦은 것 아닌가?"

그가 눈을 감은 채 허스키한 음성으로 빈정거렸다. 그 순간 은재는 그의 벗은 가슴을 아프게 때려 주고 싶다는 충동을 느꼈다. 하지만 이제 와 그게 다 무슨 소용이야. 어깨를 늘어뜨린 그녀가 시트로 몸을 감은 채 침대를 내려왔다.

"파티를 할 거야."

그를 모른 척 방을 나가려던 계획은 수포로 돌아갔다. 그녀는 시트를 바닥에 끌며 그를 돌아보았다.

"아침부터 그게 무슨 소리예요?"

느릿하게 일어나 헤드보드에 등을 기댄 그가 사이드 테이블 위에 놓였던 담배 케이스를 들었다. 하지만 은재의 이마가 곧장 찌푸려지는 것을 보고서는 다시 케이스를 내려놓았다.

"유진은 숨겨진 자식이 아니야. 내가 내 자식으로 인정하고 있다는 것을 보여 줘야 해."

"꼭 그렇게까지 해야 해요? 유진인 건강도 좋지 않은데."

"유진이 피곤하진 않을 거야. 아주 잠깐 사람들에게 소개시킨 뒤, 제 방에서 나올 일은 없을 테니까."

은재는 고개를 저었다.

"아주 확실하게 잠을 깨워 주는 소식이군요. 멋져요."

그녀의 빈정거림에 그가 미간을 좁혔다.

"아침 기분이 늘 좋지 않군."

그녀는 그를 노려보다 고개를 돌렸다. 상대해서 좋을 게 하나도 없는 남자야. 이길 수가 없다고.

"그 차림으로 나가겠다는 건 아니지?"

"제발 입 좀 다물어요."

그가 나신임을 의식하지 않은 채 드레스 룸으로 들어가 검은 로브를 두 개 가져와 하나를 내밀었다.

"걸쳐."

"참 친절하시군요."

"my pleasure, lady."

정작 나신인 사람은 뻔뻔한데, 얼굴을 붉힌 은재는 그를 쳐다보지 않기 위해 안간힘을 쓴 채 로브를 낚아챘다. 그러다 그의 오른쪽 다리에 시선이 닿았다. 허벅지부터 종아리까지 길게 이어진 검붉은 자국을 본 그녀는 숨을 훅 하고 들이쉬었다. 그녀의 시선을 쫓던 그가 물었다.

"관심이 있나?"

"……다쳤었어요?"

"글쎄……."

신욱은 모호하게 말끝을 흐린 채 로브를 걸치며 뒤돌아섰다. 대체 무슨 일이 있었던 거지? 그녀는 그에게 일어난 일이 궁금했지만 그의 몸짓이 전하는 뜻은 명백했다. 더는 대답할 마음이 없다는 것. 은재는 미련을 버린 뒤 로브를 걸쳤다. 그리고 그의 침실을 나가려다 문득 떠오른 생각에 뒤돌아서 신욱을 주시했다.

"어젯밤 하던 얘길 마저 해야겠죠? 아주 정확하게 다시 한 번 말하겠어요."

그러자 그가 아주 태연하게 반문했다.

"뭘."

"난 두 번 다시 미아 메이를 마주치고 싶지 않아요. 미아 메이가 내 딸을 만지는 것은 물론 쳐다보는 것도 싫어요. 그러니 당신이 알아서 처신하세요."

신욱이 미간을 좁혔다.

"처신이라……. 마치 내가 바람이라도 피는 것처럼 말하는군."

"미아 메이가 전해 달라는 말 못 들었어요? 시계를 두고 갔다고 했잖아요."

"아직도 그 여자의 말에 놀아나나?"

"아니란 말인가요?"

"난 먹다 버린 음식은 먹지 않아. 그게 아무리 맛있어도 두 번은 먹지 않지."

신랄한 그의 말이 진실인지 가늠하기 위해 한참 동안 쳐다보았다. 하지만 무표정한 얼굴에서는 아무 감정도 찾을 수가 없었다. 은재는 심호흡을 한 뒤 말했다.

"그 말, 믿어 보도록 할게요."

유진을 위해서.

17.

    은재는 자신과 주변 사람들을 혼란에 빠뜨렸던 사구체 신염의 정기 검진을 미국에서도 받아야 했다. 소리 없이, 그리고 통증 없이 서서히 신장을 망가뜨려 종래에는 기능을 소실하게 만드는 무서운 병인만큼 검진은 무엇보다 중요했다.

    병원을 좋아하는 사람이 어디 있겠냐마는 은재 역시 이것저것 검사를 받는 것이 너무 무서웠다. 혈액을 채취하고 초음파를 찍고 MRI 촬영을 하기 위해 좁은 원통형의 기기에 갇히는 것이 싫었다. 하지만 유진을 엄마 없는 아이로 키우고 싶지 않다는 강한 열망이 두려움을 이기게 했다. 그녀가 그랬던 것처럼 외로움에 떨게 하지 않을 것이다. 물론 세상에는 좋은 새엄마도 많지만, 유진을 향해 온전히 마음을 열어 줄 사람은 유진을 낳은 자신밖에 없다는 생각을 했다.

「혈뇨는 보이지 않지만 단백뇨는 조금 보이는군요. 하지만 혈압은 정상이시네요. 혹시 복통이 있거나, 가스가 차는 것 같은 느낌은 없습니까?」

「아니요. 그런 느낌은 없었어요.」

「다행입니다. CT상으로도 그런 소견은 보이지 않습니다. 하지만 이미 사구체 신염을 앓으신 만큼 또 언제 증세가 악화될지 모릅니다. 검진 기간이 남았어도 감기 증세를 느낀다면 곧장 병원으로 오셔야 합니다. 아시겠습니까?」

「네, 명심하겠습니다.」

「그럼 석 달 뒤에 뵙죠.」

「감사합니다.」

진료실을 나오자 시름을 던 것처럼 안도감이 퍼져 나갔다.

한국에서 그녀를 담당했던 주치의는 그녀에게 만성 신부전으로 이행되지 않고 회복한 것을 축복으로 여기라고 했다. 이대로 관리만 잘 된다면 생활에 큰 무리가 없을 거라는 말을 덧붙이면서 말이다.

스트레스를 받지 말아야 한다는데, 곳곳에 포진되어 있는 스트레스는 어쩌란 말인가. 그리고 말이야 바른 말이지, 스트레스 없는 인생이 어디 있다고…….

은재는 한숨을 푹 쉬었다.

저택으로 돌아온 그녀는 낯선 사람들로 북적이는 집 안 풍경에 어리둥절해지고 말았다.

「이게 다 뭐죠?」

그러자 그녀의 뒤에 서 있던 린제이가 친절하게 설명해 주었다.

「삼 일 뒤에 있을 파티를 위해 전문 업체에서 방문한 것입니다. 사모님께서는 신경 쓰지 않으셔도 됩니다.」

파티가 치러진다는 린제이의 말에 은재는 신음을 삼켜야 했다. 신욱의 말은 빈말이 아니었다.

그날 오후, 퍼스널 쇼퍼가 그녀와 유진을 위한 여러 벌의 드레스를 가지고 저택을 찾아왔다. 유진의 옷은 여자아이답게 핑크색이 많았지만, 은재가 선택한 것은 하얀색 원피스였다. 상의는 무난한 데 비해 치마는 금빛 레이스로 켜켜이 띠를 두른 독특한 디자인의 아기 드레스였다. 하얀 스타킹과 빨간 에나멜 구두로 소품까지 완벽하게 코디했다.

신욱은 딸을 소개하는 자리에 비용을 아끼지 않기로 작정을 했는지, 다이아몬드가 박힌 티아라까지 주문을 했다고 했다. 드레스를 입히고 티아라를 씌우자, 유진은 정말 공주처럼 보였다.

"네 아빠가 아주 작정을 했구나."

한숨을 쉬었지만 너무나 예쁜 딸의 모습에 미소가 지어지는 것은 어쩔 수가 없었다.

「이제 사모님 드레스를 고르셔야 합니다. 쇼퍼가 지금 기다리고 있습니다.」

린제이가 그녀를 일깨웠다.

「난 그냥 평범한 걸로 하죠.」

그렇게 말한 은재는 화려하고 현란한 드레스 사이에서 가장 무난한 검은 드레스를 선택했다. 그러자 린제이의 표정이 좋지 않았다.

「왜 그러세요?」

「이런 말씀 드리는 것이 주제넘은지 알고 있습니다만, 제 생각에는 그 드레스를 회장님께서 좋아하지 않으실 겁니다.」

　은재는 어깨를 으쓱거리며 고집을 굽히지 않았다.

「그 말을 들으니 더 이걸로 해야겠어요. 다른 건 필요 없어요. 이걸로 할게요. 다 치워 주세요.」

　짧은 시간이지만, 은재가 말한 대로 실천하는 사람임을 깨달은 린제이가 말없이 퍼스널 쇼퍼에게 눈짓해 모두 치우게 했다.

　피곤해하는 유진을 재우고 복도로 나오던 은재는 이 층 계단 난간에 서 사람들이 일하는 것을 지켜보았다. 린제이의 설명으로는, 신욱이 이 저택에서 살게 된 이래 처음으로 집을 개방해 사람들을 초대한다고 했다.

　자신의 딸을 소개하기 위해.

　칠성급 호텔의 파티 관계자들이 분명해 보이는 사람들의 움직임은 일사불란했고, 다른 사람들이 끼어들 틈이 없었다. IE 한국 지사장의 비서 시절, 지사장과 함께 경제인 파티를 비롯한 가벼운 칵테일파티에 참석한 경험은 많지만, 순수하게 사교를 목적으로 하는 대규모 파티는 센토사 코브의 저택에서 있었던 파티 이후 처음이었다. 게다가 이것은 오로지 유진만을 위한 파티였다.

그녀와 유진에게 쏠릴 사람들의 시선이란……!

유진의 운동화를 살 때는 풍족한 것이 좋았지만, 지금은 괴리감마저 느껴진다.

은재가 엄청난 부담을 느끼는 파티의 밤이 다가왔다. 베이비시터가 드레스로 갈아입은 유진을 돌보는 사이, 그녀도 준비를 해야 했다. 그런데 정숙해 보이고 답답해 보이던 검은 드레스는 입고 나자 엄청난 반전을 가져왔다.

그녀의 몸에 딱 달라붙어 몸의 굴곡을 여과 없이 드러냈고, 생각보다 많이 파여 어깨를 모두 드러냈다. 또한 아무 장식이 없어 은재의 단아하고 섬세한 아름다움을 부각시켰다. 더구나 검은색이어서 그녀의 투명한 피부를 더욱 맑게 보이게 만들었다. 오늘 밤 아주 작정을 하고 남자를 유혹하기 위해 입은 하나의 전투복 같았다. 정말 이런 모습을 상상하고 선택한 옷이 아니었다. 그녀는 자신의 모습을 거울에 비춰 보며 입술을 깨물었다. 린제이가 권할 때 다른 옷으로 골랐어야 했다. 이 모든 게 그녀의 고집 어린 결정에서 비롯된 일이니 누굴 원망할 수도 없다.

"이 방을 나갈 생각이 없는 것 같군."

갑자기 들린 목소리에 깜짝 놀라 돌아보자 문설주에 기댄 그가 그녀를 보고 서 있었다. 검은색 정장 차림의 그는 숨이 막히도록 근사했다. 그가 거울 앞에 선 그녀에게로 느릿하게 다가왔다.

"문제가 뭐지?"

"그런 거 없어요."

"가시를 세우고 있군. 뭔가 굉장히 불안하다는 증거인데."

그의 말에 은재가 고운 눈썹을 치켜떴다.

"그 말은 무슨 뜻이에요? 나에 대해 전부 안다고 생각하지 말아요."

"그럼 아닌가?"

그의 빈정거림에 은재가 분한 듯 입술을 깨물었다. 그러자 그가 그녀의 입술에 시선을 떼지 않은 채 허스키하게 말했다.

"화장이 지워지겠어."

순간 그들을 둘러싼 공기가 빠르게 은밀하고 농밀해졌다. 삼일 전 밤 격렬했던 섹스를 떠올린 은재가 저도 모르게 얼굴을 붉히며 한 걸음 물러났다. 그녀의 소심한 모습에 신욱이 피식 웃었다.

"귀엽군."

마치 유진을 대하는 듯 그녀를 대하며 주머니에서 목걸이를 꺼냈다.

"뒤로 돌아 봐."

"뭐예요?"

"가만히 있어."

가느다란 목에 차가운 금속의 느낌이 느껴졌다. 그가 물러서고 거울에 비춰 보자, 유진의 티아라를 다이아몬드로 커팅 해 펜던트로 만든 목걸이였다.

"이건……."

"와이프에게 인색하단 소리를 들으면 자존심이 상해서 쓰나."

그는 다른 쪽 주머니에서 케이스 하나를 더 꺼냈다.

"귀걸이야."

"고, 고마워요."

그가 깊고 검은 눈동자로 그녀를 내려다보며 선언했다.

"칭찬은 다른 걸로 받지."

농염한 밤을 뜻함이 분명한 그의 허스키한 약속을 듣자, 등줄기로 찌릿한 전율이 흘렀다. 더불어 아랫배가 몽글거리는 느낌을 받았다. 그녀의 이성이 미처 작용하기도 전에 몸이 먼저 반응을 했다. 자신의 반응에 당황해 얼굴을 붉히는 그녀를 검은 눈동자로 쳐다본 그가 방을 나갔다.

은재는 다리가 후들거려 서 있을 수가 없었다.

정말 내가 어떻게 된 거야. 어떻게…… 어떻게 이럴 수가 있지?

의지와 상관없이 그녀의 육체가 그를 끊임없이 원하고 갈구한다. 그녀는 그에게 미쳐 버렸나 보다. 아주 확실하고 단단히…….

IE 그룹 대니얼 리 회장의 뉴욕 본가 저택이 개방된 것은 처음인 데다, 그 목적이 딸과 아내를 소개시키기 위함인 것을 아는 사람들의 얼굴에는 호기심이 역력했다. 대부호인 데다 매력적인 미혼남이어서 숱한 애정공세를 받았던 그가 소리 소문 없이 동양인 아내와 딸을 뒀다는 것은 센세이션을 일으키기 충분했다.

"모두 잡아먹을 기세군요."

그의 곁에 선 은재가 깊은 숨을 내쉬며 속삭였다. 그러자 그가 태연히 말했다.

"저들 중 누구라도, 죽고 싶지 않다면 널 건드리지 않을 거야. 그러니 안심해."

하지만 전혀 위로가 되지 않는 말이었다!

"저기, 모여 선 여자들의 눈빛이 안 보여요? 눈빛만으로 살인이 가능하다면 난 벌써 여러 번 죽었을 거예요."

거듭된 은재의 한탄에 신욱이 그녀를 내려다보았다.

"겨우 파티 하나에 쩔쩔매는 겁쟁이였나?"

"네."

단호하게 대답하는 그녀의 모습을 본 그가 고개를 저었다.

"안심해. 누구도 널 건드리지 않을 거야. 내가, 받은 것은 정확히 셈해 되돌려 주는 성격이라는 것을 모르는 사람은 오늘 초대하지 않았으니까."

그가 그녀의 손을 잡아 자신의 팔에 팔짱을 끼게 했다. 그녀는 심호흡을 한 뒤 그의 팔짱을 끼고 사람들 앞에 섰다. 소리 죽여 속삭이던 사람들의 말소리가 뚝 끊어졌다.

「이렇게 제 파티에 참석해 주신 여러분께 감사드립니다. 여러분께 제 아내와 어린 딸을 소개할 수 있어 참으로 기쁜 밤입니다.」

사무적인 멘트였으나 목소리가 워낙 근사해 그마저도 멋지게 들렸다.

그들의 뒤에서 새로 온 베이비시터에게 안긴 유진이 모습을 드러냈다. 신욱이 유진을 받아 안고 사람들에게 보여 주었다. 여기저기서 탄성이 터져 나왔다. 인형처럼 깜찍한 외모에 잘 어울리는 드레스까지 입은 유진이 대니얼 리의 딸임을 그 누구도 의심하지 않았다.

「제 딸이 아직은 어린 관계로 짧은 소개만 시켜 드립니다. 그 점 양해 부탁드립니다.」

그렇게 말한 신욱이 유진을 베이비시터의 품에 안겨 주었다. 아빠의 품에서 떨어지기 싫은지 유진이 손을 내밀자, 신욱은 고사리 같은 손을 잡아 입을 맞추어 주었다.

"조금 이따가 아빠가 갈게. 기다릴 수 있지?"

유진에게 더없이 다정히 말한 신욱이 베이비시터에게 눈짓했다.

「데려가.」

유진이 이 층으로 올라가자 실내악이 잔잔하게 울려 퍼졌다. 은재는 신욱의 팔짱을 낀 채 파티장 안을 돌아다니며 사람들에게 인사했다. 파티에 초대된 사람들은 모두 그의 관심을 받고 싶어 했고 그녀와 눈을 마주치고 싶어 했다.

일일이 기억할 수조차 없을 만큼 많은 사람들을 소개받았을 때, 은재는 지치고 말았다. 신욱에게 양해를 구한 뒤, 차가운 샴페인 한 잔을 마시기 위해 웨이터를 찾았다. 그때였다.

「은재 씨.」

갑자기 그녀 앞에 나타난 마이클 로건이 한쪽 눈을 찡긋거리며 윙크했다. 은재는 믿을 수 없다는 듯 그를 보았다. 신욱이 마이클 로건을 초대할 리 없다는 것을 알고 있었기 때문이다. 마이클 로건을 보자 2년 전의 지독한 악몽이 순식간에 눈앞에 펼쳐졌다. 자연히 경계 어린 말이 터져 나왔다.

「당신이 어떻게 여기 있는 거예요?」

「이런. 2년 만에 만나는 건데 인사보다 그게 더 놀라운 걸 보니, 대니얼과 내 사이를 아나 보죠?」

마이클이 웃으며 어깨를 으쓱거렸다.

「내가 헐리우드의 배우라는 걸 그다지 높이 쳐 주지 않는 건 당신 남편과 닮았군요.」

「그런 농담을 할 만큼 좋은 사이는 아니었던 걸로 기억하는데요.」

그녀의 목소리에는 가시가 가득했다.

「그땐 미안했어요.」

하지만 은재는 냉담하게 고개를 저었다.

「사과가 너무 늦었어요. 그리고 그 일에 사과란 아무 의미도 없는 것 아니었나요? 당신은, 당신이 좋은 사람이라고 생각했던 내게 아주 큰 모멸감을 안겨 주었어요.」

「정말 미안해요.」

마이클은 몹시 미안해하며 진심을 다해 사과를 하는 것처럼 보였다. 하지만 마이클 로건은 배우였다. 언제든 진심을 가장한 연기를 할 수 있는 사람이었다. 은재는 냉정함을 유지한 채 마이클을 보았다.

「이곳에 있어서는 안 되는 것 아닌가요?」

「새 영화를 제작 중인데 내 파트너가 대니얼의 회사와 친분이 있는 사람이에요. 내가 제작자 겸 주연 배우니 당연히 참석해야 한다고 해서 왔죠. 물론 대니얼은 아직 모르고 있는 게 분명해요. 내 멱살을 잡아 쫓아내지 않는 걸 보니.」

마이클이 허공을 향해 건배하는 시늉을 하더니 샴페인 잔을 비웠다.

「딸이 은재 씨를 꼭 닮았더군요. 아주 예쁘고 귀여워요.」

은재의 표정이 더욱 서늘해졌다. 이래서 유진을 사람들 앞에 소개시키고 싶지 않았던 거다. 은재는 할 수만 있다면 유진을 안고 멀리 도망치고 싶었다. 아무도 없는 곳으로. 그녀의 차가운 반응 앞에 마이클이 긴 한숨을 쉬었다.

「정말 화가 많이 났군요. 그래도 난 우리가 좋은 친구라고 생각했었는데…….」

「좋은 친구란 목적을 숨기고 접근하는 게 아니에요. 그만 실례하죠.」

「흠, 어쩌죠? 퇴장이 늦어 버린 것 같은데.」

마이클이 그녀의 왼쪽을 가리켰다. 본능적으로 마이클의 손가락을 좇아 시선을 돌리자 그곳에 신욱이 서 있었다. 그의 차가운 시선 앞에 은재 역시 더욱 냉담해졌다.

「잠시 쉰다고 하지 않았나?」

이 순간 그녀가 무슨 말을 하더라도 변명으로 들릴 게 분명해 은재는 아무런 대답도 하지 않았다. 신욱은 그녀를 추궁하는 대신 마이클을 향해 날카로운 분노를 드러냈다.

「네가 내 집엔 어떻게 들어온 거야?」

「진정해. 뭘 훔치러 온 건 아니니까. 내 파트너가 반드시 참석해야 하는 파티라고 해서 왔을 뿐이야. 네 파티인 걸 알았다면 오지 않았을 거야.」

「헛소리 집어치워. 다시 한 번 내 아내 앞에 얼쩡거린다면, 마이클 로건, 널 가만두지 않을 거다.」

「진정해. 난 유부녀에겐 관심 없어.」

신욱이 위협적으로 한 걸음 다가서자 마이클이 은재를 향해 눈을 찡긋했다.

「저는 이만 가는 게 좋겠군요. 좋은 분위기 망치고 싶지 않아요. 다시 만날 기회가 있었으면 좋겠어요.」

인사를 한 마이클 로건이 사라진 뒤, 신욱이 특유의 오만하고 차가운 얼굴로 그녀를 쏘아보았다.

"마이클 로건과 다시 만난다면, 너 역시 가만두지 않아. 명심해."

경고를 한 그가 돌아서 사람들 쪽으로 걸어갔다. 진심임을 의심할 수 없는 그의 섬뜩한 경고에 은재는 허리를 꼿꼿이 세웠다.

"내가 왜 마이클 로건을 다시 만나죠? 또 당신들 세 사람 사이에서 이리저리 휘둘리는 바보가 되란 말인가요?"

가시 돋친 그녀의 말에 뒤돌아서는 신욱의 표정이 더욱 험상 궂어졌다.

"당신이라고 해서 마이클 로건보다 더 떳떳하지는 않아요."

마지막으로 싸늘하게 일갈한 은재가 그보다 먼저 뒤돌아서 사람들 사이로 자취를 감췄다. 홀로 남겨져 은재가 사라지는 것을 본 신욱은 주먹을 꼭 말아 쥐었다.

빌어먹을 마이클 로건! 대체 왜 내 주위를 맴도는 거야!

마이클 로건과 미아 메이가 여전히 굶주린 하이에나처럼 틈을 노리고 달려드는 것만 같다. 그는 주변을 둘러보다 크리스와 눈이 마주쳤다. 손짓을 하자 크리스가 급히 다가왔다.

「미아 메이를 찾아.」

「그게 무슨 말씀이십니까?」

「또다시 마이클 로건을 조종하게 내버려 두지 않을 거야. 반드시 찾아내.」

「알겠습니다.」

표면적으로는 아무 문제 없이 파티가 성황리에 끝났다. 마지막 손님이 돌아간 시간은 새벽 두 시가 가까워져서였다. 마이클 로건과 대면했다는 이유로 파티가 진행되는 내내 신욱의 차가운 냉대를 받으며 견뎌야 했던 은재는 완벽하게 지쳐 버렸다. 유진의 방으로 들어가, 아이의 잠자리를 봐 준 뒤 침실로 돌아온 은재는 지친 몸을 화장대 의자에 앉혔다. 화장대에 팔을 올리고 잠시 이마를 기대었다.

이런 일은 정말 두 번은 못 할 것만 같았다. 심호흡을 한 뒤, 상체를 일으켜 씻을 준비를 하기 시작했다. 그때 문이 열리고 신욱이 모습을 드러냈다. 재킷을 벗어 던진 채 셔츠 차림이었다. 은재는 아무 말 없이 목걸이를 뺐다.

"내 아내는 정숙해야 해."

귀걸이를 빼내던 은재가 손을 내리고 화장대 거울을 통해 그를 보았다.

"지금 뭐라고 했어요?"

"나와 내 딸이 웃음거리가 되지 않도록, 내 아내는 정숙해야 한다고 했지."

신욱은 화병을 들고 유심히 살피는 척하다 그대로 벽에 던져 버렸다. 그가 지금 얼마나 분노하고 있는지 단적으로 보여 주었다. 쨍그랑, 유리 파열음이 날카롭게 그들 사이의 정적을 깼다. 조금의 미동도 없이 그의 분노를 지켜보던 은재는 천천히 화장대 의자에서 일어나 뒤돌아서 그를 똑바로 응시했다.

"이신욱 씨, 아니, 이곳에서는 대니얼 리라고 불러야 하나요? 난 당신이 누구든 상관없어요. 난 점잖은 남편을 원해요. 툭하면 쳐들어와 폭력을 행사하는 그런 남편은 내가 먼저 사양해요."

그녀는 그를 향해 걸어갔다. 그리고 딱 한 걸음 남았을 때 멈춰 섰다.

"난 평생을 폭력에 노출되어 살았어요. 새어머니와 이복남동생이 툭하면 폭력을 휘둘러 댔죠. 지금 당신처럼."

은재의 가는 목에 분노와 울음을 삼키느라 푸르른 혈관이 툭툭 두드러졌다.

"내가 왜 내 집이 아닌 친구의 부모님 집에서 유진을 낳고, 키웠는지 그 설명을 해 줘요? 그들을 피해서였어요. 그들이 내게 그랬던 것처럼 유진에게도 똑같이 그럴까 봐서. 그런데 이제, 이곳 뉴욕까지 와서, 내 딸이 아빠인 당신에게 해를 당할까 봐 걱정해야 하나요? 내가 정말 그래야 하나요!"

그녀의 마지막 말은 비명이었다. 정말 지긋지긋했다. 은재는 바닥에 깨진 유리 조각을 들어 꽉 쥔 채 그를 노려보았다.

"대답해요!"

"미쳤어? 그만두지 못해!"

그가 소리를 지르며 그녀의 손에서 유리 조각을 빼냈다.

"이게 뭐하는 짓이야!"

"이런 걸 원한 게 아니었어요?"

"미쳤군!"

그녀의 손에서 붉은 피가 뚝뚝 떨어졌다. 문을 연 그가 큰 소리로 집사를 불렀다.

「집사!」

"이것 놔요. 필요 없어요!"

"더는 날 화나게 하지 마라."

그의 외침에 뛰어온 집사가 그녀의 손을 보고 두 눈이 둥그레졌다.

「주치의를 부르겠습니다. 일단 지혈부터 하셔야 합니다.」

집사는 욕실에서 깨끗한 수건을 가져와 그녀의 손에 감아 주었다.

한밤중에 때아닌 소동이 벌어졌다. 황급히 불려 온 주치의는 베인 부위가 커 봉합을 해야 한다고 했다. 상처는 모두 열 바늘을 봉합해야 했다. 흉터가 남을 게 분명해 보였다. 치료를 끝낸 은재는 싸늘한 모습으로 제 방으로 들어가 버렸다.

신욱은 분노를 조절하지 못한 것을 인정해야 했다. 마이클 로건과 함께 있는 것을 봤을 때, 마이클 로건과 뒹굴던 미아 메이와 은재의 모습이 겹쳤다. 서은재가 그런 여자일 리 없다는 것을 알고 있었음에도 화를 주체할 수가 없었다. 명백한 질투였다. 그를 볼 때면 차갑게 굳어지는 은재의 얼굴이, 마이클 로건을 향해 환하게 웃는 것을 보는 그의 마음이 질투로 뒤덮여 흉하게 뒤틀렸다.

'그들을 피해서였어요. 그들이 내게 그랬던 것처럼 유진에게도 똑같이 그럴까 봐서. 그런데 이제, 이곳 뉴욕까지 와서, 내 딸이 아빠인 당신에게 해를 당할까 봐 걱정해야 하나요? 내가 정말 그래야 하나요!'

얼마나 끔찍한 일인가.

유진이, 아빠인 자신 때문에 고통받고 상처받아야 한다면!

그의 어린 딸이 그를 볼 때마다 두려움에 떤다고 생각하는 것만으로도 그는 속이 뒤집히며 구역질이 치밀었다.

은재는 지나 최가 아니었다. 좁은 세탁소에서 독한 먼지를 흡

164

입하며 하루 17시간을 일하던 부친을 능멸하고, 어린 아들을 차가운 눈으로 바라볼 뿐 한 번 안아 주지도 않던 그 여자가 아니었다. 은재는 자신의 커리어와 건강 모두를 잃어 가며 유진을 낳았다. 그리고 그늘이 보이지 않을 만큼 행복한 아이로 키웠다. 그것을 알면서도 은재에게 이토록 잔인하게 구는 것은, 그가 지나 최의 피를 물려받아서일까?

신욱은 지나 최가 그랬던 것처럼 자신이 아이와 배우자에게 상처를 주는 사람이 되는 것은 아닐까, 겁이 나기 시작했다. 은재가 아닌 자신에게서 지나 최의 모습을 발견한 것을 깨달은 충격은 엄청났다.

은재는 벤치에 꼿꼿하게 앉아 정원을 휩몰아치는 겨울바람에 몸을 맡겼다. 유진이 낮잠을 자고 있는 저택 안에서는 할 일이 없었다. 분노에 휩싸였을 때는 깨닫지 못했지만, 날이 밝고 이성이 돌아오자 통증은 엄청났다. 사구체 신염을 앓은 지 얼마 되지 않아 진통제나 진정제를 쓰는 일이 쉽지 않아, 은재는 맨정신으로 통증을 감내해야만 했다.

어젯밤은 정말 제정신이 아니었다.

마이클 로건도 그녀의 심기를 어지럽히긴 했지만, 그녀를 보는 신욱의 경멸 어린 시선을 정말 참을 수가 없었다. 그리고 그녀에게 가해진 신체적 위협을 더는 묵과할 수 없었다. 그가 휘두른 폭력은 싱가포르에서의 마지막 밤이면 충분했다. 굴욕적이고 모멸적인 그 밤이면……. 그녀가 받은 모욕은 정말 넘치도록 충분했다. 그 밤이 아니었다면 유진이 위험해질 일도 없었을 것이다.

인기척이 느껴져 고개를 돌리자 신욱이 서 있었다.

"괜찮아? 추운데 왜 나와 있는 거야?"

그의 물음에도 은재는 대답하지 않았다. 그녀에게 다가온 그가 직접 손을 잡아 살폈지만 붕대에 가려져 있어 상처를 볼 수가 없었다. 은재는 냉정히 그에게 잡힌 손을 뺐다.

"미안해."

은재는 자신의 귀를 의심했다.

"내 잘못이야."

"당신이 어쩐 일이에요? 평생 사과 같은 건 절대 안 할 줄 알았는데?"

그녀는 냉담하게 받아쳤다. 지친 듯 머리카락을 쓸어 올린 그가 그녀의 옆에 앉았다.

"당신 말이 맞아."

"뭐가요."

"나 역시 당신 가족들과 다를 게 없다는 걸. 생각해 보니, 최정인과도 다를 게 없더군. 내 목적을 위해서, 내 기분을 위해서라면 상대는 어찌 되어도 좋다는 생각을 은연중에 하고 있었던 것 같아. 최정인처럼."

죽어도 입에 올리지 않을 것 같던 이름, 최정인까지 들먹거리는 걸 보니, 그의 말이 조금은 진심으로 들렸다.

"진통제를 맞지 못해서 어쩌지?"

그는 계속 그녀의 상처를 걱정했지만, 은재는 다른 질문을 던졌다.

"왜 그랬어요?"

"뭐가?"

"왜 유진일 내 마음대로 하라고 한 거죠?"

신욱이 이해할 수 없다는 듯 이마를 찌푸렸다.

"그게 무슨 소리야?"

"난 한국에 돌아가서야 임신 사실을 알았어요. 여러 일들이 있었고 하마터면 내 이복동생과 스토커 같은 남자 때문에 유진일 유산할 뻔했어요."

아이를 유산할 뻔했다는 말을 들은 그의 목소리가 사나워졌다.

"그게 사실이야?"

"중요한 건 그게 아니에요. 그 일을 겪고 진주가 말했어요. 어차피 아이를 낳을 거라면, 아이 아빠인 당신이 알아야 한다고. 그래서 당신 휴대폰으로 전화했어요. 전화를 받지 않아서 메시지를 남겼고요. 그리고 며칠 뒤에 당신 비서실에서 전화를 해 왔더군요. 당신은 상관하지 않겠다고, 유진과 당신을 연관시키지 말라고 전해 왔어요."

신욱이 벌떡 일어났다.

"처음 당신이 유진을 데려갔을 때, 똑같이 말했지만 당신은 믿지 않았어요. 하지만 난 거짓을 말하는 사람이 아니에요."

"처음부터 말했지만 난 유진이 필요 없다고 한 적이 없어. 애초에 그 메시지를 받은 적이 없단 말이야."

"번호가 바뀌었나요?"

"그대로야."

혹시라도 네가 전화할까 봐……. 신욱은 은재가 전화할까 봐 번호를 바꿀 수가 없었다. 신욱의 강경한 태도를 본 은재가 마침내 분노를 누그러뜨리고 곤혹스러워했다.

"그럼 IE 그룹 비서실이라고 알려 온 사람은 누구죠?"

"몰라. 내가 거느린 사람들 중에는 그런 짓을 할 만한 사람은 없어."

그렇다면……. 일말의 가능성을 생각한 은재의 얼굴이 서늘해졌다.

"그럼 잘 찾아봐야겠군요. 그런 짓을 할 만한 사람들을. 만약 내가 당신의 전언에 바닥까지 절망했다면 유진인 지금 이 세상에 없어요. 유진이를 위해서, 그 사람을 찾아내요. 그리고 응징하세요."

은재는 놀랍도록 당당했고 차가웠다.

"날 위해서가 아니라 당신 딸을 위해서요. 당신의 도움을 받지 못한 당신 딸의 생후 7개월이 얼마나 힘들었는지 생각해 보세요. 내 무능에 대해 분노해도 좋아요. 날 벌해도 좋아요. 하지만 그 사람도 반드시 벌을 받아야 해요."

은재는 신욱을 남겨 두고 먼저 일어서 저택 안으로 들어갔다. 그녀의 흔들림 없는 뒷모습을 바라보며 신욱은 고개를 저었다. 찬바람이 그의 전신을 휘감고 지나갔다. 머릿속이 쨍하도록 차가운 바람은 신욱의 이성을 날카롭게 만들었다.

은재는 처음부터 말했었다. 그에게 전화를 걸어 임신 사실을 알렸노라고…….

분노에 눈이 멀어 그 말을 거짓이라고 생각했는데, 오늘 힘주어 다시 말하는 은재의 표정에서 거짓 없는 진심임을 느꼈다. 인정하기 싫지만 눈먼 질투를 벗어던지고, 은재만을 바라보면 언제나 사실이 보인다. 이상하게 그녀가 하는 말은 모두 진실처럼 느껴졌다. 설사 그것이 거짓이라 해도 알아볼 필요가 있었다.

누군가 유진의 존재를 그가 알게 되길 원치 않았다.

그 사람이 누구일까. 아마 유진과 은재의 존재를 가장 원치 않는 사람이겠지.

저택으로 들어온 신욱은 곧장 서재로 가, 크리스를 호출했다.

「부르셨습니까?」

신욱은 의자에 깊숙이 등을 기대고 크리스를 바라보았다.

「은재가 말하길 내 휴대폰에 유진을 임신했다고 메시지를 남겼다고 했어. 그런데 난 메시지를 받은 적이 없어. 기록을 복원할 수 있나?」

「일단 시도는 해 보겠습니다.」

「IE 그룹을 사칭한 사람을 찾아야 해. 그럴 만한 사람이 누가 있을까.」

들은 적이 없으니 유진을 낳는 것이 그와 상관없는 일이라고 말하지도 않았다. 아니, 말할 수가 없었다. 그는 좋은 사람은 아니었지만 자식을 부정할 만큼 뼛속까지 나쁜 놈도 아니었다.

신욱의 표정이 차갑게 빛나기 시작했다. 설마 또 미아 메이와 최정인의 짓이란 말인가? 하지만 어떻게? 은재가 그의 곁을 떠날 때 최정인은 이미 죽은 뒤였다.

「내가 전화를 받지 못했던 때는 사고가 났을 때뿐인 거 같은데, 자네 생각에는 또 있는 것 같나?」

크리스가 고개를 저었다.

「제 생각에도 그때를 제외하고는 없는 것 같습니다.」

「그럼 병원부터 찾아. 은재는 메시지를 저장했다 하고, 내 휴대폰에는 메시지가 없었어. 누군가 건드렸을 테니, 병원 CCTV부터 확인해 봐야겠군. 그다음 병실을 들락거린 경호원을 모두 찾아 조사해야겠어.」

「알겠습니다. 지시하신 대로 처리하겠습니다.」

그는 반드시 진실을 알아내야 했다. 유진과 은재의 삶에서 그가 잃어버린 7개월을 위해.

✻

봉합된 손의 상처는 더디게 나았다.

"아, 마아, 후우, 후우."

붕대에 감긴 그녀의 손을 잡고 유진이 빨간 입술을 동그랗게 말아 불어 주었다. 붕대를 감으면 아픈 것이라는 생각을 하는 것인지, 계속해서 같은 동작을 되풀이했다. 은재는 그런 딸을 보듬어 가슴에 안았다.

"안 그래도 돼. 입으로 바람 불면 어지러워. 그러니까 그만
해."

"마, 후우? 아야?"

"그래, 엄마가 아야 했어. 그런데 유진이가 후 해 줘서 괜찮
아."

아기의 고운 머릿결이 뒤덮인 정수리에 볼을 기댔다. 세상 그
어떤 시름이 그녀를 괴롭혀도 유진을 안고 이렇게 고운 살에 자
신의 살을 맞대고 있으면 마음이 편안해진다.

저택은 너무 답답했다. 찬바람이 부는 바깥으로 유진을 데려
갈 수 없어 은재는 홀로 외출 준비를 했다.

「어디로 모실까요?」

「아니에요. 혼자 산책을 하고 싶어서 그래요.」

「그럼 경호원들이 대기할 때까지 조금만 기다려 주십시오.」

「혼자 갈게요.」

「사모님. 그건 좀 곤란할 것 같습니다.」

「잠깐 동안만이요. 내게 그 정도 자유도 없는 건가요?」

다소 공격적인 그녀의 질문을 받은 린제이가 당혹해했다. 린
제이로서는 명령을 받은 그대로 이행해야 하는 것이 당연했다.
괜히 린제이에게 화풀이를 하는 것 같아 깊이 한숨을 쉰 은재는
한발 물러섰다.

「내가 회장님께 직접 전할게요. 그럼 되는 거죠?」

그녀는 린제이가 보는 앞에서 신욱에게 전화를 걸었다. 회의

중인지 신호가 여러 번 울렸음에도 그는 전화를 받지 않았다. 이상한 오기에 사로잡힌 은재는 다시 전화를 걸었다. 그러자 그가 전화를 받았다.

— 무슨 일이지?

"나 외출할 거예요."

그는 몹시도 어이없어했다.

— 겨우 그것 때문에 회의를 끊은 건가? 10억 불짜리 회의를?

"경호원이랑 린제이 없이 혼자 산책하고 카페에 들러 커피를 마실 거예요. 난 분명히 말했으니 나중에 다른 말 하지 말아요."

일방적인 통보를 한 은재가 전화를 끊었다. 곧바로 전화벨이 울렸지만 그녀는 받지 않았다.

은재는 전화기를 린제이에게 건넸다.

「회장님께 말했으니 괜찮을 거예요. 나갔다 올 테니 내가 없는 동안 린제이가 유진이 좀 잘 봐 줘요.」

「……네, 알겠습니다.」

불만스러운 듯 린제이의 대답은 느렸으나, 그녀를 잡지는 못했다.

은재는 응달에 눈이 쌓인 센트럴 파크의 산책로를 걸었다. 사각사각 소리를 내며 밟히는 눈 소리가 기분 좋아, 무작정 걷기만 했다. 워낙 갇혀 있어서 카페로 들어가는 것도 내키지가 않는다. 코끝이 쨍할 만큼 차갑지만 시원한 공기를 마음껏 들이마시며 자유를 만끽했다.

하지만 어느 순간부터 그녀의 뒤에서 사각거리는 소리가 들렸다. 공원을 산책하는 다른 사람들이겠지, 무심히 지나치려고 해도 발자국 소리는 매우 규칙적으로 그녀를 따라붙었다. 걸음을 멈춘 그녀가 홱 돌아섰다. 그러자 서너 발자국 뒤에서 따라오던 남자가 멈춰 섰다. 마이클 로건이었다. 건달은 아니라는 생각에 안도감을 느끼는 한편, 마이클 로건이 그녀의 뒤를 밟는다는 것에 몹시 불쾌감을 느꼈다.

「대체 왜 이렇게 내 주변을 맴도는 거죠?」

은재의 공격적인 질문을 받고서도 마이클은 미소를 지우지 않았다.

「내가 그런가요?」

마이클의 태연한 모습에 은재는 진심으로 분노하고 말았다.

「마이클, 난 지금 당신과 말장난할 기분이 아니에요. 당신들을 만난 후로 난 겪지 않아도 될 일을 너무 많이 겪었어요. 난 당신들에 의해 놀아나는 인형이 아니라고요.」

그것이 가장 불쾌하고 화가 났다. 그녀의 의지와 상관없이 이신욱, 마이클 로건, 미아 메이 사이에서 이리 치이고 저리 치이는 하찮은 존재가 되어 버린 것이……. 그녀는 이미 옥선에게 치이고 의재에게 치이는 인생을 살아왔다. 이제 더는 그런 바보짓은 하지 않는다.

「은재 씨, 진정해요.」

마이클이 부드러운 목소리로 그녀를 진정시키려고 했지만, 그것조차 분노를 키우는 원인이 됐다.

「그런 말 따위 하지 말아요! 마치 내가 정신병자인 양, 당신들은 멀쩡한 사람들인 것처럼 말하지 말라고요!」

「대니얼에게 얘기 들었겠죠? 나와 미아의 관계를?」

은재는 아무 말도 하지 않았다.

「그래요. 난 미아를 사랑해요. 그리고 미아도 나를 사랑한다고 생각했던 때가 있었죠.」

마이클의 웃음은 서글펐다.

「새어머니가 데려온 여자아이는 너무 작았어요. 인형처럼 예쁜 얼굴이었지만 제 아버지와 헤어지는 바람에 눈물범벅이 되어 있었죠. 난 그런 미아가 너무 안타까워서 저도 모르게 품에 안았어요. 가느다란 팔이 내 목을 감는 순간부터 난 미아를 사랑했어요. 미아가 늘 웃을 수만 있다면 좋겠다고 생각했죠.」

「그런 생각으로 다른 사람을 상처 입혀도 된다고 생각했다면, 그건 지독하게 이기적인 사랑이에요. 진정한 사랑이 아니라고요.」

「나도 알아요. 하지만 난 그럴 수밖에 없었어요. 미아의 부탁을 거절할 수가 없었죠.」

마이클은 잘 정돈된 머리카락을 헝클였다.

「그래서 하지 말아야 할 짓까지 하고 말았어요.」

지나 최의 살인 교사까지 했다. 그런데 남은 것은 지독한 죄책감과 미아에 대한 원망뿐이었다.

하지만 은재는 마이클을 향해 그 어떤 연민도 생기지 않았다.

「당신이 무슨 짓을 했는지, 난 전혀 궁금하지 않아요. 동정을 바랐다면 미안해요. 난 당신들에 대한 어떤 동정도 베풀 수가 없어요.」

싸늘하게 일갈한 은재가 먼저 벤치에서 일어섰다. 그리고 작별 인사도 하지 않고 눈밭을 걸어 마이클에게서 멀어졌다. 이러려고 산책을 시작한 게 아니었는데! 은재는 불쾌감을 참을 수가 없었다.

저택에 도착할 때쯤 신발이 모두 젖어 발가락이 매우 시렸다. 빨리 집 안으로 들어가려는데 현관 앞에 선 린제이가 초조한 얼굴로 그녀를 맞았다.

「회장님께서 퇴근하셨습니다.」

그런 린제이와 달리 은재는 매우 태연했다.

「그래요?」

「사모님께서는 돌아오시는 대로 서재로 오시라고 하셨습니다.」

「알았어요.」

대답은 그렇게 했지만 그녀는 서재가 아닌 침실로 올라갔다. 젖은 신발을 벗고 양말까지 벗는데, 침실 문이 벌컥 열렸다. 무시무시하게 화가 난 신욱이 그녀를 향해 소리쳤다.

"다시 한 번 그딴 짓을 하면 가만두지 않을 거야!"

"그렇게 소리 지르지 말아요. 난 당신이 하라면 하고 하지 말라면 안 하는 애도, 인형도 아니에요."

"서은재!"

"왜요!"

그들의 살기 어린 시선이 허공에서 부딪쳤다.

"나도 당신만큼 소리 지를 줄 알아요. 그러니 나한테 함부로 굴지 말아요. 알았어요?"

은재의 가시 돋친 고함 소리에 한참을 노려보던 그가 침실 문을 부서져라 닫고 나가 버렸다.

흥, 그렇게 닫아 봐야 자기 집 문만 부서지는 거지.

그녀는 더없이 신랄하게 코웃음을 쳤다.

대체 왜 저러는 거야!

신욱은 돌변한 은재의 태도에 당혹감과 함께 분노를 느끼고 있었다. 마치 그를 천하의 나쁜 놈으로 대하며 공격하는 은재가 정말 마음에 들지 않았다. 위압적인 분노의 기운을 풀풀 풍기며 계단을 내려오는 동안 그를 스쳐 간 고용인들이 모두 한 발자국씩 물러나는 것도 모른 채 서재로 들어갔다. 크리스가 서재에서 그를 기다리고 있었다. 크리스를 본 신욱은 냉정을 되찾고 일의 진행 상황을 물어보았다.

「그래, 병원 CCTV는 확인해 봤나?」

「네, 하지만 1년마다 업데이트를 하며 지난 건 폐기를 한답니다. 그래서 회장님께서 입원하셨을 때의 CCTV는 확보하지 못했습니다.」

「그래?」

「죄송합니다.」

「하지만 통화 기록은 남아 있겠지? 누군가 내 비서실을 사칭해 은재에게 전화를 걸었어. 은재의 휴대폰을 역추적하면 누가 전화를 걸었는지 알 수 있을 거야. 그 사람을 찾으면 모두 알게 되겠지.」

「지금 즉시 알아보겠습니다.」

크리스가 나간 뒤, 신욱은 책상 의자에 앉아 팔을 괴고 침묵했다.

만약 정말 미아 메이가 그와 은재 사이를 방해한 것이라면…….

상상만으로도 화가 났다. 하마터면 그의 딸이 아빠 없는 아이로 자랄 뻔했다는 사실을 떠올리자 온몸에 소름이 돋았다. 문득 아이가 보고 싶었다.

그의 지붕 아래 안락하게 지내는 딸아이지만, 문득문득 사무치게 아이가 보고 싶다. 참 이상한 일이라고 생각하면서도 그는 서재를 나섰다. 아기 방으로 들어가자 언제 옷을 갈아입었는지 편안한 옷으로 갈아입은 은재가 유진과 러그 위에 앉아 있었다. 그를 보는 은재의 눈에는 어김없이 날이 서 있었다.

젠장, 정말 왜 저래?

덩달아 은재를 향해 험악한 인상을 쓰는데, 그를 본 유진이 엉금엉금 기어 다가오더니 그의 다리를 잡았다. 낑낑거리며 용을 쓰다 엉덩방아를 찧고 말았다.

"어머, 유진아!"

깜짝 놀란 은재가 유진의 이름을 불렀다. 그러자 괜찮다고 말하듯, 유진이 앙증맞은 앞니를 드러내며 씩 웃었다. 영락없는 개구쟁이의 모습이었다. 유진이 아빠인 신욱을 올려다보았다. 자랑스러운 눈으로, 칭찬을 해 달라고 조르는 것 같았다. 그는 유진을 번쩍 안아 비행기를 태워 주었다.

"아빠한테 온 거니, 우리 딸?"

"까아악."

유진이 탄성을 내뱉더니 숨이 막힐 듯 웃기 시작했다.

"하지 말아요. 애, 머리 흔들려요."

"괜찮아."

"괜찮기는요. 아기는 그렇게 흔들리면 안 된다고요."

두 번 다시는 안 볼 사람들처럼 날 선 기 싸움을 벌였다는 것은 감쪽같이 잊은 은재가 그의 품에서 재빨리 유진을 뺏어 안으며 중얼거렸다.

"대체 생각이 있는 거야, 없는 거야."

딸과의 즐거운 놀이를 방해당한 것도 모자라 생각 없는 사람까지 되어 버린 신욱이 잇새로 중얼거렸다.

"생각이 없어 미안하군."

"흥."

그런데 유진이 사달을 만들었다. 고사리 손을 내밀며 애처롭게 신욱을 불렀다.

"바, 바."

"흠."

신욱의 비웃음을 듣자 갑자기 마음이 울컥해지며 터무니없는 말이 쏟아져 나왔다.

"너 정말 이럴 거야? 내가 너를 어떻게 키웠는데? 이제 부자 아빠 만나니, 엄마보다 아빠가 더 좋아? 그래, 네 아빠한테 가."

참으로 어이없게도 무척이나 서러워진 그녀가 신욱의 품에 유진을 안겨 주었다. 그럴 작정은 아니었는데 눈물이 나고 말았다.

"세상에 믿을 사람 아무도 없다더니, 자식도 못 믿을 줄 어떻게 알았어?"

유진을 안고서 은재를 바라보는 신욱은 황당함을 금치 못했다.

"이봐. 지금 뭐하는 거야?"

그녀는 눈동자 끝에 맺힌 눈물을 닦으며 중얼거렸다.

"보면 몰라요? 신세 한탄 하고 있잖아요."

그러다 두 손에 얼굴을 묻고 울어 버렸다. 아무래도 그간 홀로 감당해야 했던 감정들이 눈물이 되어 쏟아져 나오는 것 같았다.

"어마? 마? 마아?"

은재가 소리를 내어 흐느끼자, 유진의 꽃봉오리 같은 입술도 덩달아 비죽거리기 시작했다.

"마, 마. 아아아앙."

유진은 마치 신욱이 강제로 뺏어 안은 것처럼, 은재에게 가겠다고 손을 내밀며 서럽게 울었다.

"싫어. 엄마도 유진이 안 안아 줄 거야."

"마아. 어엉, 마아."

펑펑 우는 두 여자 사이에 낀 신욱은 난처하기 이를 데 없었다.

"나, 원 참."

눈물을 닦는 은재의 손에 감긴 붕대가 그의 시선을 붙잡았다. 다칠 이유가 없었는데, 다치고 만 은재가 안타까웠지만 한편으로는 딸의 사랑을 빼앗겼다고 슬퍼하는 모습은 웃겼다.

"왜 애를 울려? 얼른 안아 줘."

"싫어요."

고집하면 서은재도 만만치 않지. 문제는 품속의 꼬마 녀석도 상당한 떼쟁이라는 거다.

"마! 마아아!"

"애 숨넘어가겠다. 얼른 안아 줘."

"그러게 왜 그랬어? 왜 엄마는 싫다 그러고 아빠만 좋대? 응?"

그녀는 유진의 작은 등을 다소 격하게 두드리며 흐느꼈다. 덩달아 유진도 닭똥 같은 눈물을 뚝뚝 흘리며 은재의 품을 파고들었다.

그날 밤, 신욱은 스탠드만 켜진 아기 방으로 들어갔다. 유진을 재우다 같이 잠들었는지 은재가 소파에서 잠들어 있었다. 그는 은재가 깨지 않도록 조용히 다가가 은재의 품 안의 유진을 들어 요람에 눕혀 주었다. 요람에 누운 유진은 편한 자리를 찾아 꼼틀거리다 이내 잠잠해졌다. 아이를 보고 있으면 마음이 충

180

만해지며 따뜻해진다. 유진의 보드라운 이마에 입술을 맞춘 뒤, 이불을 덮어 주었다.

문제는 은재였다. 불면증이 있어 쉽게 잠이 들지 못하는 데다, 잠귀 또한 지나치게 예민해서 침실로 옮기는 과정에서 깰 가능성이 농후했다. 하지만 아무리 안락한 소파라도, 하룻밤 꼬박 소파의 신세를 지게 되면 다음 날 컨디션이 엉망이 될 것이다. 그는 최대한 조심해서 은재를 들어 올렸다. 다행히 침대에 눕혀 줄 때까지 은재는 깨지 않았다. 한창 움직임이 많아지는 유진을 따라다니느라 꽤 피곤했던가 보다.

믿음에 대한 지독한 배신.

지독한 미움. 지독한 그리움.

모든 감정이 처절하게 뒤섞여 어떻게 은재를 대해야 할지 알 수가 없었다. 다만, 한 가지, 은재의 잘못이 아니었다는 것은 그녀와 이별할 때부터 알고 있었다. 하지만 그의 오만한 자존심으로 인해 이렇게 멀리 돌아온 것이다. 그는 은재의 부드러운 볼을 어루만졌다.

다시, 좋았던 그때로 돌아가고 싶어…….

아무리 부정해도 그의 마음은 그때를 갈구하고 있었다. 미치도록…….

18.

　다음 날 오후, 회장실을 노크하는 크리스의 손에는 통화 목록
이 프린트된 종이가 들려 있었다. 결재 파일을 확인하던 신욱은
그 종이를 보고 미간을 좁혔다. 만년필을 내려놓고 의자 깊숙이
등을 기댔다. 굳이 결과를 듣지 않아도 미아 메이의 농간이었다
는 불길한 확신이 들었다. 그리고 그 확신은 적중했다.

　그의 책상 앞으로 다가온 크리스가 정중하게 통화 목록을 내
밀었다.

　「사모님께 전화를 건 사람은 스테파니 케인스입니다.」

　신욱의 주먹이 굳게 말렸다.

　「미아 메이와의 상관관계는?」

　「미아 메이가 모델 학교 재학 중 친하게 지냈던 사람이랍니
다.」

「빌어먹을 미아 메이!」

신욱은 보고서를 구겨 잡으며 소리쳤다. 결국 은재의 말은 사실이었다. 심각한 유산 위기를 겪으며 그에게 도움을 청했지만, 미아 메이로 인해 묵살당하고 말았다. 은재와 유진이 얼마나 위험한 상황이었으며, 얼마나 곤궁하게 살았는지 이미 눈으로 보지 않았던가! 신욱은 분노를 참을 수 없어 의자를 박차고 일어났다.

「지금 어디 있지?」

「무슨 영문인지 자취를 감췄습니다. 하지만 미아 메이가 잘 나타난다는 곳에 모두 손을 써 두었습니다. 곧 소식이 있을 것입니다.」

「기다릴 틈이 없어. 하루라도 빨리 찾아내야 해. 반드시 제가 한 짓에 대한 대가를 치르게 만들겠어.」

「명심하겠습니다.」

빌어먹을! 그는 책상 위를 쓸어 버렸다.

실과 바늘은 언제나 함께 움직인다. 신욱이 미아 메이를 찾으란 지시를 내리자, 마이클 로건이 제 발로 그를 찾아왔다.

「마이클 로건이 회장님을 뵙길 청합니다.」

신욱의 눈동자가 차갑게 빛났다. 사인을 하던 펜을 내려놓고 생각 깊은 눈으로 크리스를 보았다.

「어떻게 할까요?」

「들여보내.」

기다렸던 만남이었다. 그가 문을 바라보자, 마이클 로건이 굳은 얼굴로 들어왔다. 신욱은 인사 대신 본론부터 말했다.

「무슨 일이지?」

「미아를 찾는다는 말을 들었어. 무슨 일이지?」

「네가 사랑하는 여자의 뒤치다꺼리를 하러 왔나?」

상당히 다급해 보이는 마이클 로건을 향해 신욱은 조소를 숨기지 않은 채 빈정거렸다.

「스캔들이 두렵지 않은 모양이군. 이렇게 직접 날 찾아온 걸 보니.」

「네가 무슨 말을 하든 상관없어. 미아를 찾아야 해.」

「내가 원하는 일이지. 미아 메이를 찾는다면 내 손으로 직접 목을 졸라 버릴 테니까.」

그는 사납고 잔인하며 순수한 분노를 드러냈다. 하마터면 신경세포가 잘려 장애가 남을 수도 있었을 은재의 상처가 떠올랐던 것이다.

그러자 마이클 로건이 지적했다.

「이건 모두 네 어머니 때문에 비롯된 일이잖아. 애초에 지나 최만 아니었으면 이런 일은 일어나지 않았어.」

「사실이야. 하지만 지나 최의 제안을 받아들인 건 미아 메이야. 날 이용해 먹기로 스스로 작정한 여자지.」

「화를 내고 싶으면 네 어머니를 찾아가! 미아한테 화풀이를 하지 말고!」

「아니, 미아 메이는 죗값을 받아야 해. 내 딸과 내 아내를 다치게 한 죗값을 반드시 치르게 될 거야.」

「대니얼 리!」

「한 마디라도 더 한다면, 마이클 로건, 맹세하건대 너 역시 나락으로 떨어뜨려 주겠어. 설마 내가 못하리라 생각하는 건 아니겠지?」

「미아는 지금 제정신이 아니야. 그러니 미아의 심정을 헤아려…….」

「너와 뒹구는 것을 본 뒤 나는 미아 메이의 생각이나 심정 따위 헤아리지 않아. 그리고 지금은 더더욱 헤아리고 싶지 않아. 내 딸과 내 아내가, 미아 메이로 인해 얼마나 힘들게 살았는지 알기나 해!」

마이클 로건은 아무 말도 할 수가 없었다. 자신 역시 미아를 위해 대니얼을 찾아왔으니. 지금 당장 미아를 사랑하지 않는다 해서 사랑했던 기억까지 모두 사라진 건 아니다. 사랑하지 않지만 미아는 여전히 그의 소중한 의붓동생이었다.

남자의 마음은 다 똑같다. 자신에게 소중한 사람이 해를 입으면, 누구든 전사가 된다. 신욱은 아무 말도 하지 못하는 마이클 로건을 비웃었다.

「그렇게 소중한 미아 메이를 찾거든, 잘 숨겨 두는 게 좋을 거다, 마이클 로건. 내가 절대로 가만히 놔두진 않을 테니.」

결국 더는 항변하지 못한 채 마이클 로건이 일그러진 얼굴로 회장실을 나갔다. 텅 빈 회장실에서 신욱은 골몰히 생각에 잠겼다. 한참 동안 생각하던 그가 인터폰을 눌러 크리스를 찾았다.

「마이클 로건 뒤에도 사람을 붙여.」

― 알겠습니다.

오늘따라 유진의 잠투정이 매우 심했다. 한동안 잘 먹고 잘 자는 것 같더니 또 잠투정이 시작된 것이었다. 기본적으로 순한 아이였지만 잠투정이 시작됐다 하면 은재의 기운을 모두 뺏고서야 간신히 잠이 들었다. 조금 컸다고 투정도 격렬했다. 그런 유진을 보면서 은재도 슬슬 인내에 한계가 오기 시작했지만, 무턱대고 아이에게 윽박을 지를 수는 없어 최대한 다정하게 말을 걸었다.

"자, 유진이 자야지?"

"아앙, 아앙."

하지만 유진은 뭐가 마음에 들지 않는지 도리질을 하며 아기 침대에 눕기를 거부했다.

"곰돌이는 코 자고 싶대. 코, 코."

생후 100일이 갓 지났을 때, 백일 선물로 진주가 사 준 곰 인형은 유진이 가장 아끼는 재산 목록 1호였다. 그래서 은재가 한국을 떠날 때 잊지 않기 위해 가장 먼저 챙긴 것이기도 했다. 은재가 곰 인형을 베개에 눕히는 시늉을 하자 잔뜩 골이 난 유진이 인형을 들어 침대 아래로 팽개쳤다.

"어머?"

한 번도 본 적 없는 유진의 거친 행동에 놀란 은재는 아이의 손을 잡아 손등을 가볍게 때리며 혼을 냈다.

"이건 어디서 배운 버릇이야? 응? 이런 게 나쁜 짓인 거 몰라? 어디서 친구를 바닥으로 떨어뜨려? 화가 난다고 소중한 물건을 바닥에 팽개치는 건 나쁜 짓이야. 유진이, 엄마한테 혼이 나야겠구나."

"아아앙."

엉덩이를 한두 번 맞은 적은 있어도 여린 손등을 맞은 건 처음인 유진이 아프기보단 놀라서 울음을 터트렸다. 보통 때라면 유진이 우는 것만 봐도 몹시 마음이 아플 은재였지만, 버릇없는 행동을 하는 건 그냥 넘길 수가 없었다. 아무리 울어도 험한 표정을 풀지 않는 엄마를 보며 유진은 목청을 높였다.

"아아아앙!"

이 콩알만 한 녀석이 그녀를 이겨 먹으려고 한다. 고집이 얼마나 센지 몰랐다. 대체 누굴 닮아 이런 건가 싶다가, 이내 표정이 신랄해졌다.

제 아빠를 닮았지, 누굴 닮았겠어?

"잘못한 건 유진이잖아. 그런데 어디서 떼를 쓰고 있어? 응? 엄마, 정말 화낸다?"

그러자 유진이 히끅히끅, 눈물을 흘리며 그녀를 빤히 쳐다보았다. 한 번도 들어 본 적 없는 엄마의 엄격한 목소리에 다소 놀란 것 같았다.

"자기 물건을 소중히 여기지 않으면 앞으로는 절대 사 주지 않을 거야. 알았어?"

그칠 것 같던 유진이 또 울어 버렸다.

"으앙."

눈치가 빨해서 말귀를 제법 알아듣는 아이가 왜 이러는 건지 이해가 되지 않았다.

"유진이, 너 정말……."

그때 뒤에서 갑자기 신욱의 목소리가 들렸다.

"왜 잘 밤에 애를 울리고 그래?"

이제 보니, 신욱을 보고 유진의 울음소리가 커진 거였다. 저를 편들어 줄 줄 알고서. 아니나 다를까, 신욱은 곧장 아기 침대로 가 서럽게 울고 있는 유진을 품에 안았다.

"왜 애한테 화풀이를 하는 거야? 불만이 있으면 나한테 얘기하라고."

어머? 정말 웃겨?

"지금 날 못된 엄마로 몰아가는 거예요?"

"그게 아니면 왜 잘 밤에 애를 울려서 이렇게 흥분하게 만드는 건데?"

"괜히 투정을 부리면서 인형을 집어 던지잖아요. 이 녀석은 정작 저 인형이 없으면 혼자 자지도 못한다고요. 그렇게 애지중지 여기는 인형이면 소중히 다룰 줄도 알아야죠."

그의 이마가 험상궂게 찌푸려졌다.

"지금 저깟 곰 인형 때문에 애를 울렸다는 거야?"

하여튼 애나 어른이나 생각하는 건 똑같다니까.

"유진이 조용히 안 해?"

그녀의 엄한 목소리에 유진이 신욱의 목덜미에 작은 얼굴을 쏙 묻어 버렸다. 그리고 신욱의 동정을 사기 위해 애처로운 울음소리를 냈다. 이제 봤더니 저게 아주 여우였다.

"애 재워야 하니까 이리 내요."

"울리는 게 아니고?"

"이신욱 씨."

그녀가 잇새로 중얼거리며 노려보자, 신욱이 마지못해 유진을 그녀에게 안겨 주었다.

"바, 바!"

유진이 신욱을 향해 가는 팔을 뻗으며 애절하게 불렀다.

"안 돼."

하지만 단호하게 말한 그녀가 유진을 아기 침대에 내려놓았다.

"이제 자는 거야. 알았어?"

스탠드 불빛의 조도를 낮추자, 유진의 울음소리가 차츰차츰 작아졌다. 어떻게 떼를 써도 결국은 잠을 자야 한다는 것을 차츰 받아들이는 모양이었다. 유진이 젖은 속눈썹을 들어 그녀를 빤히 쳐다보았다. 유진이 미웠던 것도 잠시, 아이에 대한 본능적인 사랑이 뭉클뭉클 샘솟았다. 그녀는 유진의 등을 따뜻하게 쓸어 주며 말했다.

"엄마가 때찌 해서 미안해. 하지만 유진이가 잘못해서 그런 거니까 너무 속상해하지 마. 알았지? 코 자고 나면 예쁜 얼굴로 안녕, 하자?"

다정한 말과 함께 유진이 바닥에 던졌던 곰을 털어 안겨 주자, 유진이 작은 팔로 꼭 껴안고 누웠다. 서서히 아이의 눈꺼풀이 무거워지기 시작했다. 아기 담요를 덮어 주고 가슴을 몇 번 토닥거려 주자 마침내 깊은 잠에 빠져들었다. 무려 한 시간 동안의 전쟁이 끝난 것이다. 긴 한숨을 쉬며 돌아서던 은재는 그때까지 아기 방에 있던 신욱을 발견했다.

"안 갔어요?"

유진이 깰까 봐 최대한 목소리를 낮춰 묻자, 신욱이 고갯짓을 했다.

"할 말이 있으니까 나와."

그렇게 말한 신욱이 먼저 아기 방을 나갔다. 유진의 이불을 여며 준 은재는 아이가 깨지 않도록 조용히 문을 닫고 신욱의 뒤를 따라갔다. 그녀의 침실로 들어간 그는 허리춤에 손을 얹은 채 말없이 허공을 응시했다.

"뭐예요? 무슨 말을 하려고 그렇게 무게를 잡아요?"

"당신 말이 사실이었어."

은재는 그를 쳐다보았다.

"네? 무슨 뜻이죠?"

"당신은 내게 사실을 말했고, 그 사실을 중간에서 가로챈 것은 미아 메이였어."

"뭐라고요?"

"미아 메이 짓이야."

순간적으로 분노가 솟구쳐 은재가 소리쳤다.

"대체 언제까지 그 여자에게 휘둘려야 하죠?"

"앞으로는 그럴 일 없을 거야."

"어떻게 장담해요? 매번 똑같이 휘둘리고 있는데!"

참담함을 이기지 못한 은재가 절규했다.

"미안해."

그 말만을 남긴 그가 침실을 나갔다.

"그 말 한 마디면 다 끝나는 게 아니잖아!"

정말 치가 떨린다는 게 어떤 것인지, 은재는 다시금 깨달았다. 악연이다. 아주 지독하고 끔찍한 악연이다. 미아 메이의 표독스러운 얼굴과 마이클 로건의 점잖은 얼굴을 번갈아 떠올리던 그녀는 진저리를 쳤다.

❀

은재는 날이 밝도록 잠을 이룰 수가 없었다. 눈만 감아도 싱가포르를 떠나기 전날의 악몽을 다시 꾸는 기분이 들어 잠을 자는 것을 포기했다. 그녀는 너무 화가 났지만, 오롯이 신욱의 잘못만은 아님을 자각한 상태였다. 그도 두 손 놓고 있다가 당한 것은 아닐 것이다. 열 사람이 지키고 있어도 한 사람의 도둑을 막을 수가 없다고 했다. 작정을 하고 괴롭히는 사람을 막을 방법은 없었다. 그런 만큼 언제까지 그날의 기억에 휘둘리고 살수는 없다. 그들에게는 이제 함께 키워야 할 어린 딸이 있었다. 그것은 싫든 좋든 그들이 앞으로 함께 나아가야 함을 뜻했다.

이른 아침 왕진을 온 주치의가 붕대를 풀어도 되겠다는 반가운 소식을 전해 주었다. 손을 움직이는 게 약간은 불편했지만, 그래도 붕대가 없으니까 살 것 같았다. 붕대를 풀면 꼭 해야 할 일이 있었다.

정오가 되기 전, 은재는 노크도 없이 서재 문을 열고 들어갔다.

"할 말 있어요."

몹시도 공격적인 은재의 표정과 말에 신욱은 들고 있던 만년 필을 내려놓았다. 의자에서 일어나 마호가니 책상을 돌아 나오며 물었다.

"뭐지?"

"지금 유진이랑 외출할 거예요. 당신도 준비하고 나와요."

일방적인 통보를 받은 신욱은 이해가 되지 않아 되물었다.

"뭐?"

"간단한 말인데 이해가 안 돼요? 외출할 거라고요. 당신도 같이 가야 하는 곳이니까 옷 갈아입어요."

"어딜. 왜 가는지 말을 해야 준비를 하든지 하지."

"당신의 전 약혼녀 미아 메이 때문에 존재가 잊혀진 내 딸의 사진을 찍으러 가는 거예요."

은재의 말에는 가시가 다분했다. 신욱은 한숨을 쉬며 은재를 바라보았다.

"대체 언제까지 그럴 거야?"

"내가 뭘요?"

"사람을 잡아먹을 듯이 노려보고 쏘아 대잖아, 지금."

"실제로 잡아먹고 싶지만 인내를 다해서 참는 거예요. 내 딸에겐 부자 아빠가 있어야 하니까 참는 거라고요. 복 받은 줄 아세요."

눈을 부라리며 말한 은재가 서재 문을 쾅 닫고 나가 버렸다.

홀로 남겨진 신욱은 깊은 한숨을 쉬었다. 차라리 미아 메이의 짓이라는 것을 말하지 말 걸 그랬나 싶기도 하다. 유진의 존재가 미아 메이 때문에 밝혀지지 않았다는 것을 안 순간부터 은재는 분노 어린 전사가 되어 버렸다. 한 마디 말만 잘못해도 곧장 창을 날려 대는 용맹한 전사 말이다.

그가 슈트를 입고 나오자 은재와 유진이 기다리고 있었다.

"무슨 사진을 찍는다고 그래? 아직 돌도 아니잖아."

꽃아기가 된 유진의 드레스가 구겨질까 봐 조심스럽게 안고 있던 은재에게서 곧장 반격이 날아왔다.

"아까워요?"

선천적 수신증을 가지고 태어난 유진은 여느 아이들이 찍는 기념사진을 찍지 못했다. 민숙과 화길이 우겨서 백일 사진은 찍어, 사진이라고는 달랑 백일 사진 한 장뿐이었다. 예쁜 아기 시절의 사진을 많이 찍어 주고 싶은 마음은 굴뚝같았지만, 단둘이 살아야 했던 살림은 너무 쪼들려 마음처럼 아이를 데리고 스튜디오를 찾기가 힘들었다.

"다른 아기들이 어떤지 말해 줘요? 출산 때부터 시작해서 50일, 100일 단위로 사진을 찍어요. 성장 앨범을 만들어서 아기가 컸을 때 보여 준다고요. 그런데 우리 유진인 백일 사진밖에 없어요. 좀 찔리지 않아요?"

신욱이 낮게 빈정거렸다.

"그렇게 화가 났는데도 사진 찍는 데 끼워 줘서 고맙군."

"그걸 알면 영광으로 생각해요."

가끔씩 느끼던 거지만 유진은 여우가 분명했다. 스튜디오의 뜨거운 조명하며 소란한 스태프들의 움직임에 무한 짜증을 내면서도, 카메라만 들이대면 천사와 같은 웃음을 지었다. 그 모습이 너무 앙증맞고 예뻐서 스튜디오 안의 모든 사람들이 유진에게 반하고 말았다.

마지막으로 가족사진을 찍었다. 유진을 중간에 앉힌 다음 신욱과 은재가 서로를 마주 보는 포즈를 취해야 했는데, 여전히 신욱에 대한 앙금이 남은 은재의 눈매가 자꾸만 날카로워졌다. 보다 못한 신욱이 점잖게 참견을 했다.

"누가 보면 이혼 사진 찍는 줄 알겠다. 좀 웃지 그래?"

"웃을 기분이 나겠어요?"

톡 쏘아붙이는 은재를 보며 혀를 찼다.

"그럼 사진을 찍으러 오자는 말을 하지 말든가. 웃어."

강압적인 그의 말이 싫었지만, 평생 남을 사진 속에서 찡그리고 싶지는 않았다. 은재는 신욱 대신 유진의 동그란 정수리를 내려다보며 미소를 지었다. 그때 사진사가 소리쳤다.

「자, 찍습니다.」

찰칵, 소리를 내며 그들의 첫 번째 가족사진이 찍혔다.

사진을 찍느라 피곤했는지 유진은 저택으로 돌아오자마자 곯아떨어졌다. 은재 역시 피곤하긴 마찬가지라 저녁도 먹는 둥 마는 둥 침대에 누워 버렸다. 꿈조차 꾸지 않고 푹 자고 일어났을 때의 시간은 밤 11시가 조금 넘어 있었다. 헤드보드에 기대앉은 은재가 두 손에 얼굴을 묻고 신음했다.

"이 시간에 깨어서 어쩌자는 거야."

다시 누워서 잠을 청해 보지만 저녁을 부실하게 먹어서인지 배가 고파서 정신이 더 말똥말똥해졌다. 불쑥 라면 생각이 났다. 얼큰한 국물에 꼬들꼬들한 면발. 침이 꼴깍 넘어간다. 뉴욕에 온 뒤로 라면을 먹은 적이 없어서 더욱 먹고 싶어졌다. 잠옷도 갈아입지 않고 그냥 누워 잤던 터라 입은 옷 그대로 아래층의 주방으로 내려왔다. 집주인이 한국인이니, 싱크대를 뒤지면 라면 한두 개쯤은 나올 것 같았다.

빙고!

은재는 싱크대 선반에 수북하게 쌓인 라면을 발견하고 좋아서 어쩔 줄 몰랐다. 라면을 한 개 꺼내 선반에 놓고 냄비에 물을 받아 돌아서던 은재는 주방 문설주에 기대선 그를 보고 심장이 떨어질 것처럼 놀랐다.

"몸에 좋지 않다고 했을 텐데."

잘못을 들킨 아이처럼 얼굴이 붉어졌지만, 은재는 그를 똑바로 쳐다보며 주장했다.

"먹고 싶어요."

"혼이 나야겠군."

"어디 해 봐요."

그는 주방을 나가는 대신 아일랜드 식탁 의자에 앉아 그녀를 관찰하기 시작했다. 전기레인지에 냄비를 올리고 불을 켠 은재가 물었다.

"왜요?"

공격적인 그녀의 질문을 받은 신욱이 어깨를 으쓱거렸다.

"내 집 주방 식탁에 앉지도 못해?"

참 오랜만에 들어본다. 저놈의 집주인 타령. 그의 송곳 같은 시선을 견디며 냄비의 물이 끓기를 기다리던 은재는 견디지 못하고 물었다.

"당신도 먹을 거예요?"

"주면 먹고."

"스프를 다 넣지 않아서 맛이 없을 거예요."

혼자서 편안하게 먹게 제발 가라, 가. 하지만 그는 꿋꿋했다.

"괜찮아."

그녀는 크게 한숨을 쉬며 천장을 올려다보았다.

"몇 개 끓여요?"

"난 많이 안 먹을 거야."

"많이 안 먹긴! 끓여 놓으면 또 다 먹을 거잖아요!"

"아니야."

그가 점잔을 뺐다. 아니긴!

"물 끓으니까 얼른 말해요. 두 개 끓여요, 세 개 끓여요?"

"세 개."

진즉 그럴 것이지.

경험은 사람을 대비하게 만든다. 은재는 다 끓인 라면을 냄비째 내놓지 않고 두 개의 그릇에 공평하게 나눠 담았다.

"치사하군."

"당신이 면발을 다 건져 가는 게 더 치사하거든요?"

"내가 널 굶기는 게 아니잖아?"

은재가 코웃음을 쳤다. 어디 저염식 식사를 해 보라지. 얼마나 이런 게 그리운지 말도 못할걸? 신욱은 그녀의 그릇에 담긴 면을 보며 혀를 찼다.

"그런데 그걸 다 먹겠다고?"

당연히 다 먹을 수 있는 은재가 호언장담했다.

"다 먹을 수 있어요."

"뒷감당할 자신은 있고?"

라면을 먹는데 무슨 뒷감당? 은재의 고운 미간이 찌푸려졌다.

"무슨 뒷감당을 해요?"

"유진이 엄마 없는 애로 크는 거 아니야?"

순간 그녀의 눈썹이 성난 여우처럼 매섭게 치켜떠졌다.

"뭐라고요?"

"특히나 유진인 딸아이라서 엄마가 반드시 필요할 텐데? 계모 밑에서 자라게 할 건 아니지?"

젓가락을 쥔 은재의 주먹이 부르르 떨렸다.

"당신은 정말, 너무, 나쁜 사람이에요."

"착하다고 한 적도 없어."

그의 젓가락이 그녀의 그릇 안으로 침범해 면발을 거의 대부분 건져 갔다.

"국물은 마시지 마."

"이게 뭐예요!"

"내가 널 살려 주는 거야. 너 대신 내 몸이 나빠지는데, 고마워해야지."

"너무 고마워서 눈물이 다 나네요."

퉁퉁거리며 몇 가닥 남지 않은 면발을 건져 입안으로 호로록 빨아들였다. 그녀의 젓가락이 그의 그릇을 침범했다.

"좀 나눠 먹어요."

"안 돼."

"치사하게 정말 이럴 거예요?"

그러자 그가 매우 인심을 쓴 듯 한 젓가락을 덜어 주었다.

"치사해서 안 먹어."

"그럼 먹지 마."

은재는 얼른 다시 건져 가려는 그의 젓가락을 막았다.

"그만해요!"

"진즉 그럴 것이지."

그가 코웃음을 치며 라면을 먹기 시작했다. 정말 약이 올라 라면 그릇에 그의 얼굴을 박고 싶은 충동을 참느라 은재의 온몸이 부르르 떨렸다.

개월 수가 늘어 가면서 유진의 활동량이 많아졌다. 날마다 밖으로 나가자고 칭얼거리는 딸을 위해 정원을 산책했지만, 유진은 그것만으로는 성에 차지 않는 것 같았다. 우우, 소리를 내면서 견고한 철제 울타리 밖을 짧은 손가락으로 가리켰다.

"나가고 싶어?"

"마!"

"그렇지만 여기도 밖이잖아. 봐, 나무도 있고 눈도 있잖아."

어젯밤, 3월의 마지막 주, 떠나가는 겨울을 아쉬워하기라도 하듯 비가 내려 날씨가 다시 추워졌다. 두꺼운 털옷으로 단단히 무장을 시킨 데다 유모차를 보온 커버로 감쌀 수 있어 유진이 감기에 걸릴 걱정은 하지 않아도 되지만 밖으로 나간다는 게 썩 내키지가 않았다. 지리가 낯선 데다, 그녀가 나가겠다고 했을 때 신욱의 반응은 불 보듯 뻔했다.

특유의 고압적인 자세로 '안 돼!'를 소리칠 게 뻔한 남자를 마주치고 싶지 않아 유진을 살살 달래기 시작했다.

"유진아, 밖은 여기보다 더 추워. 나와서 걷지도 못하는데, 굳이 나갈 필요가 있을까?"

제대로 된 말은 하지 못하지만 말귀는 다 알아듣는 게 분명한 유진이 복어처럼 두 볼을 빵빵하게 부풀렸다. 유진만의 항의 방법이었다.

"아빠가 싫어할 거야. 아빠 안 되는 게 많은 사람이거든."

어린 딸에게 제 아빠의 단점을 강조해 말하는 나는 참 나쁜 엄마야.

스스로 반성과 자책을 번갈아 하면서도 주장을 굽히지 않았
다.

"엄마는 정말 나가고 싶은데 아빠가 안 된다고 했어. 정말이
야."

그때였다. 신욱의 허스키한 목소리가 모녀 사이로 끼어들었다.

"난 그런 적 없는데?"

신욱이 없는 곳에서 험담을 한다고 생각했던 은재는 당황해
서 얼굴이 빨개지고 말았다. 그녀는 황급히 뒤돌아섰다.

"뭐예요? 왜 몰래 다가온 거예요?"

그러자 특유의 신랄한 대답이 돌아왔다.

"그럼 나팔을 불고 다가와야 하나?"

"인기척을 해야죠, 인기척을!"

신욱이 코웃음을 쳤다.

"왜? 딸 앞에서 내 험담을 늘어놓는 당신한테 주의를 주려
고?"

은재의 얼굴이 더욱 빨개졌다. 은재가 씩씩거리거나 말거나
상관하지 않고, 유모차의 보온 커버 안에 몸을 숨긴 유진을 응
시했다.

"우리 딸, 밖에 나가고 싶어?"

"우, 우!"

제 아빠를 살살 녹이는 눈웃음을 담뿍 베어 문 모습이 얼마
나 귀여운지 몰랐다. 문제는 저런 웃음을 아무에게나 보여 주지

않는다는 거다. 그녀에게도 저가 필요할 때만 한 번씩 저렇게 웃어 준다. 은재는 크게 한숨을 쉬었다. 내가 여우를 낳았다니까.

"뉴욕에 왔으니 센트럴 파크는 가 봐야겠지? 좋다, 가자."

센트럴 파크에 도착한 신욱은 은재를 대신해 직접 유모차를 밀었다. 하지만 빗물이 곳곳에 고여 있어 유모차가 움직일 때마다 물이 튀자 그는 유진을 유모차에서 안아 들었다. 풀솜처럼 가벼워서 전혀 무게감이 느껴지지 않는 아기가 춥지 않게 모포도 챙겼다.

"가자."

"아, 아!"

유진이 좋아서 작은 주먹을 허공에 휘둘렀다. 부녀에게 그녀의 존재는 철저하게 잊혀진 듯했다. 뭐니, 이건? 황당해서 바라만 보는데 저만큼 멀어졌던 신욱이 뒤돌아보았다.

"안 따라오고 뭐해?"

"참으로 영광이군요."

자존심이 상해 따라가고 싶지 않았지만, 실은 그녀도 좀이 쑤셨다. 유진을 데리고 혼자 갈 자신은 없었는데, 잘된 거라고 생각하며 부녀의 뒤를 따랐다.

아무리 추운 바람도, 나무에서 나풀거리며 떨어지는 빗물도 유진에게는 걱정거리가 되지 않았다. 바람이 불면 신욱의 품에 쏘옥 들어가면 됐고, 떨어지는 빗물은 아빠가 모두 자체 제거 중이었으니…….

유진을 안고 가는 신욱의 뒤를 따르며 생각했다. 다른 건 아무것도 판단할 수 없지만 딱 하나, 유진을 뉴욕에 데려오길 잘했다는 생각이 드는 순간이 이럴 때였다. 생각만 해도 끔찍한 최정인 대신 부친의 넉넉한 사랑과 인정을 받으며 자란 신욱은 자신이 부친에게 받은 사랑을 유진에게 베풀 줄 아는 남자였다. 그녀를 포함한 세상 사람 모두에게 차갑고 냉정하며 모멸찬 남자지만 딸에게만큼은 더없이 다감한 사람이라는 사실이 기뻤다.

"옷이 얇은 것 같은데 춥지 않아?"

"괜찮아요."

"유진이 좀 안아 봐."

그녀는 신욱이 건네는 유진을 품에 안았다. 그는 자신의 머플러를 풀어 은재의 목에 둘러 주었다. 갑작스런 그의 행동에 놀라 더듬거렸다.

"괘, 괜찮은데……."

그러자 그가 퉁명스럽게 말했다.

"하고 있어. 괜히 감기 들어서 고생하지 말고."

머플러에서 그의 남성적인 체취가 느껴졌다. 그의 머릿속에 유진만이 들어 있는 게 아닌 것 같아서 기분이 묘했다.

그들은 나란히 센트럴 파크에서 가장 유명한 길인 더 몰(The Mall)로 들어섰다. 공원에서 가장 아름답다는 길답게 보자마자 탄성이 터져 나왔다.

"정말 아름다워요."

"유명한 곳이긴 하지."

"유진아, 이것 봐. 아직 눈이 남아 있어."

"우?"

"우가 아니라 눈."

"우, 우!"

은재는 신욱을 흘겨보았다. 아무 말도, 아무 행동도 하지 않았음에도 흘김을 받은 신욱이 눈을 부라렸다.

"난 왜 노려봐?"

"유진이 고집 센 거 보면 미안하지 않아요?"

그는 유진의 동그란 정수리를 내려다보았다.

"내 딸이 날 닮은 건데, 내가 왜 미안해?"

"말을 말아야지."

전날 내린 비와 추위 때문인지 공원은 비교적 한산했다. 그들은 가로수 길 끝에서 베데스다 분수를 본 뒤 뒤돌아섰다.

"커피 한 잔 할까?"

안 그래도 코끝이 빨개졌던 은재가 고개를 끄덕거렸다.

"좋아요."

추위에도 유진은 걱정할 필요가 없는 게, 신욱의 커다란 코트 안으로 쏙 들어가 눈만 내놓고 있었기 때문이다. 그들은 근처의 카페로 들어가 커피 두 잔을 주문했다.

"요즘 한가한가 봐요?"

유진에게 검지를 뺏겨 제멋대로 움직여지는 손을 보며 신욱이 미간을 좁혔다.

"왜 시비처럼 들리지?"

"그렇잖아요. 잠도 안 자고, 운동도 시간 날 때 몰아서 한다는 대(大) 대니얼 리 회장님이 요즘은 집만 지키고 있으니까."

"딸과의 유대를 돈독히 할 필요가 있으니까."

그는 주문한 커피가 나왔지만 관심도 두지 않은 채 직접 우유병을 들고 품 안의 유진에게 우유를 먹였다. 문득 한국에서 그를 다시 만났을 때 했던 말이 떠올랐다. 유진이 딸이어서 당신에게 필요가 없을 거라고 악을 썼었지. 하지만 지금 유진을 안고 있는 그를 보면 그 말이 얼마나 잔인한 모욕으로 들렸을지 알 것 같았다.

"건강은 어때? 통증 같은 건 없어?"

그는 굉장히 일상적인 어조로 물었다. 마치 평범한 부부처럼. 그녀는 어색해서 시선을 피했다.

"괜찮아요."

"정기 검진 반드시 받아."

"알았어요."

그녀도 유진을 두고 죽을 마음은 추호도 없었다. 한국에서 앓은 사구체 신염이 회복된 것은 축복과도 같은 일이었다. 그러나 일생을 살며 기적 같은 축복이 몇 번씩 찾아오는 것이 아님을 반드시 기억해야 했다.

카페를 나와 공원의 산책로를 걷는데 그가 그녀의 손을 잡아왔다. 깜짝 놀라 그를 쳐다보았지만 신욱은 유진을 한 팔로 안고 정면만을 주시한 채 걸을 뿐이었다. 그들을 알지 못하는 사람들이 본다면, 아마도 평범한 부부로 생각할 것이다.

평범한 부부.

사랑해서 결혼하고 사랑해서 아기를 낳아 키우는 부부.

은재는 뉴욕에 온 이래 처음으로 마음이 편안해졌다. 조금의 불안함도 없이 고요한 호수와 같아졌다. 이상하게 콧등이 시큰해진다.

19.

4월이 되자 믿어지지 않을 만큼 날씨가 따뜻해졌다.

그날 밤, 낮의 따뜻함은 믿을 수 없게 때 이른 비 폭풍이 몰아쳤다. 때아닌 천둥 번개가 요란하게 밤하늘을 갈랐다. 정작 유진은 천둥소리에도 잘만 자는데, 은재는 아기 침대 옆에 앉아 안절부절못했다. 아직도 천둥을 무서워하는 자신이 한심할 뿐이지만 어린 시절의 트라우마는 참 모질게 들러붙어 그녀를 괴롭힌다. 다시 한 번 요란한 천둥이 밤하늘을 갈랐다. 은재는 온몸을 웅크린 채 양손으로 두 귀를 힘껏 막았다.

제발 그만해! 충분히 괴롭혔으니 이제 됐잖아. 그만 좀 치라고!

그녀가 숨을 헐떡거리는 사이, 아기 방의 문이 열리고 신욱이 모습을 드러냈다. 검은 바지를 입고 있었지만 셔츠를 벗은 상체는 맨가슴이었다.

"이리 와."

그의 굵고 낮은 저음이 안개처럼 퍼졌다. 정말 그에게 가고 싶었다. 하지만 자존심이 허락하지 않았다.

"필요 없어요."

그에게서 고개를 돌린 채 유진을 보는데, 그녀 위로 긴 그림자가 드리워졌다. 맨발로 카펫을 밟아 소리 없이 다가온 그가 그녀를 번쩍 안아 들었다.

"어멋!"

"유진일 깨울 작정이야?"

신욱의 힐난에 은재는 입술을 깨물었다. 그는 그녀의 침실이 아닌, 자신의 침실로 은재를 데려갔다. 매너가 넘치는 손길은 아니어서 침대에 앉혀진 그녀의 몸이 통 튕겼다. 은재는 황급히 침대를 내려오며 말했다.

"이, 이럴 필요까지 없어요."

"그냥 있어."

"아니에요. 난…… 엄맛!"

다시 천둥이 쳤다. 은재는 그 자리에 폭 주저앉으며 귀를 막고 비명을 질렀다.

"조금 더 있으면 유진의 위로를 받겠군."

"빈정거리지 말아요."

말은 그렇게 하지만 유진이 아기임에도 불구하고 천둥을 무서워하지 않는 건 신욱을 닮아 다행이라 생각했다. 그의 손이 그녀에게 불쑥 닿았다.

"뭐하는 거예요?"

그러자 그가 당당히 선언했다.

"난 금욕하고 살진 않을 거야."

검은 속내를 숨기려는 시도조차 하지 않는 그가 미워, 은재는 고개를 확 돌려 버렸다.

"난 당신이랑 안 해요."

"헛소리 집어치우지 그래?"

"정말……!"

이렇게 저속하게 나올 거냐고 쏘아붙일 작정이었다. 하지만 그를 향해 돌아앉은 것이 실수였다. 그가 빠르게 그녀를 낚아채 눕히고 올라탔다.

"저리 가요! 싫단 말이에요!"

"포기해."

"정말, 저리 가요!"

엎치락뒤치락 몸싸움이 시작됐다. 그러다 그녀의 팔꿈치가 그의 심장 부위를 가격하고 말았다. 충격을 받은 그의 숨소리가 짧고 묵직해졌다. 은재는 헝클어진 머리를 쓸어 넘기며 대자로 눕는 그를 살폈다.

"괘, 괜찮아요?"

"정식 아내가 됐으니, 날 죽여 재산을 가로챌 심산인가?"

"말을 해도 정말!"

정말 미워진 그녀는 그의 어깨를 아프게 때렸다. 맨살에 찰싹 찰싹 소리가 나게 손바닥이 감기자 그가 이마를 찌푸렸다.

"이봐, 정말 아프다고."

"아파도 싸요!"

그를 향해 팩 쏘아붙인 은재가 침대를 내려갔다. 그러자 침대에 누운 그가 느릿하게 말했다.

"오늘 밤 내내 천둥이 계속 칠 거야."

"당신이 어떻게 알아요?"

"기상국에 전화해 봤지."

"정말이에요?"

미심쩍은 표정으로 그를 보자, 그는 진지했다.

"정말이야."

그녀는 어깨를 늘어뜨릴 만큼 절망했다. 그러다 도로 그의 침대 위로 올라와 시트를 전부 끌어당겨 머리 위로 뒤집어썼다.

"잘 거니까 건드리지 말아요."

토라진 게 분명한 그녀가 선언했다. 새침한 모습 이면에 여전히 남은 허세를 발견하자 이상하게 기분이 좋아졌다.

헤드보드에 기대어 앉은 신욱은 솜뭉치가 된 은재의 실루엣을 감상했다. 시트로도 감출 수 없는 섬세한 선이 아름답다. 아름다운 여자는 많다. 심지어 그가 경멸해 마지않는 미아 메이도 아름다운 여자들 축에 속했다. 하지만 그 누구도 서은재만큼 그의 욕망을 자극한 여자는 없었다. 이 강렬한 욕구가 지난 2년간의 금욕 때문이라고 하기엔 무언가 부족하다.

그사이, 밤하늘이 번쩍하고 갈라진다. 2년 전, 천둥이 치던 싱가포르에서의 밤이 떠올랐다. 후끈하고 격정적이었던 밤이…… 뭉근한 욕망이 그의 전신을 무겁게 만든다.

그때 시트를 내리고 얼굴을 내민 그녀가 그를 똑바로 응시했다. 은재의 시선을 느낀 신욱도 모로 눕자 그들은 서로를 마주 보게 됐다. 재회 후 처음으로 그들 사이에 기묘한 평화가 내려 앉았다.

"날 왜 당신 방으로 데려왔어요?"

"금욕하지 않을 거라 말했잖아."

"내가 진심으로 싫다면요?"

"도망칠 건가?"

"그럼 놔줄 거예요?"

"아니."

단호한 그의 대답을 들은 그녀가 피식 웃었다.

"나도 마음만 먹으면, 감쪽같이 숨어 버릴 수 있어요."

"그럼 유진을 못 보겠지. 내가 유진일 숨겨 버릴 테니까."

"그래요. 그래서 난 당신 옆에 있을 거예요."

그녀가 순순히 인정했다. 그러자 그의 손등이 그녀의 가느다란 목덜미를 천천히 쓸어내렸다. 단지 그것만으로 온몸의 솜털이 오소소 솟아올랐다. 아무리 애를 써도 그를 향한 욕망은 수그러들지 않는다.

그가 그런 것처럼, 그녀도 그를 느끼고 싶었다. 가지고 싶었다.

"당신을 만져도 되나요?"

그는 아무 대답 없이 흉터가 남은 그녀의 손바닥을 어루만졌다. 그날의 일이 신욱에게 죄책감으로 남았다는 것을 알고 있었다. 그녀는 대답을 기다리지 않고 그의 탄탄한 가슴 위에 손을 올렸다. 그리고 그의 새까만 눈동자를 깊숙이 응시했다.

"좋아요. 금욕하지 않겠다는 당신을 말리지 않겠어요. 하지만, 당신이 즐기는 만큼 나도 즐겨야겠어요. 당신이 내 남편이라면, 난 당신 아내니까."

더 이상 주눅 들지 않고 당당하게. 원치 않는 혼인이었다 해도 이제는 물러설 수 없는 길까지 도달했다. 그녀는 처음 신욱을 만났을 때부터 지금까지 그에게 잘못한 일이 없었다. 그러니 당당하게 요구할 권리가 충분했다.

"바람피우지 말아요. 난 절대 용서 안 할 거예요. 바람피우다 걸리면 당신 재산 전부 뺏어서 유진에게 줄 테니까 알아서 해요. 각서 써 줘요."

"훗."

그에게서 바람 빠진 웃음소리가 새어 나왔다.

"넌 대체 뭘 믿고 그렇게 당당하지?"

"난 내 자신을 믿어요."

은재는 평생 그 누구도 아닌 그녀 자신을 믿고 살아왔다. 남은 인생, 신욱과 함께 살아야 한다면 이 정도 요구는 하는 게 마땅했다.

"내가 뻔뻔하다고 생각하나요?"

그의 긴 손가락 하나가 그녀의 턱을 들어 올려 시선을 부딪쳤다.

"글쎄⋯⋯."

그러다 입술을 겹쳐 왔다. 예고도 없이 시작된 키스였지만 은재는 물러나지 않았다.

부드럽게 입술을 비비다 혀를 미끄러뜨려 그녀의 입안을 파고들었다. 달콤한 타액이 그를 반겼고 그 뒤를 수줍은 혀가 환영했다. 그는 그녀의 혀를 문 채 깊이 빨아들였다. 치열을 핥다 다시 혀를 물고 흡입하는 것이 반복됐다. 충분히 만족할 만큼 타액이 뒤섞이는 짙고 깊은 키스가 이어졌다.

마침내 키스가 끝나자 신욱은 그녀의 허리를 잡아 자신의 근육 잡힌 배 위로 걸터앉게 했다. 그리고 키스로 인한 허스키한 음성으로 말했다.

"어디 마음껏 즐겨 봐."

그러자 은재가 그를 흉내 낸 오만함으로 선언했다.

"더 해 달라고 울며 애원하지나 마요."

그의 여자는 숨겨 둔 팔색조의 모습으로 그를 놀라게 했다. 그의 가슴에 손을 얹고 잠시 살피던 그녀가 고개를 숙였다. 은재의 달콤한 체취가 훅 밀려들었다. 한입에 넣고 삼켜도 전혀 비릴 것 같지 않은 청량하고도 맛있는 체취였다.

그녀는 그의 두툼한 귓바퀴를 물었다. 입술과는 또 다른 느낌의 말랑하면서도 단단한 느낌에 폭 빠져 버렸다. 앞니를 살짝 들이밀어 지그시 힘을 주자 탱탱하게 물려 오는 느낌이 기분 좋았다. 옴폭 파인 귓속으로 혀를 밀어 넣자 그의 숨소리가 깊어졌다. 그녀처럼 그도 귀가 성감대인 것 같았다. 구릿빛의 매끄러운 볼에 입술을 대어 날카로운 턱 선을 쓸어내렸다. 그의 성정처럼 더없이 오만한 턱 선을 입술과 손가락으로 지분거리며 목덜미로 미끄러져 내려왔다. 굵게 튀어나온 목울대를 손가락으로 톡 건드리자 그녀의 손짓에 출렁거렸다.

그녀는 훗 웃음을 지었다.

"뭐가 웃기지?"

그는 무언가 상당히 불만스러운 듯 목소리가 퉁명스러웠다.

"마음껏 즐겨 보라고 한 건 당신인데, 왜 그래요?"

"너무 느리잖아!"

"내 마음이에요. 싫어도 참아요."

그녀는 일부러 더욱 느릿하게 움직였다. 신경질적으로 몸을 털썩거리는 것을 알면서도 말이다. 과하지 않은 근육은 치밀하게 가슴과 복부를 조이고 있었다. 작고 짙은 유두를 손톱으로 긁어 자극했다.

"흠……."

그의 숨소리가 깊어지는 것을 들은 은재는 톡 불거진 유두를 혀로 적시기 시작했다. 그가 그랬던 것처럼 앞니로 물고 혀로 살랑살랑 쓸어 주자, 그의 허리가 들썩거렸다.

"이런, 혀가 닿는 곳 모두 성감대였어요?"

"그래, 민감하니 조심해서 다뤄."

"명심하죠."

꽉 조인 복부를 혀로 핥으며 아래로, 아래로 내려오자 거뭇한

체모에 둘러싸인 거대한 페니스가 그녀의 시선을 사로잡았다. 이미 발기를 끝낸 페니스가 놀랍게도 그녀의 시선 아래서 꿈틀거리며 더욱 팽창했다.

와……

그의 아이를 낳았지만, 이렇게 자세히 페니스를 보는 건 손에 꼽을 정도였다. 보는 것도 손에 꼽을 지경인데 희롱하는 건 더욱 드물었다. 그의 뜨거운 시선이 그녀에게 꽂혔다. 갑자기 얼굴이 달아오르며 애써 숨겨 둔 부끄러움이 슬그머니 모습을 드러내려 했다. 부끄러움에 이 모든 걸 접기 전에 은재는 얼른 그의 페니스를 잡았다. 그녀의 작은 손에 잡힌 페니스는 한 손으로는 다 잡지도 못할 지경이었다.

"너무 커요."

저도 모르게 중얼거리자, 그가 뿌듯해져 대답했다.

"남자의 자랑이지."

은재는 낯설어하던 모습은 간데없이 빠른 적응력을 선보였다. 둥그런 음낭을 움켜쥐고 조물거리며, 귀두를 할짝거렸다. 은재의 경고처럼, 울며 애원할 지경까지 갈지도 모르겠다.

"그만해."

잇새로 중얼거리며 그녀를 당겼지만, 어림도 없었다.

"싫어요. 마음껏 즐기라고 한 건 당신이었어요."

"그만하라니까!"

그의 고함에도 그녀는 꿈쩍도 하지 않았다.

빌어먹을.

그는 은재를 당기던 손을 놓고 베개에 털썩 머리를 기대고 누웠다. 천장이 빙글빙글 춤을 춘다. 침을 삼키느라 목울대가 출렁거렸고 가슴이 크게 들썩거렸다. 그만하길 원하는 마음보다 이대로 끝까지 가 버렸으면 좋겠다는 생각이 더 지배적이었다. 은재의 작은 입과 작은 손에 자극을 받은 페니스가 그녀의 좁은 질 안을 파고들지 않고 그대로 사정할 것만 같았다.

너무 커서 작은 입에 다 넣을 수가 없자 양손으로 페니스를 말아 쥔 채 귀두를 쪽쪽 빨기 시작했다. 순간 전신이 들썩거리는 가운데 허리가 뒤틀렸다. 그대로 그녀의 머리를 잡아 페니스 전부를 삼키게 만들고 싶다는 욕구가 그를 지배했다.

하지만 그래선 안 된다, 욕구를 참아야 한다는 생각이 그를 더욱 절박하게 만들었다. 그러다 더는 욕망을 주체할 수 없어 무겁게 처진 유방을 손으로 쓸다 꽉 잡자, 귀두에 이가 닿았다. 그의 허리가 크게 튕겨 솟구쳤다. 그 바람에 페니스가 그녀의 입안으로 와락 빨려 들어갔다. 숨이 막힌 그녀가 얼른 뒤로 물러났다.

"괜찮아?"

혼몽해진 눈으로 그를 올려다보며 고개를 끄덕거렸다. 페니스를 빨아 새빨개진 입술이 더없이 유혹적이었다. 더는 못 참는다. 그는 그녀를 와락 당겨 끌어 올렸다. 풍만한 가슴을 물고 게걸스럽게 빨아들이기 시작했다. 그녀의 가는 팔이 그의 머리를 안고 상체를 그의 입으로 더욱 밀어붙였다. 그는 정말 마음껏 그녀의 가슴을 탐했다. 빨갛게 변한 유두 끝을 놓아준 그는 납작한 아랫배에 묻힌 배꼽에 혀를 밀어 넣었다.

"흐흠."

은재의 깊은 숨소리를 최음제 삼아 그의 손이 다리 사이로 파고들었다. 이미 뜨겁고 촉촉하게 변한 질구를 희롱하다 손가락을 밀어 넣자 그녀의 허리가 활처럼 휘어졌다.

"아아!"

그는 손가락이 꼿꼿해질 만큼 힘을 주어 속살을 긁어내리며 그녀를 희롱했다. 그를 자극하며 이미 욕구가 생겨 버린 터라 온몸의 감각이 바늘 끝처럼 예민해진 상태였다. 거듭된 자극을 받은 은재는 심장이 터질 듯 숨이 가빠 왔다.

"그, 그만…… 그만해요."

그의 손을 빼내려고 손목을 잡았지만 어림도 없었다. 오히려 피치를 올려 그녀를 괴롭혔다. 은재는 베개 위에서 사정없이 고개를 저었다. 온몸이 달아오를 때까지 그녀를 괴롭히던 그가 마침내 손가락을 빼냈을 때, 그녀는 전력 질주를 마친 것처럼 숨을 헐떡거렸다. 하지만 아직 끝나지 않았다. 그녀의 다리를 잡아당겨 자세를 잡은 그가 입술을 다리 사이에 묻자 은재가 높은 비명을 내질렀다.

그는 모조리 먹어 치울 것처럼 그녀의 여성을 물고 빨아들였다. 말간 액이 질 안에서 흐르는 것을 느꼈지만 은재는 부끄러움을 느낄 수조차 없었다. 이 미칠 것 같은 감각이 해소될 수만 있다면! 그의 매끈한 혀끝이 강하게 음핵을 자극하는 순간, 그녀는 몸이 허공에 솟구치는 것만 같은 절정의 오르가슴에 도달했다. 그는 부들부들 떠는 그녀의 다리를 잡고 자세를 잡았다. 그녀의 오르가슴을 느끼며 이미 반쯤 사정을 해 버린 페니스가 다시 터질 듯 발기하여 질 안으로 들어가기를 갈망했다.

그에게 여유는 한 톨도 남지 않았다. 신욱이 하얀 다리를 활짝 벌린 채 그 어느 때보다 거칠게 질 안을 파고들었지만 은재는 고통을 조금도 느낄 수가 없었다. 오히려 더 큰 쾌락과 욕망에 허우적거리게 만들었다. 참지 못한 그녀가 그의 어깨를 물었다. 날카로운 감각에 더욱 흥분한 그가 통제를 잃은 몸짓으로 그녀를 괴롭혔다. 은재의 섬세한 몸이 그의 움직임에 의해 파도처럼 출렁거렸다.

"어떡해, 어떡해……."

주체하지 못한 감각에 그녀가 울먹거리며 그의 등을 끌어안았다. 하지만 땀에 젖은 등은 쉽게 끌어안아지지 않았다. 손이 자꾸만 미끄러지자 그가 그녀의 등 아래로 팔을 밀어 넣어 자신에게로 힘껏 당겨 안았다. 종이 한 장 끼어들 틈 없이 밀착된 몸은 서로가 흘린 땀과 체액으로 미끄러웠다. 그녀의 엉덩이가 제 모양을 잃을 정도로 힘껏 움켜잡고 자신을 더욱 깊이 받아들이도록 끌어당기자, 은재에게서 자지러지는 비명이 터져 나왔다.

"으흣!"

해소되지 못한 욕망에 괴로워하며 그녀의 질 안이 힘을 주어 거대한 페니스를 물었다. 엄청난 힘에, 그는 이를 사리문 채 힘껏 허리를 튕겨 그녀 안으로 페니스를 더욱 깊이 쑤셔 넣었다.

"아악!"

그녀의 비명 소리!

"헛!"

그의 몸이 뻣뻣해지며 마침내 절정의 순간이 찾아왔다. 숨이 막힐 것 같은 욕망의 환희였다.

차츰차츰 숨결이 진정됐지만 창밖의 천둥은 여전했다. 번쩍거리며 하늘이 갈라지는 요란한 소리였으나 그의 무거운 팔 아래 깔린 은재는 두려움을 느끼지 않았다. 너무 지쳐 멀리서 들려오는 생활 소음 정도로 여겨질 지경이었다.

"천둥이 칠 때마다 네가 이런다면 자주 쳐 달라고 빌어야겠군."

은재가 끙 소리를 내며 얼굴을 베개에 묻었다.

"그러다 나 죽으면 후회할걸요?"

"죽긴 왜 죽어!"

갑자기 그가 버럭 소리를 질렀다. 몽글몽글 밀려드는 잠기운에 반쯤 눈이 감겼던 은재가 놀라 고개를 들 만큼.

"왜 소리를 질러요?"

"그런 헛소리를 왜 해!"

은재가 다시 베개에 얼굴을 묻으며 웅얼거렸다.

"제발 그 소리 좀 줄일 수 없어요? 없던 심장병까지 생기겠어요."

"잠이나 자."

그가 거친 손으로 시트를 당겨 덮어 주었다.

"참 이상한 성격이야."

구시렁거리던 은재가 결국 깊은 수마에 사로잡혀 버렸다. 곤히 잠든 은재를 보는 신욱의 눈빛이 깊어졌다. 은재의 생모가 만성 신부전으로 사망했다는 사실은 은연중에 그를 불안하게 만들고 있었다. 유진도, 은재도 결코 자유롭지만은 못한 신장 질환······.

그는 잠든 아내를 힘껏 끌어안았다.

죽긴 누구 마음대로 죽어! 내 허락 없인 절대 못 죽어!

❀

은재와 유진을 법적으로나 사회적으로 완벽하게 그의 아내와 딸로 만든 신욱은 싱가포르로 가야 했다.

하지만 신욱이 출국을 한 일주일 뒤부터 유진에게서 이상 증세가 나타났다. 유진의 몸에 열이 오르기 시작한 것이다. 1시간마다 열을 체크하며 아이의 상태를 살피던 은재는 시간이 지나도 유진의 열이 떨어지지 않자 입원을 결정했다. 이미 한국에서의 치료 과정과 한국 주치의의 소견서를 모두 확인한 미국 주치의가 유진을 진찰했다. 작은 복부를 어루만지자 유진이 자지러지게 울음을 터트렸다.

「다행히 종괴는 만져지지 않지만, 통증이 심한 모양입니다.」

「그럼 어떻게 해야 하나요?」

「일단 정밀 검사부터 해야 합니다.」

하……. 한동안 잊고 있었던 악몽이 다시 떠오른다. 유진이 신장 핵의학과로 들어가는 것을 본 은재는 신욱에게 전화를 걸었다. 신호가 가고 한참 만에 그가 전화를 받았다.

— 음.

허스키한 목소리로 보아 잠을 자고 있었던 것 같았다. 시차를 생각하면 당연한 것이었다.

"깨워서 미안해요."

— 무슨 일 있어?

"유진이, 아파요."

그의 목소리가 커졌다.

— 뭐야!

"열이 계속 올라서 오늘 입원했어요. 당신, 올 수 있어요?"

그가 진심으로 분노해 소리를 질렀다.

— 애가 입원을 할 정도면 진즉 전화를 했어야지. 왜 이렇게 미련해!

"미안해요. 그런데 나 너무 불안해요. 빨리 와요."

— 알았으니까 기다려.

은재와의 전화를 끊은 신욱은 다시 유진의 주치의에게 전화를 걸며 급히 침대를 내려왔다. 열이 올라 경과를 보는 상태며, 현재로서는 심각한 상황은 아니라는 주치의의 보고에도 마음이 조급해 견딜 수가 없었다. 싱가포르의 일을 모두 팽개치고 전용기를 이용해 뉴욕으로 날아오는 동안 그의 마음은 천 길 불속을 헤매고 있었다.

하지만 천만다행으로 그가 뉴욕에 도착했을 때, 유진의 열은 내린 상태였다. 제 부모의 애간장을 모두 녹여 놓고, 오랜만에 보는 아빠가 반가운지 유진은 연방 웃음을 지으며 손뼉을 쳐 댔다. 비행기를 타고 오는 내내 마음을 졸였지만, 그래도 이렇게 맑게 웃는 아이를 볼 수 있어 너무나 다행이었다.

"호전될 줄 알았다면 연락 안 했을 텐데……."

괜히 미안해져 중얼거리자, 그가 강경한 목소리로 말했다.

"한 번만 더 아이 상태에 대해 늦게 연락하면 참지 않을 거야. 명심해."

"알았어요."

한국에서는 모든 것을 혼자 생각하고 결정해야 했다. 유진에 대해 뭐가 더 좋고 옳은 것인지, 머리가 아플 만큼 고민하고 또 고민했었다. 그런데 지금은 신욱이 있다. 그녀의 고민을 나눠 줄 수 있고 유진의 아픔을 같이 나눌 수 있어 너무 고마웠다.

그녀는 베드 위에 앉아 제 발가락을 잡고 노는 유진을 보았다.

"대체 얼마나 더 이래야 할까요? 유진이 낫긴 할까요? 이러다…… 잘못되면 어쩌나, 너무 마음이 불안해요."

그녀의 걱정 어린 속내를 들은 그가 퉁명스럽게 입을 열었다.

"걱정하지 마. 조금만 더 커 준다면, 그렇다면 유진의 상태가 가장 최악으로 치닫는 상황은 생기지 않을 거야."

그러자 은재가 신욱을 돌아보았다.

"그게 무슨 말이에요?"

"내 신장이 맞아."

"네?"

은재의 생모가 만성 신부전으로 사망한 사실을 안 날, 그는 유진의 조직과 그의 조직이 적합한지에 대한 검사를 이미 마쳤다. 그와 유진의 조직은 일치했다. 유진의 신장이 망가진다면 그가 신장을 줄 수 있었다. 물론 유진의 상태가 나빠진다는 가정하에서였지만, 딸을 살릴 수 있다면 그는 자신의 신장 두 개를 다 떼어 줄 수도 있었다. 자존심보다 소중한 것이 생길 수 있을 거란 생각은 미처 하지 못했다. 그런데, 이제 그런 존재가 생겨 버렸다. 이유진. 그의 딸, 그리고 은재의 딸.

"어, 언제 그런 검사를 했다는 거예요?"

"그게 중요해?"

벼랑 끝에서 손 내밀 수 있는 안전장치. 만에 하나 일어날지도 모를 일에 대한 든든한 대비책. 다리에 힘이 빠질 만큼 안도감이 드는 건 어쩔 수가 없었다. 그의 유진에 대한 마음이 자식에 대한 막연한 집착과 소유욕이 아닌, 진실한 사랑임을 비로소 느낄 수가 있었다.

"이대로 좋아질 수도 있대요. 수술 없이 이대로 좋아지면……."

그가 말을 받아 이었다.

"더 바랄 게 없지."

이 작고 여린 몸을, 그의 품에 다 차지도 않는 어린것의 배를 가를 필요가 없다면 그것만으로도 축복이었다. 엄마 아빠에게 제 생각이 밀려났다는 것을 느꼈는지, 유진이 신욱을 향해 손을 내밀었다.

"바?"

안아 주지 않고는 못 배길 만큼 곱게 지은 미소가 너무 예뻐 천생 여자아이임을 다시 한 번 실감했다. 그는 링거 줄이 빠지지 않도록 조심하며 유진을 품에 안았다. 유진은 당연하게 신욱의 품을 차지하고 아기 캥거루처럼 쏙 안겨 들었다.

"바, 바."

신욱이 아이의 고운 머릿결에 입을 맞췄다. 한참을 얼러 주자 유진이 그의 품에서 잠이 들었다. 조심스럽게 침대에 눕혀도 미동조차 없이 곤히 잤다.

"다시 싱가포르로 돌아가야 해."

"알고 있어요."

"이리 와."

갑자기 그녀의 손을 잡고 병실에 딸린 휴게실로 밀어 넣었다. 그리고 휴게실의 문을 잠갔다. 그가 무슨 생각을 하는지 깨달은 은재가 질색을 해 물러났다.

"여기선 싫어요."

"한 시간 뒤에 다시 비행기를 타야 해. 시간이 없어."

"하지만……."

그녀의 반항이 그의 키스에 묻혔다. 유진의 상태가 괜찮다는 것을 안 순간부터, 은재를 향한 욕망은 걷잡을 수 없이 커졌다. 열흘이 넘는 시간 동안 떨어져 있었던 욕구 불만을 짧은 시간 동안 전부 해결할 수 있을 것 같지 않았다.

그녀의 가슴을 움켜쥔 채 스커트 아래 손을 넣어 팬티를 찢었다.

"신욱 씨!"

"쉿."

그녀를 돌려세워 소파의 등받이를 양손으로 짚게 한 뒤 아무런 전희도 없이 뒤에서부터 그가 밀고 들어왔다. 그 어느 때보다 깊고 다급하게 그녀의 질 안을 들쑤시자, 속살이 독을 품고 페니스를 문다.

"힘을, 빼."

그가 잇새로 으르렁거렸다. 은재는 가쁜 숨을 헐떡거리며 고개를 저었다. 그건 그녀의 의지로 되는 일이 아니었다. 그러자 그가 움직임이 어려울 만큼 좁고 단단한 질 안을 사정없이 쑤시기 시작했다. 그의 성급한 움직임에도 불구하고 질 안에 서서히 맑은 액이 고이기 시작했다. 여전히 좁지만 움직임이 부드러워지자, 그는 더욱 사납고 거칠게 그녀를 밀어붙였다. 말끔히 차려입은 채 성기만 닿은 이 상황이 더없이 음란하게 느껴졌다.

"시간이 없어, 서은재. 더 힘껏 물어 봐, 응? 날 기쁘게 해 보란 말이야."

"흐흣!"

귓가에 뜨겁게 쏟아지는 그의 음란한 부추김에 은재는 진저리를 쳤다.

"더, 더……!"

빨리 해야 한다는 조급함이 욕망을 더욱 부추겼다. 성기를 비
비며 힘껏 밀려들어 오는 페니스의 느낌에 그녀는 숨을 헐떡거
렸다.

그는 오래 견디지 못했다. 지난 2년간 금욕을 했던 것에 비
하면 열흘은 아무것도 아니었다. 하지만 다시 맛보게 된 은재의
달콤함을 기억하는 육체가 비명을 내지르며 포효한다. 힘을 주
어 버티고 선 다리 사이로 말간 액이 흘러내리는 느낌에 그녀가
신음했다.

반쯤 수그러들었던 페니스가 다시 발기하기 시작했다. 은재
는 허리가 아파 견딜 수가 없었지만 그를 막을 방법은 없었다.
오만한 수컷이 되어 그녀를 차지하고 물어뜯고 비벼 댔다. 이토
록 급박하고 거친 섹스는 처음이었다. 그녀가 정신을 차릴 수
없을 만큼 밀어붙인 채 파고드는 남자를 받아들이는 것이 버겁
기까지 했다.

그는 끝까지 자신의 욕심만을 채운 채 절정에 다다랐다. 그의
거친 숨결이 그녀의 귓가에 사정없이 쏟아졌다. 흥분했음을 숨
기지 않는 그의 모습은 은재를 더욱 달뜨게 만들며 그녀 역시
절정의 오르가슴 위로 올려놓았다.

인정해야 했다. 그가 없는 동안, 그가 그리웠다. 유진이 아
플 때 정말 너무나 그가 필요했었다. 이제 그녀와 유진의 삶에
그가 없다는 것은 상상할 수도 없게 됐다. 숨결이 평상시로 돌

아오자 그는 그녀를 똑바로 세워 매무새를 가다듬어 준 뒤, 자신의 차림도 가다듬었다.

날 이렇게 길들여 놓고, 당신이 다시 날 밀어내면 어쩌지?

그녀는 필사적으로 그의 어깨를 부둥켜안았다. 이제 난 다시 그 순간을 견뎌 낼 힘이 없어. 불안한 마음에 눈시울이 뜨거워졌다. 그의 커다란 손이 그녀의 얼굴을 따뜻하게 감쌌다.

"울어?"

은재는 황급히 고개를 돌려 버렸다.

"아니에요."

"유진인 괜찮을 거야."

당연히 유진인 괜찮아야 한다. 하지만 그녀가 흘리는 눈물의 오해를 굳이 바로잡아 주고 싶지 않았다.

"그래도 무서운 건 어쩔 수 없어요."

그녀는 유진을 핑계로 제 가슴의 불안함을 토해 냈다.

"불안하고, 또 불안해요. 너무 불안해서 견딜 수가 없다고요!"

그러자 그가 그녀를 힘주어 꼭 안았다.

"진정해."

"유진이 아픈데 당신이 없잖아요."

그의 입술이 그녀의 정수리에 닿았다.

"미안하다. 싱가포르 일이 정리되면 시간이 날 거야. 그때까지만 참아."

그의 긴 손가락이 그녀의 눈물을 닦아 주었다.

"다 괜찮을 거야. 그러니, 걱정 마라. 이번에는 크리스를 남겨 두고 갈 테니, 너나 유진에게 무슨 일 있으면 나 대신 크리스가 알아서 처리해 줄 거야."

은재는 눈물을 흘리며 고개를 끄덕거렸다. 한 번 눈물이 흐르기 시작하자 설움도 그치지 않는다. 그가 다시 한 번 그녀를 꼭 끌어안았다.

"네가 울면, 갈 수가 없잖아."

이렇게 달콤한 말도 할 줄 아는 사람이었어? 은재는 그만 크게 울고 말았다.

"흐흑."

가지 마요. 제발 날 버리지 마요. 날 사랑해 줘요.

사실은 그렇게 애원하고 싶었다. 자존심 따위 모두 버리고 정말 애원하고만 싶었다.

발걸음이 떨어지지 않는다는 게 어떤 느낌인지, 신욱은 이 순간 뼈저리게 절감했다. 링거를 매단 어린 딸아이, 그리고 자꾸만 눈물짓는 아내. 그는 자신이 결코 다시 돌아올 수 없는 사지로 내몰리는 기분이었다. 신욱은 자신이 왜 이토록 바쁘게 살아야 하는 것인지 처음으로 의문이 들었다. 오늘은 뉴욕, 내일은 싱가포르, 모레는 영국. 계속 이런 식으로 산다면 뉴욕의 저택에 남은 은재와 유진을 볼 수 있는 날은 한 달에 하루, 이틀도 되지 않겠지.

내가 정녕 원하는 것이 이런 것인가?

신욱은 그를 배웅하지도 않은 채 토끼처럼 빨개진 눈으로 병실에 숨어 나오지 않는 은재를 버려두고 긴 복도를 걸었다.

뭔가 단단히 잘못됐다. 아주 많이…….

신욱이 떠난 뒤 은재는 울적한 마음을 좀처럼 떨쳐 버리지 못하고 있었다. 헛헛하고 외로워 견딜 수가 없었다. 유진이라도 맑은 웃음을 지어 주면 좋겠는데, 몸이 회복되려는지 아이는 내내 잠만 잤다. 그때 린제이가 병실로 들어와 그녀에게 조용한 목소리로 보고했다.

「사모님, 손님이 찾아오셨습니다.」

은재가 의아한 듯 고개를 갸웃거렸다.

「누구죠?」

뉴욕에는 그녀가 아는 사람이 한 명도 없었다.

「마이클 로건 씨입니다.」

「네? 그 사람이 왜……?」

그 순간 마이클이 불쑥 얼굴을 보이더니 찡긋 윙크를 했다.

「대니얼이 없는 걸 알았으니 왔죠.」

「여기에 함부로 들어오시면 안 됩니다.」

린제이가 마이클을 경계하는 것이 역력했다. 분명 신욱으로부터 단단히 주의를 받은 모양이었다. 은재 역시 불필요한 오해를 사고 싶지 않았다. 신욱과 마이클의 불편한 관계를 알고 있었고 마이클로 인해 그녀 역시 불편한 상황에 봉착한 것이 한두 번이 아니었으니까.

「이거 완전히 문전박대네요. 난 우리 꼬마 아가씨가 아프다는 말을 듣고 문병 온 건데. 나 그렇게 한가한 사람 아닙니다?」

「병문안을 오셨다니 들어오세요. 린제이도 나가지 말고 있어
요.」

린제이가 차를 준비했다. 그런데 린제이가 미처 찻잔을 내려
놓기도 전에 마이클이 그 잔을 쳐 린제이의 치마를 엉망으로 만
들었다. 마이클이 벌떡 일어나며 린제이를 쳐다보았다.

「아이쿠, 이런, 어쩌죠?」

은재도 놀라 린제이를 보았다.

「린제이, 괜찮아요? 데진 않았어요?」

「예, 괜찮습니다, 사모님.」

「미안해서 어쩌나.」

린제이가 마이클을 노려본 뒤 자리에서 일어났다.

「잠시 나갔다 오겠습니다.」

「그래요.」

린제이가 나간 뒤, 은재는 손수 차를 준비해 마이클 앞에 놓
아 주었다. 그리고 고요한 음성으로 물었다.

「일부러 차를 쏟은 것 알고 있어요. 왜 그런 거죠?」

「당연히 저 여자를 내보내려고요.」

마이클은 태연하기만 했다. 그의 태연함에 은재가 고개를 저
었다.

「마이클, 이런 건 전혀 도움이 안 돼요. 왜 날 곤란하게 만들
려는 거죠?」

「오, 그렇게 생각하면 안 되죠. 난 당신 친구라고 생각했

는데.」

「마이클, 친구라면 이런 식으로 굴면 안 되는 거예요. 당신은 날 전혀 배려하지 않잖아요.」

그녀의 진지하고 굳은 표정에 마이클의 웃음기가 사라졌다.

「정말 그렇게 생각합니까?」

「네, 그렇게 생각해요. 그보다 더한 생각도 해요. 지금 내게 이러는 건, 분명 마이클의 의붓동생인 미아 메이를 위한 것이리라는 생각을요. 왜요? 내 남편에게 부탁이라도 해 주길 원하나요? 미아 메이를 그냥 내버려 두라고?」

검은 속내를 정확하게 들킨 마이클이 당황해 은재를 불렀다.

「은재 씨. 그건······.」

하지만 은재는 그가 말할 기회를 주지 않았다.

「내 예상이 맞았군요. 하지만 어쩌죠? 난 부탁하지 않을 거예요. 당신의 의붓동생은 나와 내 남편, 그리고 내 아이에게 잘못한 일이 너무 많아서 해명해야 할 얘기도 많아요. 그 얘기를 다 듣고 나면 다시는 내 가족 앞에 얼씬거리지 못하게 할 거예요. 그러니 당신도 이렇게 무례하게 날 찾아오지 말아요. 이미 2년 전에 똑같은 일이 벌어졌고 그래서 난 한국으로 돌아가야 했어요. 난 내가 그때보다 조금 더 현명해졌다고 믿어요.」

그때 문이 열리고 린제이가 다시 들어왔다.

「린제이, 손님 가실 거예요. 배웅해 드리세요.」

「알겠습니다. 사모님.」

「안녕히 가세요, 마이클. 그리고 다시는 개인적으로 찾아오는 일이 없었으면 해요.」

마이클은 조금의 도움과 호의를 바라 여기까지 찾아온 것이 허무해졌다. 목적을 이루지 못하고 일어선 마이클이 말했다.

「은재 씨, 당신은 대니얼을 참 많이 닮았어요.」

그녀는 당당하게 말을 받았다.

「그걸 알면 다시는 날 찾아오지 말아요. 내 인내심은 여기까지니까.」

그녀의 선언을 들은 마이클이 씁쓸한 웃음을 지으며 린제이의 뒤를 따라 나갔다. 은재가 유진의 고운 머릿결을 쓰다듬어 주며 더불어 복잡한 마음까지 가다듬는데, 린제이가 다시 병실로 들어왔다. 린제이의 사무적인 얼굴을 보던 은재는 할 말이 생각났다.

「린제이.」

「말씀하세요, 사모님.」

「오늘 일, 회장님께 말해도 괜찮아요.」

「예?」

「나와 관련된 일 모두 회장님께 말씀드린다는 걸 알고 있어요. 그게 린제이의 본분이니 죄책감 느끼지 말고 전해도 돼요.」

린제이가 입술을 깨물었다.

「죄송합니다.」

은재가 차분하게 웃으며 고개를 저었다.

「아니에요. 그런 말 들으려고 한 말 아니에요. 진심이에요. 나도 린제이와 같은 대니얼의 비서였었기에 린제이의 마음이

231

어떤지 잘 알아요. 그 말을 하고 싶었어요.」

「감사합니다.」

「하지만 다음부터 마이클 로건이나 미아 메이가 날 찾아와도 저택에 들여놓지 마세요. 유진일 보이는 건 더더욱 하지 마시고 요. 그것만 주의해 주시면 돼요.」

「예, 사모님. 명심하고 있겠습니다.」

「고마워요. 나가서 일 보세요.」

이미 한 번 당해 주었으면 충분하지 않은가. 그녀는 똑같은 일을 두 번씩이나 당해 줄 마음이 전혀 없었다. 의재와 옥선에 게 수없이 되풀이해 당한 것만 해도 충분했다. 뉴욕까지 와서, 마이클 로건과 미아 메이가 계획한 일에 당하는 멍청이는 되고 싶지 않았다.

다만, 그녀는 마이클이 안타까웠다. 완벽한 남자인데, 여자 문제만큼은 뜻대로 되지 않는 것 같았다. 다른 사람이 뭐라고 하든 마이클에게 미아 메이는 사랑이었다. 그러니 다른 일에는 철두철미한 남자가 미아 메이와 관련된 일에는 이성을 차리지 못하는 것 아닐까 싶었다.

사랑, 대체 그게 뭔데…….

은재는 나직이 한숨을 쉬었다.

사랑은 그리움이다. 사랑을 믿지 않았던 신욱은 한시도 은재 생각을 떨칠 수가 없었다. 은재와의 성급하고 거칠었던 섹스는 싱가포르에 체류하는 내내 머릿속에 남아 그의 육체를 괴롭혔다. 더불어 유진이 어눌하게 '바!' 하며 가느다란 팔로 그의 목을 껴안는 느낌도 진저리 쳐지게 그리웠다.

"나야."

— 네.

아스라한 숨결처럼 들려오는 은재의 목소리를 듣는 순간 심장이 꽉 조이며 단전 아래 가득히 힘이 실렸다.

서은재, 네가 보고 싶어.

"……유진인 어때?"

하지만 차마 그 말을 하지 못한 신욱은 유진의 안부를 물었다.

— 다행히 괜찮아요. 열이 더 오르지 않으면 모레쯤 퇴원해도 된대요.

"다행이군."

그나마 좋은 소식이어서 마음 한편이 놓인다. 하지만, 여전히 볼 수 없다는 사실이 그리움을 키워 가고 있었다.

— 당신은…… 별일 없어요?

"없어."

은재를 향해 좀 더 다정하다면 좋겠는데, 신욱은 사무적이고 퉁명스러운 대답을 하는 자신이 못마땅했다.

— 알았어요. 그럼…… 끊어요.

"……그래."

가슴속에는 못다 한 말이 너무 많은데, 입 밖으로 소리가 되어 나오지 않는다. 주저하며 전화를 끊은 신욱은 거칠게 앞머리를 쓸어 넘겼다.

보고 싶다는 말 한마디 하는 게 뭐가 어려워서……!

은재가 그립고 유진이 그립다.

아버지가 돌아가신 뒤, 누군가 이토록 처절하리만큼 그리웠던 적은 없었다. 그런데 그의 두 여자는 돌아가신 아버지만큼이나 그리웠다. 부드럽고 말랑한 몸을 꼭 끌어안고 보고 싶었다는 말을 하고 싶었다.

20.

결국 신욱은 싱가포르에서의 급한 일을 처리하고 곧장 뉴욕으로 돌아왔다. 원래 예정으로는 영국 지사로 가야 했지만, 당장 회사가 망하지 않는 이상 뉴욕으로 돌아와 은재와 아이를 봐야만 했다.

"아바!"

어눌하고 흐릿한 발음으로 그를 반기는 유진을 꼭 끌어안자 비로소 집으로 돌아왔다는 생각이 들었다. 집, 아버지가 돌아가신 뒤 진정한 집의 느낌을 받은 적 없던 그가 언제부터 다시 가족이 머무는 집에 많은 의미를 부여하게 됐는지 그도 알 수가 없었다. 가랑비에 옷이 젖듯, 서서히 은재와 유진이 그의 삶으로 스미어 들어왔고, 은재와 유진이 함께하는 삶은 혼자였을 때보다 훨씬 그의 세상을 충만하게 만들었다.

"바, 바아, 아바!"

오랜만에 그를 보는 아이는 신이 나서 어쩔 줄 몰라 했다. 그의 품 안에서 춤을 추듯 가느다란 두 팔을 흔들며 앙증맞은 앞니를 보여 주었다. 그런 딸을 보는 은재의 얼굴에도 미소가 어렸다.

"아빠 보니까 그렇게 좋아?"

"으응, 으응."

말귀를 알아듣는 것처럼 고개를 마구 끄덕거렸다. 신욱은 딸아이의 열렬한 환호에 어깨가 으쓱해질 지경이었다.

"넌 아무것도 없어?"

그러자 은재가 새침하게 그를 흘겨보았다.

"뭘 할까요? 나도 유진이처럼 팔을 흔들까요?"

그녀가 유진을 흉내 내어 두 팔을 머리 위로 올려 흔들자, 그것을 본 그가 딱 한마디 했다.

"고릴라 같아."

"뭐예요?"

발끈한 은재가 소리치자 신욱은 얼른 유진을 꼭 껴안고 이층 계단으로 올라갔다.

"얼른 가자. 엄마 화났다."

"꺄아악!"

재미난 놀이라고 생각하는지 유진은 신이 나서 어쩔 줄 모르고 소리를 질러 댔다.

"가만 안 둬요!"

"잡기나 하시지."

신욱은 부지런히 계단을 뛰어 올라가며 생각했다.

바로 이런 게 그리웠노라고…….

그와의 관계가 개선될수록 삶이 조금씩, 조금씩 안정을 찾는다. 그리고 그녀의 마음도 조금씩 더 편안해졌다. 어쩌면 신욱과 살면서 행복할 수도 있겠다는 작은 설렘마저 싹트고 있었다.

그렇다면 얼마나 좋을까. 아무리 미워하고 싸우며 헐뜯는 모습을 보이지 않는다 해도 아이들은 본능적으로 부모의 불화를 알아차릴 것이고 그것으로 불안해할 테니.

유진이 행복한 부모 아래 행복한 아이로 자랐으면 좋겠다. 그런데 오늘 그녀의 꼬마는 유독 잠투정이 심했다. 체온기로 열을 재자 정상 체온보다 0.5도가량 높았다. 미미한 열이었지만 워낙 유진의 고열에 놀란 가슴이어서, 다시 수신증의 증세가 시작되려는가 싶어 염려 어린 얼굴로 유진을 달래는데 린제이가 다가왔다.

「사모님.」

「네, 무슨 일이에요?」

계속 칭얼거리는 유진을 어르며 쳐다보자 린제이의 표정이 심상치 않았다.

「한국에서 전화가 왔습니다.」

「한국에서요?」

「예, 사모님.」

한국이란 말을 듣는 순간 가슴이 철렁 내려앉았다.

「연결시켜 주세요.」

전화를 건 사람은 진주였다. 뉴욕의 전화번호를 아는 사람은 진주가 유일하니 당연했다.

— 은재야.

"응, 진주야. 잘 지내지? 어머니랑 아버님도 잘 지내시고?"

— 우린 다 잘 지내. 그런데 은재야.

진주는 말하기를 주저했다.

"괜찮아. 말해. 무슨 일이니? 혹시 의재나 태호가 널 귀찮게 해?"

— 그런 거 아니야.

"그럼 뭐야? 정말 괜찮으니까 말해."

— 아버님이 돌아가셨대.

"……뭐?"

— 뉴욕 시간으로 새벽일 거야. 그때 돌아가셨대. 돌아가시면서 널 그렇게 찾으셨다고, 너 장례식에 와야 한다고……

"의재가 다녀갔니?"

— 응.

"미안해. 의재가 좋은 말만 하지는 않았을 텐데."

— 너한테 불한당 같아도 남에게는 덜하잖아. 별로 심하지 않았어. 그보다, 한국 올 거야? 가족들이 궁금해해.

"……아니, 안 갈래."

— 은재야. 그래도……

"멀리 가셨으면 내 마음이 어떤지 아버지도 아실 거야. 나중에, 나중에 마음이 정리되면 그때 찾아뵐게. 묘소를 만든대?"

— 납골당에 모실 생각인 것 같더라.

"그럼 정말 미안하지만, 그 납골당이 어딘지만 좀 알아봐 줘. 미안해, 진주야."

— 기집애, 뭐가 미안하냐? 뉴욕은 살 만해?

"응."

— 그럼 됐어. 납골당 알아내서 다시 연락할게. 건강하게 잘 지내.

"너도. 늘 고마워. 부모님께 안부 전해 드리고."

— 그래.

전화가 끊기자 공허함과 허탈함이 밀려들었다. 으슬으슬한 한기마저 드는 것 같아 그녀는 품 안의 유진을 더욱 꼭 끌어안 았다.

나중에 엄마가 죽으면, 유진이도 안 오려고 할까?

"유진아. 너도 안 올 거야?"

"으응?"

칭얼거림을 멈춘 유진이 동그란 눈으로 그녀를 올려다보았 다. 천진하기만 한 아이를 보자 그제야 눈물이 났다.

"엄마가 나쁜 사람이야. 그치?"

"어마?"

은재는 유진의 정수리에 얼굴을 묻고 그대로 울어 버렸다. 엄 마의 울음에 당황한 유진도 덩달아 울음보를 터트렸다.

"마마, 어마, 아아앙."

린제이가 당황해서 쳐다보는 것도 아무렇지 않았다. 정확히 슬픔만이 그녀를 지배하는 것은 아니었다. 그냥…… 대체 무슨 마음인지 한마디로 정의할 수 없는 눈물이 마구 쏟아졌다.

신욱은 서재를 찾아온 린제이의 보고에 미간을 찌푸렸다.
「한국에서 걸려 온 전화를 받으시고 한참을 우셨습니다. 그러고는 저녁 식사도 안 하시고 침실에 드셨습니다.」
「무슨 일인지는 말 안 하던가?」
「죄송합니다. 그것까진 저도 알아내지 못했습니다.」
「됐어. 나가 봐.」
린제이를 내보낸 그는 의자에 앉았다.
무슨 일일까?
은재를 울릴 일이 대체 무엇일지, 그는 궁금해졌다.
잠시 생각에 잠겨 앉아 있던 그는 은재를 찾아 서재를 나왔다. 아기 방의 일인용 소파에 유진을 안고 은재가 앉아 있었다. 눈가가 빨갛게 변해 있었지만 은재는 이유를 말하지 않았다. 복잡한 내면을 주체하지 못하고 괴로워하는 모습이 역력했다. 하지만 그는 아무 말도 하지 않았다. 오후 내내 미열이 있어 은재와 신욱을 걱정시켰던 꼬마는 다행히 열이 가라앉고 곤한 잠에 빠져들었다. 신욱은 그녀의 무릎에서 잠든 유진을 품에 안아 들며 딱 한마디 했다.
"울 일이면 울어야지. 눈치 보지 말고 더 울어."
그녀의 눈시울이 금세 젖어 들었다. 조용히 아기 방의 문이 닫히고 그녀 혼자가 되었다. 은재는 쿠션에 얼굴을 묻고 서러운 울음을 터트렸다.

날이 밝자, 완연한 봄날이라고 해도 믿을 수 있을 만큼 날씨가 화창했다. 눈이 녹은 정원은 정원사의 훌륭한 솜씨로 모두 정비되어 있었고 새싹이 돋기 전 잔디밭은 황금색을 띠고 있었다. 은재는 서재 문을 두드렸다.

「들어와.」

"바빠요?"

문을 연 채 고개만 들이민 그녀를 본 신욱의 미간이 좁혀졌다. 은재는 어제 울었던 여자라고는 믿어지지 않을 만큼 씩씩했다.

"무슨 일 있어? 유진이 아파?"

"그게 아니라, 날씨가 너무 좋아서요. 공원에 산책 갈 건데, 같이 갈 수 있어요?"

"둘이 다녀와."

"흠."

"왜?"

"당신, 유진이가 지나가는 남자들을 유심히 보는 거 알고 있어요?"

"뭐?"

"유모차를 끌고 가는 남자들은 더 유심히 보는 것도 모르겠죠?"

"무슨 소리야?"

"당신 딸이 당신 사랑을 그리워한다고요. 요즘 당신 바쁘다고 늘 서재만 차지하고 있잖아요. 당신은 이제 옛날의 대니얼 리 회장이 아니에요. 세상 모든 게 궁금한 아기, 이유진 양의 아빠이기도 하다고요."

"알았어. 이해했으니 그만해."

"10분 뒤에 갈 거예요. 얼른 준비해요."

10분 뒤, 그는 유진의 빨간 유모차를 끌고 있었다. 유모차에 앉은 유진은 정말 신이 나 어쩔 줄 몰라 했다. 은재의 그것 보라는 시선을 무시한 채 그는 유모차를 밀고 앞장섰다. 체구는 작지만 개월 수에 맞는 발달은 하고 있는 듯 말도 제법 늘고, 제 엄마의 도움을 받아 기고 일어서는 것도 척척 하는 유진이었다. 그래서 더 기특하고 예쁜 딸이었다.

눈이 덮였을 때 걸었던 더 몰의 산책로를 한 바퀴 걸은 다음, 적당히 그늘이 드리워진 곳에 자리를 펴고 앉았다. 유진은 피크닉 돗자리를 엉금엉금 기어 다니다 신욱의 무릎을 냉큼 차지했다. 피크닉 가방을 뒤져서 유진의 분유를 타고, 신욱이 마실 홍차를 따르던 은재가 불쑥 말했다.

"아들을 낳을 걸 그랬어요."

앙증맞은 얼굴로 갖은 애교를 떠는 유진에게 폭 빠져 있던 신욱이 고개를 들어 그녀를 보았다.

"무슨 소리야?"

"당신을 만난 뒤로 유진인 당신만 좋아해요."

볼멘 그녀의 불만에 신욱이 유진을 번쩍 들어 허공에 올렸다.

"우리 딸, 아빠 좋아?"

"아바, 아바!"

손뼉을 짝짝 치며 좋아라 웃는 유진은 영락없는 아기 천사였
다.

"흥, 저것 봐."

완벽하게 토라진 은재가 좋아서 어쩔 줄 모르는 부녀를 흘겨
보았다. 그도 딸이 예뻤다. 그래서 유진의 삶에서 그가 함께하
지 못했던 7개월을 생각할 때면 그러지 말자 했다가도 화가 났
다. 처음 태어났을 때는 어땠을까? 처음 눈을 떠 아빠인 그를
보지 못하게 하고, 목을 가눌 때 기뻐하지 못하게 하고, 아플
때 간호해 주지 못하게 한 은재가 미웠다.

"마셔요."

"응."

그는 마음을 감춘 채 은재가 건네는 홍차를 받아 들었다.

"어젠 왜 그랬지?"

은재가 말없이 스커트 끝단만 만지작거렸다.

"응?"

"아버지가 돌아가셨대요."

"한국으로 가야겠군."

은재가 고개를 저었다.

"안 갈 거예요."

"왜?"

"가면, 좋은 모습은 못 볼 테니까. 나중에 납골당에 모시면 그때 따로 찾아뵐까 해요."

"얘기해 봐."

은재가 옹알거리는 유진의 머리를 쓰다듬으며 그를 보았다.

"뭘요?"

"당신이 어떻게 자랐는지."

그는, 은재가 유리 조각을 움켜쥐고 소리친 날 그녀가 했던 말 전부를 기억했다. 그러자 은재가 어깨를 으쓱거렸다.

"가끔씩 쥐어박히는 걸 빼면 눈물겹게 심한 구박은 받지 않았어요. 주로 날 향한 폭언에 더 상처를 받았죠."

"그게 심한 구박이야."

은재가 흐릿하게 웃었다.

"그런가요?"

"이복동생은 언제부터 그랬지?"

그녀가 기억하는 한 늘 그랬다.

"심해진 건 중학교 2학년 때부터인 것 같아요. 집에는 늘 아버지가 마신 술병이 뒹굴었는데 어느 날 화가 난다고 그걸 들어 깨뜨렸어요. 엄마와 난 자지러지게 놀랐고, 그것을 본 의재는 깨달았죠. 어떻게 하면 엄마와 날 조종할 수 있게 되는 건지를. 두려운 기색을 내보이면 내보일수록 정도는 더 심해졌어요."

"어떻게 견뎠지?"

"그냥 살면 견뎌져요. 아무 생각 없이 모든 걸 체념하고 살면, 하루하루 견뎌지는 게 삶이더라고요. 그런데 어쩌면 이렇게 평생 살다 무미건조하게 죽겠구나 하고 느낀 순간, 한순간도 더는 견딜 수가 없어지더군요. 삶에 대한 각성이 참 중요한 것 같아요."

그는 고개를 끄덕거렸다. 이렇게 살아도 큰 불만은 없다고 느낀 순간 아버지가 암 선고를 받았다. 그리고 그는 각성했다. 이렇게 살아서는 안 된다는 것을. 그 순간부터 지금껏 그가 살아야 했던 삶의 매 순간은 전쟁이었다.

"어머, 저 소리 들려요?"

귀를 기울이자 철새가 지저귀는 소리가 아름답게 들려왔다. 새 소리를 아름답게 느낀 적이 언제였던지 기억조차 나지 않는다.

"유진아, 저기 새 있다. 예쁜 새야, 안녕? 해야지?"

"아아, 아아!"

옹알이와 말문이 트이기 전의 기로에 선 유진이 알아듣지 못할 괴성을 내지르며 격하게 환영하자 놀란 철새들이 일제히 날아갔다.

"으응? 으응? 어머, 으응?"

유진이 당황해 은재를 보았다.

"예쁜 새야, 해야지. 그렇게 소리를 지르면 새들이 싫어해. 알았지? 다음부터는 아이, 예뻐, 그렇게 하는 거야?"

"으응."

말귀를 알아들었는지 유진이 도토리처럼 귀여운 고개를 끄덕거렸다.

❈

심란한 마음에 하루 종일 누워 있고 싶었지만 유진이 그럴 틈을 주지 않았다. 점점 활동적이 되어 가는 유진은 잠시도 가만히 있지 못하고 꼼지락거리며 자잘한 사고를 쳤다. 그리고 자꾸만 밖으로 나가자고 보챘다. 그녀의 심리 상태를 아는 린제이가 베이비시터와 함께 유진을 데리고 나가려고 했지만, 유진은 막무가내로 은재의 손만을 끌어당길 뿐이었다.

아이는 뭔가 불만스러울 때 두 볼을 빵빵하게 만들고 심술을 부렸는데, 오늘도 여지없이 그 얼굴이었다. 돌도 안 된 꼬마가 어떻게 모든 속사정을 헤아려 줄까. 은재는 괜히 아이에게 미안해져 산책을 나갈 준비를 했다.

유진의 주요 외출 장소는 다름 아닌 센트럴 파크였다. 제 아빠와 와서인지, 그녀와 외출을 할 때도 이곳에만 오면 유독 좋아했다. 그녀는 즐거워 우, 우, 소리를 내는 유진의 유모차를 밀며 천천히 걸음을 옮겼다. 린제이와 경호원이 그녀의 걸음에 맞춰 뒤를 따르고 있었다.

뭐 그렇게 대단한 효녀였다고 이렇게 마음이 쓰이는 건지……. 자산을 향한 빈정거림을 계속해 봐도 마음이 나아지지 않았는데 밖으로 나오자 기분이 달라졌다.

상쾌한 바람, 지저귀는 새소리, 바람에 살랑거리는 녹음……. 아이가 자꾸만 밖으로 나오고 싶어 하는 이유를 알 것 같았다.

유진은 그 존재만으로도 행복을 주고, 작은 행동만으로도 그녀를 변화시킨다. 아이 덕분에 시름을 잊고 자연이 주는 선물을 마음껏 향유할 때였다.

어디선가 자전거를 탄 아이들의 무리가 그들 앞을 지나쳤다. 경호원과 린제이가 마치 그녀와 유진을 칠 것처럼 다가오는 자전거 행렬에 예의 집중하는 사이, 누군가 그녀를 밀치고 유모차에서 유진을 꺼내 안아 앞으로 달리기 시작했다.

「이봐요! 지금 무슨 짓을 하는 거예요!」

펜스 위로 넘어진 그녀의 손목이 찢어져 선혈이 흘러내렸지만 아픔보다 유진이 납치됐다는 사실에 은재는 혼비백산했다. 그녀가 그 뒤를 따라 뛰기도 전에 경호원이 여자를 잡기 위해 달려갔다. 경호원을 뒤따라 뛰어가던 린제이가 멈춰 그녀의 팔을 수건으로 감쌌다.

「사모님, 괜찮으십니까!」

그녀가 미친 듯이 소리쳤다.

「린제이, 저 여자가 유진일 데려갔어요! 내 딸을 뺏어 갔다고요! 얼른 붙잡아야 해요!」

「사모님, 혈관에 손상이 왔나 봅니다. 일단 지혈부터 하셔야 합니다.」

「내 딸이 먼저예요! 내 딸!」

은재가 히스테릭하게 소리쳤다.

마른하늘에 날벼락도 유분수지! 이렇게 사람들이 많은 곳에서 어떻게 내 아기를 유괴할 수 있어!

"유진아!"

그녀는 여자와 경호원이 사라진 쪽으로 달리며 소리쳤다. 뜻밖의 상황에 주변 사람들도 놀라 모두 쳐다보았다. 납치범은 주변 사람들과 경호원이 앞을 가로막으며 방해하자 유진을 잔디밭에 던진 뒤 달아났다. 아이가 허공으로 치켜 올라가는 것을 본 은재가 비명을 내질렀다.

"유진아!"

그 순간 경호원이 몸을 날려 잔디밭에 떨어지기 직전의 유진을 받아 안았다. 그 모습을 본 은재는 다리에 힘이 풀려 그대로 주저앉고 말았다.

아…… 하아…….

은재는 심장이 아파 숨을 쉴 수가 없었다. 걷어차인 것처럼 강한 통증이 옆구리를 강타했다. 경호원의 품에 안겨 그녀에게로 오는 유진에게서 앙앙 울음소리가 터져 나왔다. 어지간히 놀란 듯 아이의 얼굴이 하얗게 질려 있었다. 그녀는 유진을 향해 손을 내밀었다.

"유진아. 유진아!"

그녀의 부름에 유진이 더 크게 울음을 터트렸다.

"마! 아아앙!"

「대체 누가 이런 짓을 한 거죠?」

아이를 꼭 끌어안은 그녀의 몸이 사정없이 떨렸다. 유진을 안고 도망치던 여자를 끝까지 쫓았던 경호원이 그녀의 물음에 답했다.

「미아 메이였습니다. 전 경찰에 연락할 테니, 린제이는 얼른 경호팀과 회장님께 알려요.」

미아 메이! 은재의 눈에 살기가 어렸다. 미아 메이가 눈앞에 있다면 찢어 죽일 수도 있을 것 같았다.

21.

크리스의 다급한 보고를 받은 신욱이 벌떡 일어서고 말았다.

「그게 무슨 소리야! 유진일 누가 어쨌다고?」

「미아 메이가 유진 양을 납치하려고 했습니다.」

「경호원은 대체 뭘 한 거야!」

「미아 메이가 집중을 흐리게 사람을 풀었습니다. 경호원과 린제이가 그들을 막는 동안, 유괴를 하려고 했던 것 같습니다.」

「그래서 유진인? 내 아내는 어떻게 됐어?」

「그것이⋯⋯.」

그가 소리쳤다.

「똑바로 말 못 해!」

「미아 메이가 유진 양을 낚아채는 과정에서 밀쳐지면서 펜스 위로 넘어지셨답니다. 손목 혈관이 찢어지는 부상을 당하셨습니다. 지금 두 분 다 병원으로 모셨습니다.」

신욱의 주먹이 마호가니 책상을 내리쳤다.

「그 병원이 어디야!」

어떻게 병원까지 왔는지 기억조차 나지 않았다. 병원의 길고
긴 복도를 뛰어 은재와 유진이 있다는 병실로 들어섰을 때야 비
로소 병원에 도착했다는 생각이 들었다.

"아바, 아바."

유진이 훌쩍거리며 그에게 팔을 벌렸다. 아무 생각도 떠오르
지 않는다. 성큼성큼 다가가 아이를 들어 올려 품에 꼭 끌어안
았다. 그의 품에 다 차지도 않는 작은 몸을 껴안자 비로소 안도
감이 밀려들었다. 더불어 미아 메이를 향한 살인적인 분노가 치
솟았다.

감히 내 딸을, 감히!

하지만 피범벅 된 은재를 보는 순간, 신욱은 또다시 심장이
차갑게 얼어붙는 것 같았다. 안도감은 잠시, 그 자리를 메운 건
또 다른 공포였다.

"은재야!"

앙앙거리는 유진을 품에서 떼어 내 크리스에게 안겨 준 뒤,
은재를 앉혔다. 그가 손짓을 하자, 주치의가 다가왔다. 은재를
살핀 주치의가 신욱을 보며 다급히 말했다.

「빨리 응급처치를 하지 않으면 위험할 수도 있습니다.」

「서둘러. 어서!」

하지만 정작 그녀가 응급처치를 거부한 채 주위를 두리번거

렸다.

"안 돼요!"

반쯤 넋이 나간 그녀는 신욱이 크리스에게 유진을 건네는 걸 보고서도 유진을 찾았다.

"유진이는요? 신욱 씨, 우리 유진이 어디 있어요?"

"진정하고 가만히 있어. 치료를 할 수가 없잖아!"

신욱이 소리치자 은재가 비명을 내질렀다.

"유진이 어디 있어요!"

이 순간, 은재를 진정시킬 방법은 하나였다. 그는 쇼크 상태에 빠진 것처럼 새파랗고 부들부들 떠는 은재를 품에 안았다. 은재의 몸에서 흘러나온 피가 그의 옷을 뜨겁게 적셨다.

"유진인 괜찮아. 다친 곳도 없고, 크리스가 경호원과 같이 유진일 지키고 있어. 그러니 제발, 진정해."

"아……."

다행이다. 너무나 다행이다. 안도감이 드는 순간, 눈앞이 검게 변하며 까무룩 정신을 잃었다. 그의 품에서 맥없이 늘어져 고개를 떨어뜨리는 은재를 본 순간, 신욱은 심장이 멎는 것만 같았다.

"은재야, 서은재!"

찢어진 혈관의 봉합 수술과 상처의 봉합을 함께 끝낼 쯤 마취에서 깨어났다. 신장 기능이 일반인보다 미진해서 진정제와 진통제의 적정 복용량을 지킬 수 없기에 은재가 느끼는 통증은 엄청났다. 하지만 은재는 통증을 느낄 수도 없을 만큼 분노해 있었다. 눈을 떠 신욱을 보자마자 중얼거렸다.

"그 여자는 미쳤어요."

"알아."

은재가 분노를 숨기지 않고 그를 노려보았다.

"알아? 그게 전부예요? 그 여자가 오늘 당신 딸을 납치할 뻔했어요! 그리고 잔디밭으로 던졌다고요! 경호원이 유진일 잡지 않았다면 유진이가 어떻게 됐을지 아무도 몰라요! 그런데 당신은 고작 그 말이 전부예요?"

"은재야. 진정해."

"어떻게 진정을 해요! 유진이가 잘못될 뻔했는데!"

은재의 히스테릭한 비명이 침실을 가득 메웠다. 여전히 쇼크 상태에서 헤어 나오지 못하고 있음이 분명했다. 그는 은재의 어깨를 강하게 잡고 자신을 보게 했다.

"유진인 괜찮아."

"하지만, 하지만…… 그 여자가 또 그럴지도 몰라요."

은재의 두 눈동자에는 숨길 수 없는 공포가 가득했다. 그는 유진을 안았던 것처럼 은재를 품에 가둬 안았다. 은재 역시 그의 품에 전부 차지 않는다. 그의 두 여자는 모두 왜 이렇게 연약한 것인지…….

"두 번 다시 그런 일은 없을 거야. 유진인 안전할 거고, 넌 그런 걱정 할 필요 없어."

"약속하는 거예요?"

"그래, 약속해."

그의 목숨을 걸고.

"유진인 지킬 수 있지만, 너는? 내가 만약 널 지켜 주지 못하면 어쩌지?"

막연한 불안과 공포가 사람을 얼마나 무력하게 만드는지, 은재 역시 경험으로 알고 있었다. 그녀는 그를 가만히 안아 주었다.

"지금의 난 충분히 건강해요. 그리고 만약 우리 엄마처럼 그렇게 된다 해도 허무하게 떠나지 않아요. 난 절대로 우리 딸에게 엄마의 빈자리를 느끼게 만들지 않을 거예요. 날 그리워하며 자라게 두진 않을 거예요."

"그 마음 변하지 마라."

"알겠어요. 그러니 꼭 유진일 지켜 줘요."

신욱은 파르르 떨리는 은재의 입술에 자신의 입술을 가까이 가져다 댔다. 은재가 피하지 않고 똑바로 그를 올려보았다. 그리고 속삭였다. 너무나 애틋한 애원 앞에 그의 가슴이 무너졌다. 그는 그녀의 입술을 그대로 삼켜 버렸다.

난 너를 지킬 거야. 너를 지켜야만 유진이 있고, 내가 있어.

손목의 혈관도 찢어졌지만, 그것보다 엄청난 충격과 스트레스를 받은 은재는 계속해서 복부와 옆구리 통증을 호소해 신욱과 의료진을 긴장시켰다. 유진 역시 경기를 일으킬 만큼 놀라 잠시도 은재의 곁에서 떨어지려고 하지 않았다. 결국 은재와 유진의 입원이 결정됐다.

어린이 납치 범죄는 그 어떤 범죄보다 강력하고 신속하게 대응하는 것이 미국 사회의 원칙이었다. 대낮, 센트럴 파크에서 IE 그룹의 상속녀가 납치될 뻔했다는 뉴스는 톱기사로 실시간 방송됐다. 마이클은 유진 리의 납치 용의자로 공개된 미아의 사진을 보는 순간 온몸에 소름이 돋았다. 미아가 기어이 사고를 치고 말았다.

　「미아 메이! 왜 대니얼의 가족을 가만두지 못하는 거야!」

　마이클은 저도 모르게 소리를 질렀다. 미아는 그간의 잘못으로 바닥을 찍었다. 대니얼은 절대 미아를 용서하지 않았고, 미아가 설 자리를 모두 잃게 만들었다. 더는 잃을 것이 없어 이따위 짓을 벌인 건가? 이건 명백한 범죄였다! 그것도 아무 죄 없는 아기를 볼모로 삼은 반인륜적인 범죄!

　마이클은 미아를 이해할 수도, 이해하고 싶지도 않았다. 어떻게든 미아에게 도움을 주고자 했던 마이클은 지금 이 순간, 그 마음 모두를 접고 말았다.

　그때 벨이 울렸다. 인터폰을 확인한 마이클의 인상이 찌푸려졌다. 다급해 보이는 미아가 그의 벨을 연신 누르고 있었다. 별수 없이 문을 열어 주자 미아가 황급히 들어와 문을 잠갔다.

　「경찰이 여기까지 온 건 아니지?」

　미아의 행동은 조급했고 목소리 역시 다급했다.

　「너 제정신이야? 지금 경찰이 쫙 깔렸어! 방송에도 네 얼굴이 계속해서 나온단 말이야! 대체 무슨 정신으로 그런 짓을 벌인 거야!」

그러자 미아가 실성한 것처럼 소리를 질렀다.

「죽이고 싶었어. 그 계집애와 애를 죽이고 싶었다고!」

「대체 이유가 뭐야! 은재 씨와 아이는 아무 죄가 없어! 그만큼 괴롭혔으면 됐잖아. 너 때문에 대니얼도 모르게 아이가 태어나고 자랐어! 미아, 그만해. 너는 충분히 은재 씨와 아이를 괴롭혔어.」

「그만 말 하지 마! 다 죽여 버릴 거야! 지나처럼 죽여 버릴 거라고!」

입에 올려서는 안 될 말을 아무렇지 않게 내뱉는 미아를 향해 마이클이 분노했다.

「미아! 그 입 다물어!」

「왜, 무서워? 지나를 죽인 건 오빠였잖아! 온갖 점잖은 척 다 하면서 사람을 죽이는 게 오빠라고 떠벌리면 어떨 거 같아? 응?」

마이클이 미아의 뺨을 갈겼다. 생전 처음 마이클에게 뺨을 맞은 미아는 믿어지지 않는 눈으로 그를 쳐다보았다.

「지금, 지금 날 때린 거야?」

분노를 가라앉히기 위해 마이클은 깊이 심호흡을 했다.

「그래, 난 널 위해 해서는 안 될 짓까지 했어. 그런데 넌 날 위해 무엇을 했지? 날 위해서 네가 포기한 게 뭐야!」

그는 사람을 죽였다는 끔찍한 죄책감을 안고 살고 있었다. 지나 최가 죽은 그날부터 마이클은 단 하룻밤도 편히 잠들 수가

256

없었다. 눈을 감으면, 지나 최가 나타났다. 모든 것을 알고 있다고, 그를 나락으로 떨어뜨리겠다고 소리쳤다.

미아를 사랑했기에 그 모든 것을 감수했다. 지나 최를 죽였다는 죄책감이 미아에 대한 사랑을 갉아먹어 남은 게 하나도 없어졌을 때조차 그는 미아를 위해 노력했다. 그런데 이제는 그나마의 노력도 하고 싶지 않았다. 미아는 완전히 미쳐 버렸다. 어떻게 무방비한 상태의 아기를 납치해 해칠 생각까지 할 수가 있는지, 끔찍하기만 했다.

「경찰에게 잡히는 건 시간문제야. 경찰이 아니더라도 대니얼이 푼 사람들이 널 잡고 말 거라고!」

「마이클이 도와줘. 지나를 죽였던 것처럼 서은재와 그년의 애를 죽여 달라고!」

독기 어린 미아의 외침을 들은 마이클은 간담이 서늘해졌다.

「미아, 너 정말 미쳤구나.」

미아가 실성한 웃음을 터트렸다.

「왜? 오빠, 왜 그렇게 순진한 척을 해? 어차피 오빠는 살인자야. 이미 사람을 죽였는데, 몇 명 더 죽여도 상관없잖아? 응?」

「은재 씨와 아기가 사라진다고 해도 넌 대니얼의 아내가 될 수 없어. 너와 내가 뒤엉켜 있는 걸 들킨 그날, 대니얼은 자기 인생에서 네 존재를 지워 버렸다고!」

「내가 가질 수 없다면 서은재 그년도 가질 수가 없어! 그래야 공평한 거야! 나는 이제 시간제 모델 일도 못 해! 할 수 있는 거라곤 싸구려 술집의 웨이트리스 짓밖에는 없다고! 그 돈으로 어떻게 살아? 나는 거지처럼 하루하루 연명하는데, 그년은 애를 낳았다는 핑계로 대니얼의 재산을 마음껏 쓰면서 살잖아! 용서할 수 없어!」

마이클은 더는 참을 수가 없었다. 미아의 팔을 잡아 현관으로 끌고 갔다.

「왜 이래, 마이클?」

「내 집에서 나가.」

「마이클!」

「다신 내 앞에 나타나지 마!」

미아의 눈앞에서 현관문이 거칠게 닫혔다. 다급해진 미아가 현관문을 마구 두드렸다.

「마이클! 문 열어! 마이클!」

모두가 그녀를 등졌다. 모두가! 이게 모두 서은재 그년 때문이었다!

「아아악!」

광기에 휩싸였다고밖에는 볼 수 없는 미아의 외침이 오래도록 복도에 울려 퍼졌다. 하지만 끝내 현관문은 열리지 않았다.

✳

은재와 유진에게 다행히 큰 문제는 없어 이틀 뒤 퇴원을 할수 있었다. 은재와 달리 유진은 눈에 보이는 외상은 없지만, 집

에 돌아온 그날 밤 아기는 태어나 처음으로 악몽을 꿨다. 아이
의 비명 소리가 듣는 사람의 간담을 서늘하게 만들었다. 은재는
아기 침대에서 유진을 안아 들고 편히 잘 수 있도록 한참을 서
성거렸다.

마침내 깊고 고른 숨을 내쉬는 유진을 침대에 눕히자, 피곤했
던지 유진은 꿈틀거리지도 않고 곤한 잠을 잤다. 스탠드의 조도
를 낮추고 돌아서던 그녀는 문 앞에 드리워진 긴 그림자를 발견
하고 멈춰 섰다.

"이리 와."

그의 허스키한 목소리를 듣는 순간 은재가 흠칫 떨었다. 그녀
는 주저하며 다가가 그가 내민 손을 살짝 잡았다. 그가 그녀의
손을 당겨 커다란 손으로 감쌌다.

"유진이가 깰지도 몰라요."

"베이비시터가 돌봐 줄 거야."

"하지만……."

그녀의 저항은 용납하지 않겠다는 듯 강하게 당겨 그의 품에
가뒀다. 그리고 신욱은 숨겨 두었던 마음을 가감 없이 털어놓았
다.

"네가 필요해."

하마터면 잃어버릴 뻔했다. 또다시…….

"네가 내 곁을 떠났을 때, 그리웠다. 검은 머리의 여자만 보
면 무턱대고 쫓아갈 만큼, 네가 그리웠어."

그의 고백에 목이 멘 은재가 섭섭한 마음을 숨기지 않고 따

졌다.

"그런데 왜 오지 않았어요?"

"가려고 했어. 그런데 공항에 가는 길에 사고가 났어."

"사고라고요? 당신 그래서 다리를……?"

신욱이 묵묵히 고개를 끄덕거렸다.

"알고 있었어?"

전에 그의 다리에 남은 흉터를 들켰던 때가 떠올랐다. 그러나 궂은 날씨가 아니면 거의 표가 나지 않을 만큼 제대로 걸을 수가 있었다. 하지만 눈썰미가 예민한 여자의 눈에는 쉽게 띄었나 보다.

"얼마나 다쳤기에 그런 거예요?"

은재가 떨리는 목소리로 묻자 신욱이 그녀를 껴안았다.

"네가 그리웠던 만큼."

널 원망하고 증오하면서도, 다시 한 번 기회를 줄 수도 있다는 생각이 들 만큼……. 비참하고 처절해서 제정신을 차릴 수 없을 만큼. 뼈가 으스러진 다리보다 마음이 더 아팠던 시간이었다.

은재의 가느다란 팔이 그의 등을 둘렀다.

"난, 난 정말 몰랐어요. 미안해요. 정말 미안해요."

"언론에는 철저하게 비밀로 했으니까 모를 수밖에. 미안하다는 말 하지 마. 당신은 내게 미안할 게 없는 여자야. 그리고 이젠 다 지난 일이야."

몸은 나았다. 하지만 그때, 으스러진 다리를 은재 탓으로 돌리지 않았더라면, 비뚤어진 증오심을 키우지 않았더라면 은재가, 그리고 유진이 힘들게 살지 않아도 됐을 것이다. 은재가 미아 메이의 계략에 당했다면 유진은 지금 이 세상에 없을지도 모른다. 저토록 작고 어여쁜 그의 딸이⋯⋯. 그 생각을 하면 치가 떨렸다.

"사고가 나서 입원했던 병실에 미아 메이가 찾아온 적이 딱 한 번 있었지. 하필이면 그때 당신이 남긴 메시지를 미아 메이가 가로챈 거였어."

"아⋯⋯."

은재는 믿을 수가 없어 고개를 저었다.

"정말 끔찍한 여자예요."

"하루도 널 생각하지 않은 날이 없어. 그날, 내가 무엇을 잘못했을까, 수도 없이 되새겼지. 정말 수도 없이 내가 무엇을 잘못했는지 생각했어."

"당신이 날 믿지 못했던 게 가장 큰 잘못이었어요."

그는 순순히 고개를 끄덕거렸다.

"맞아."

돌이켜 생각해 보면 은재는 처음부터 끝까지 미아 메이와 마이클 로건이 벌인 계략에 당하고 만 희생양이었다. 질투에 눈이 멀고 증오심에 사로잡힌 그가 은재를 지켜 주지 않았기 때문이었다. 은재와 유진이 겪어야 하는 끔찍한 일들은 모두 그의 책임이었다. 그것은 변명의 여지가 없었다.

"아니에요. 이건 당신만 잘못한 게 아니에요. 당신이 날 믿지 못했다면, 나는 너무 어리석었어요. 주변을 조금만 둘러봤다면 마이클 로건과 미아 메이에게 놀아나고 있다는 걸 알아차렸을 거라고요."

신욱은 자괴감에 괴로워하는 그녀를 꼭 껴안았다.

"지난 일이야. 이제 더는 널 놓치지 않아. 더는……!"

"신욱 씨……."

침실로 들어간 그들은 뒤엉켜 성급하게 서로를 더듬다 침대 위로 쓰러졌다. 그녀의 바지 버클을 풀어 팬티와 함께 한꺼번에 끌어 내렸다. 무릎 아래 걸린 바지를 발로 밀어 벗겨 버리고 니트를 올려 브래지어를 벗기지도 않고 그대로 가슴을 물어 버렸다.

"으읏!"

은재는 신음을 참지 않고 크게 내질렀다. 그의 검은 머리를 껴안고 가슴을 밀어 그의 입에 더욱 삼켜지도록 했다. 꼿꼿하게 성을 낸 유두를 앞니로 잘근잘근 씹자 머리카락이 곤두서는 느낌에 비명을 질렀다.

"아앗!"

그녀의 손이 그의 셔츠 아래로 파고들어 꿈틀거리는 등 근육을 마음껏 더듬었다.

벌떡 몸을 일으킨 그가 그녀의 블라우스를 벗겨 버린 다음 자신의 셔츠를 찢을 듯 벗어 던졌다. 바지를 벗고 브리프를 내리자 이미 발기한 페니스가 퉁 하고 튕겨 나왔다. 은재의 작은 손이 페니스를 길게 쓸어내렸다. 그는 두 눈을 지그시 감은 채 은재에게 몸을 맡겼다. 이 느낌, 은재가 마음을 열어 그를 어루만지는 느낌만큼 좋은 건 세상 어디에도 없다.

이 소중한 여자를 잃어버렸으면 어쩔 뻔했나⋯⋯. 다시 한 번 미아 메이를 향한 살기가 샘솟았다.

"지금은 나만 생각해요."

그 말과 함께 은재가 페니스를 잡은 손에 힘을 주었다. 그의 턱이 팽팽하게 당겨졌다. 그녀의 작은 혀가 귀두 끝을 휘어 감는다. 검붉은 페니스를 핑크빛 혀가 감싸는 모습은 시각과 촉각 모두 더할 수 없는 쾌락을 불러일으켰다.

그는 은재의 동그란 뒷머리에 손을 올렸다. 마음 같아선 머리를 당겨 페니스를 모두 삼키게 만들고 싶지만, 그러기에는 무리가 따랐다. 그와의 관계에서 은재가 고통과 수치를 느끼는 것은 한 번이면 족했다. 은재가 스스로를 부끄러워할 때, 그 역시 수치감을 느꼈었다. 그리고 그 느낌은 계속해서 질척하게 들러붙어 그를 괴롭혔었다. 두 번 다시는 똑같은 짓을 하지 않는다. 그는 지나 최가 아니었다. 배우자와 아이에게 간악하고 표독스러운 사람이 아니었다.

은재의 앞니가 페니스를 긁자 소름 끼치는 쾌락을 이기지 못해 그의 허리가 뒤로 꺾였다. 더 참지 못한 그는 은재를 일으켜 침대 위로 쓰러뜨리고 곧장 그 위로 올라갔다.

"못 참겠어."

"참지 말아요."

그가 단숨에 그녀의 몸을 꿰뚫었다. 아무 전희도 없이 무작정

파고드는 남자의 사나운 힘에도 전혀 고통을 느끼지 않았다. 은재는 몸과 마음을 온전히 열어 그를 받아들였다. 이게 사랑이었다. 이게…… 폭풍처럼 몰아치는 신욱의 등을 꼭 껴안고서 마음껏 비명을 내질렀다. 아무도 빼앗아 가지 못해, 내 사랑을……!

신욱은 말랑하고 따뜻한 느낌에 잠을 깼다. 곁을 보자 은재가 그의 팔을 베고 곤히 잠들어 있었다. 그는 은재가 깨지 않도록 베개를 베어 준 뒤 자리에서 일어났다. 창가 커튼의 좁은 틈을 통해 본 하늘은 여전히 검푸른 기운이 남아 있었다.

로브를 걸친 그는 본능에 이끌리듯 아기 방으로 들어갔다. 지난밤 태어나 처음으로 악몽을 꾼 유진은 벌써 일어나 제 발을 잡고 놀고 있었다. 한참 자고 있어야 할 시간인데, 아무래도 지난 사건이 아이에게 안 좋은 영향을 끼친 게 분명했다. 그는 걱정이 되어 얼른 딸에게 다가갔다.

"유진아."

그의 목소리를 알아들은 유진이 고개를 돌려 바라보았다. 그를 발견하고는 담뿍 미소를 베어 무는 모습이 얼마나 예쁜지 몰랐다. 그가 손을 내밀자, 그의 꼬마도 손을 내밀었다. 그의 품에 파고드는 어린 딸을 안는 이 느낌이 얼마나 소중한지, 그는 새삼스레 깨달았다.

"왜 안 자고 일어났어? 응? 쉬 했어?"

쉬라니, 신욱은 유진의 눈높이에 맞는 아기 말이 이렇게 쉽게 나올 줄은 꿈에도 몰랐다. 은재보다 더 말랑하고 더 작은 존재

가 있을 거라고는 생각하지 못했는데, 지금 바로 그의 눈앞에
그런 존재가 있다. 이 아이를 위해서라면 무엇인들 못할까. 그
는 딸을 볼 때마다 뭉클뭉클 샘솟는 애정을 주체할 수가 없었
다. 기저귀를 갈아 본 적은 한 번도 없지만 못할 것도 없을 것
같았다.

"아빠가 한번 볼까?"

유진을 눕히고 어설픈 손짓으로 기저귀를 확인하자 역시나
젖어 있었다.

"이 녀석, 이래서 일찍 일어났구나."

그러자 유진이 해맑게 웃었다. 어떻게 이렇게 예쁠 수가 있
지? 그의 꼬마 앞에서는 모질고 독한 마음이 모두 무장해제 된
다. 천진하고 해맑은 아이의 얼굴처럼 그의 마음도 똑같이 변하
는 것만 같았다. 수신증이 있는 아이는 특히 소변을 잘 봐야 한
다는 주치의의 말이 생각나, 아이의 소변이 그렇게 기특할 수가
없었다.

"우리 딸은 쉬도 잘하네."

예쁜 마음을 주체할 수가 없어 유진의 말랑한 뺨에 입을 맞
춰 준 뒤 잘 정리된 기저귀를 하나 가져와 얼른 채워 주었다.
유진은 제 엄마가 해 준 것보다 불편한지, 강아지처럼 낑낑거렸
지만 곧 안아 달라고 손을 내미는 응석을 부렸다.

그는 기꺼운 마음으로 꼬마의 응석을 받아 주었다. 그의 소중
하고도 유일한 딸을 잃어버릴 뻔했다는 사실을 깨닫는 그 순간,
이 아이가 얼마나 귀한 아이인지 가슴 절절하게 느꼈다. 다른

아이는 안 된다. 오직 유진이어야 했다. 그에게 여자가 단 한 사람, 은재여야 하듯, 그에게 딸은 유진이어야 했다. 아이의 부드러운 고수머리에 입을 맞추며 미아 메이를 생각했다. 그의 눈에서 살기가 흘러나왔다.

어디로 숨었는지 모습을 감췄지만, 곧 찾아내고 말리라. 그래서 내 딸과 내 아내에게 한 짓을 갚아 주고 말 것이다.

"아바, 바, 바? 맘마, 맘마."

"응?"

"맘마, 맘마."

"배고프니?"

"맘마!"

아빠가 자신의 말을 알아들었다는 것이 기쁜지 유진이 보조개를 만들며 고개를 끄덕거렸다. 은재가 말하길 꼬마 녀석과는 대화가 된다더니, 정말이었다.

"아빠가 맛있게 탈 자신은 없는데, 어디 보자."

생각 같아서는 은재를 깨우고 싶었지만, 그의 아내는 이미 정신적 육체적으로 탈진 직전이었다. 그로기 상태인 아내를 새벽에 깨워 아기 분유를 타게 만드는 남편이고 싶지는 않았다.

"어디 보자, 아빠가 노력해 볼게."

"맘마! 맘마!"

유진의 채근을 받자 마음이 급해졌다. 아기 방에는 비서실의 탕비실처럼 분유를 타기 위한 미니 주방이 마련되어 있었다. 살균기에서 우유병을 꺼내던 신욱은 문득 생각난 것을 아이에게 물었다.

"그런데 딸, 너 얼마나 먹어야 되지?"

하지만 유진이 그것을 알 리가 없다.

가급적이면 맛있게, 많이 먹이고 싶지만 그의 딸은 수신증 환아다. 정확한 양을 먹이지 않으면 문제가 될 수도 있었다. 그는 다시 스스로를 반성했다. 하나뿐인 딸에 대해서 너무 모르고 있는 게 부끄러웠다. 그때 부드러운 목소리가 들려왔다.

"180㎖예요."

그와 유진이 소리에 이끌려 돌아보자 두툼한 가운 차림의 은재가 서 있었다.

"어마!"

유진이 반가워 어쩔 줄 몰라 손을 파닥거렸다. 신욱은 그런 딸을 보며 은근한 배신감에 사로잡혔다. 혼자 놀고 있을 때 방에 들어와 안아 준 것도 그고, 기저귀를 갈아 준 것도 그고, 우유를 타 주려던 것도 그였는데 어떻게 제 엄마의 얼굴을 보는 것만으로 이렇게 반가워할 수가 있는 거지?

그녀에게로 오려고 기를 쓰는 아기를 안던 은재는 그의 표정이 일그러지는 것을 보며 웃었다.

"또 질투해요?"

"내가 언제!"

"이런, 기저귀를 거꾸로 채워 줬어요?"

그녀의 놀람을 들은 그가 머쓱해졌다. 신욱은 기저귀에 무늬로 새겨진 코끼리의 코가 앞으로 있는 쪽이 무조건 앞인 줄 알았다.

"그게 거꾸로야?"

은재가 짐짓 흘겨보며 말했다.

"얼른 우유 타세요. 그리고 앞으로 기저귀 가는 맹연습 좀 해야겠어요."

"알았어."

그는 우유병에 넣는 분유보다 더 많은 분유를 흘린 뒤에야 우유병 하나를 채우는 데 성공했다. 이게 생각보다 쉬운 일이 아니다.

"자, 여기 우유."

"고마워요. 유진아, 아빠 고마워요, 해."

그러자 말귀를 알아듣는 것처럼 꼬마가 손을 번쩍 들어 보였다. 거수경례를 하는 것 같기도 하고, '어이' 하는 것 같기도 하다. 우유병을 옹골차게 움켜쥐고 맛있게 빠는 모습을 보자 괜히 가슴이 뿌듯해졌다. 작은 일에도 엄청난 보람을 느낄 수 있는 건 아이와 관련된 일일 뿐이란 생각이 들었다. 유진의 분유를 탄 것은 신욱으로 하여금 엄청난 도전 정신을 고취시켰다.

그날 아침 완전히 날이 밝자마자 신욱은 요리사들을 모조리 쫓아내고 주방을 차지했다.

"정말 당신이 만든다고요?"

그는 유진을 품에 안고서 믿을 수 없어 하는 은재에게 레시피가 적힌 종이를 팔랑거렸다.

"나 못 믿나?"

은재는 고개를 저었다.

"당신을 못 믿는 것보다, 당신이 이러는 걸 못 믿겠어요. 회사 안 가요?"

신욱은 셔츠의 소매를 걷으며 당당하고 태연하게 말했다.

"안 가."

"왜요?"

"내 꼬마를 위해서 휴가 냈어."

"어머? 정말이에요?"

그녀는 깜짝 놀라 되묻고 말았다. 지독한 워커홀릭이 휴가를 내? 그러자 그가 미간을 찌푸리며 그녀를 노려보았다.

"왜? 그게 그렇게 놀랄 일이야?"

"네, 좀 놀라워요."

"그럼 앞으로 종종 놀라게 될 거야. 난 우리 아버지가 내게 그러셨던 것처럼, 유진이에게 좋은 아빠가 될 거니까."

돈이야 이미 유진에게 충분히 물려줄 만큼 벌었다. 하지만 기억을 돌이켜 보면 돈 때문에 아버지와 행복했던 건 아니었다. 아버지와 함께했던 시간, 아버지의 체취, 아버지의 웃음, 아버지의 따뜻한 포옹……. 바로 그런 것들이 어머니의 외면에도 불구하고 그를 행복한 아이로 만들어 주었었다. 그도 유진에게 자신의 부친과 같은 아버지로 기억되고 싶었다. 자식에게 최선을 다하는 아버지 말이다.

하지만 그의 어설픈 칼질에 은재가 참견하고 싶어 안달을 했다.

"브로콜리는 그렇게 써는 게 아니에요. 당신이 썬 것은 너무 커서 유진이가 못 먹잖아요."

"유진 아빠, 쌀은 미리 불려야 해요."

"신욱 씨, 그건……."

"아이 참, 그렇게 하는 게 아니라니까요."

그는 좋은 아빠가 되기로 마음먹었지 착한 남편이 되기로 마음먹은 게 아니다. 그래서 결국 한 소리 하고 말았다.

"나가."

은재가 입술을 앙다물고 그를 노려보았다.

"당신 참 이상한 거 알아요?"

"내가 뭘?"

"찬물도 위아래가 있는 법이에요. 왜 당신은 딸에게는 잘 보이고 싶어 하면서 나한테는 그렇게 함부로 대해요? 당신이 아무리 노력해 봐야 내 말 한마디면 유진이가 당신 싫어할 수도 있다고요."

그녀의 항변을 들은 그가 눈썹을 치켜 올렸다.

"지금 굉장히 치사한 거 알고 있나?"

"날 이렇게 치사하게 만든 건 당신이잖아요."

그때였다.

"어마?"

그녀의 품에 안겼던 유진이 커다란 눈을 더욱 커다랗게 뜨고 그녀와 눈을 마주쳤다. 은재는 아차 싶어 얼른 유진을 추슬러 안았다.

"아니야. 엄마랑 아빠 싸우는 거 아니야. 그냥 얘기했어."

"으응?"

그녀의 어설픈 변명을 들은 유진이 마치 '아닌 거 같은데?' 하는 얼굴로 고개를 갸웃거렸다. 은재는 얼굴이 다 화끈거렸다.

"자, 유진아, 아빠한테 뽀뽀해 드려. 아빠가 굉장히 맛있는 거 해 주신대. 얼른."

그녀는 아이를 신욱의 얼굴 가까이 데려갔다. 착한 유진이 말귀를 알아듣고 신욱의 뺨에 축축한 침을 가득 묻히는 뽀뽀를 해 주었다. 침으로 범벅이 되어서도 마냥 기분이 좋은 신욱은 다른 쪽 뺨을 내밀었다.

"딸, 여기도 뽀뽀해."

기특한 딸은 또 한 번 침 범벅이 되게 만들어 주었다. 그에 힘을 입은 신욱은 딸의 이유식 만들기에 박차를 가했다.

유진은 입이 짧기로 유명해서 저택의 요리사들도 혀를 내두를 지경이었다. 원래도 아기 음식은 간이 약하지만, 유진의 음식은 더욱 간을 할 수가 없어 맛이 없기도 할 것이다. 신욱이 만든 이유식도 다를 바 없었다. 수신증 환아에 맞는 이유식 레시피를 출력해서 만든 것이었으니 말이다. 입에 넣어 주면 혀로 밀어내는 것이 특기인 유진에게 신욱이 만든 이유식 한 스푼을 먹여 주었다.

"우리 딸, 맛이 어때?"

은재는 완전히 들뜬 신욱에게는 차마 유진이 혀로 밀어낼 거란 말을 할 수가 없어 괜히 미안해졌다. 은재는 곧 유진이 혀로 밀어낼 것을 닦아 줄 티슈를 들고 대기했다. 그런데 놀랍게도 꿀꺽 삼켜 버렸다.

"맛있어?"

아빠의 물음을 들은 유진이 고개를 끄덕거리며 아, 입을 벌렸다.

어머머, 애 좀 봐라?

은재는 기가 막혔다. 그녀가 만든 이유식도, 요리사가 만든 이유식도 모두 혀로 밀어내기 급급하던 꼬마 녀석이 제 아빠가 만든 건 이유 불문하고 무조건 삼킨다. 사실을 알 길 없는 신욱은 완전히 뿌듯해진 얼굴로 유진에게 이유식을 먹여 주었다.

"이상하네. 잘 먹는데 왜 이렇게 작지? 잘 먹으면 쑥쑥 커야지, 우리 공주, 응?"

그녀는 진실을 말해 줄 마음이 없었다. 진실을 알면 분명히 기고만장함이 하늘을 찌를 테니까. 안 그래도 오만한 남자를 더 오만하게 만들어 줄 생각은 추호도 없었다.

밖은 화창한 봄볕이 가득했지만 검은색 커튼이 드리워진 저택 안은 어두웠다. 밤처럼 어둡고 음울한 거실의 소파에 앉은 마이클은 위스키를 병째로 들이켰다. 술이라도 마시지 않는다면 미쳐 버릴 것만 같았다.

어쩌다 이 지경까지 왔을까.

마이클은 계속해서 그 생각만을 했다.

지나 최의 죽음을 사주하기 전, 그때로 돌아갈 수만 있다면 악마에게 영혼이라도 팔 수 있을 것만 같았다. 제작 실패로 인한 파산보다 영혼의 죄책감이 그를 더욱 피폐하게 만들고 있었다. 그때 휴대폰이 울렸다. 한물간 배우이자 제작에 실패해 파산한 제작자에게 전화를 걸 사람은 없다. 마이클은 전화를 건 사람이 누구인지 받지도 않고 알아차렸다.

「네.」

— 마이클!

역시나 미아였다. 한때, 미아의 목소리를 듣는 것만으로도 심장이 조여들고 아드레날린이 미친 듯이 분비될 때가 있었다. 미아의 존재만으로 행복할 때가 있었다. 심지어 대니얼과 약혼을 하고 그와 섹스를 하는 것을 알고 있을 때조차, 미아로 인해 행복했다. 하지만 지금은…….

— 마이클, 나 지금 마이애미로 갈 거야. 그런데 돈이 필요해. 50만 달러만 줘.

언제나 자기만 생각하는 미아의 이기적인 태도에 마이클은 고개를 내저었다.

「미아, 내게 그만한 돈이 없어.」

— 거짓말하지 마! 오빠가 왜 돈이 없어? 그동안 받은 출연료만 해도 억만 달러는 넘을 거잖아!

「미아, 잊었니? 네가 그중 절반이 넘는 돈을 가져갔다는 걸?」

미아가 소리쳤다.

— 그럼 나머지 돈이라도 줘!

「없어.」

— 마이클! 이러면 오빠한테도 좋을 게 하나도 없어. 내가 붙잡히기라도 하면 오빠는 무사할 것 같아? 지나 최를 죽인 걸 내가 다 말할 거라고!

「미아, 마음대로 해라. 그런데 정말 돈이 없어. 제작하기로 했던 영화가 무산되면서 투자했던 돈을 하나도 회수하지 못했어.」

— 거짓말! 거짓말하지 마!

아아, 이 아인 왜 이토록 이기적인 걸까. 마이클은 너무나 절망스러웠다.

「네 멋대로 생각하고 네 멋대로 행동해. 난, 나는 더는 못하겠다.」

— 마이클!

마이클은 미아가 끊기 전에 먼저 전화를 끊었다. 이 지옥의 터널이 어디까지 이어질지, 그는 알 수가 없었다.

미아는 끊어진 전화를 믿을 수 없는 눈으로 보았다. 마이클 로건이 먼저 전화를 끊은 것은 오늘이 처음이었다. 분노를 이기지 못한 미아는 일회용 휴대폰을 바닥에 팽개쳤다.

대니얼의 딸 유진 리를 납치하려던 계획이 수포로 돌아가고 그녀의 얼굴이 언론을 도배한 뒤 그녀는 비루먹은 개처럼 비참한 처지가 되었다. 늘 우러름을 받으며 누구나 친구로 삼고 싶어 했던 그녀를 아무도 도와주지 않았다. 구제품 가게에서 1달러에 산 낡은 후드 점퍼를 뒤집어쓰고 무료 급식소에서 끼니를 해결하는 처지에 이르고 말았다.

이렇게는 못 살아, 이렇게는 안 살아! 내가 어떻게 여기까지 왔는데!

주먹을 움켜쥔 미아의 눈에 살기가 어렸다.

내가 가질 수 없다면, 그리고 날 도와주지 않는다면 이 세상에 존재할 필요가 없어! 대니얼도, 마이클도 모두!

아침저녁으로 남아 있던 꽃샘추위마저 완전히 물러간 5월의 봄이 됐다. 유진의 납치 소동이 있은 지도 벌써 삼 주가 지났다. 그동안 은재와 유진은 신욱의 경호원들의 경호를 받으며 저택에 머물렀다. 은재와 유진은 저택에서만 생활하는 것을 불편하게 여기지 않았다. 은재는 늘 아기의 눈높이에 맞는 새로운 놀이를 찾아내서 아기 방에 유진의 웃음소리가 끊이지 않게 했다. 실내 놀이가 답답해지면 모녀는 장미꽃이 만개한 정원을 산책했다.

하지만 정작 신욱이 견디지를 못했다. 지난 주, 그는 바쁜 틈에도 시간을 내어 유진을 위해 나무 그네를 만들어 주었다. 정신적으로 미숙했던 아비의 책임으로 저택에서만 갇혀 지내야 하는 딸아이를 위해 그가 해 줄 수 있는 것은 유진이 놀 수 있는 장난감을 하나라도 더 늘려 주는 일밖에 없었다. 다행히 유진은 나무 그네를 아주 마음에 들어 했다. 그것은 은재도 마찬가지였다. 유진이 아직 너무 작고 어려서 혼자 탈 수가 없어, 은재가 유진을 안고 그네를 탔다.

그는 은재와 유진을 위해 당분간 싱가포르에서 머물 결정을 내렸다. 싱가포르라면, 마음만 먹는다면 한국을 다녀오는 일도 그렇게 어렵지는 않을 것이다. 기후가 문제이긴 했지만 냉방이 잘 되는 만큼 유진도 적응을 해 내리라 생각했다.

싱가포르로 가기 전 정리해야 할 일은 많았다. 신욱은 가급적이면 집을 비우지 않기 위해 자택 근무를 하며 뉴욕에서의 일을 정리하는 중이었다. 탄력이 붙으면 일을 손에서 놓지 않는 스타일이라, 그는 지난밤부터 시작해 아침 식사도 거른 채 서재를 떠나지 않는 중이었다.

그때 서재 문을 두드리는 노크 소리가 들렸다. 신욱은 모니터에서 눈을 떼지 않은 채 대답했다.

「들어와요.」

문이 열리고 은재가 모습을 드러냈다.

"유진 아빠."

그녀의 목소리를 듣는 순간, 신욱의 이마가 단숨에 찌푸려졌다.

"무슨 일 있어? 왜?"

문에 기대어 선 은재가 풋 웃었다.

"무슨 일은 당신한테 있는 것 같아요. 도무지 기척이 없어서 당신이 살아 있는지 확인하려고 들어와 본 거예요."

그녀의 부드러운 말을 들은 신욱이 긴장을 풀었다.

"아침 식사도 안 했잖아요. 속이 쓰려서 고생하면 어쩌려고 그래요?"

"괜찮아."

"신욱 씨. 당신, 우리 유진이가 결혼해서 손자 손녀 안겨 주는 거 보고 싶으면 지금부터 건강관리 잘 해야 해요."

그러자 무엇이 마음에 들지 않는지 신욱의 이마가 또 찌푸려졌다.

"유진일 어떤 놈이 건드려서 애를 낳게 해? 감히 내 딸을?"

어처구니없는 그의 말을 들은 은재가 서재 문을 닫고 들어와 책상 가까이 다가왔다.

"이이 좀 봐. 그럼 유진일 평생 혼자 살게 할 거예요?"

"왜 혼자 살게 해? 내가 데리고 살 거야."

신욱의 말이 절대로 빈말이 아닌 것을 아는 그녀는 고개를 절레절레 흔들었다.

"말이 되는 소리를 해요. 유진이가 평생 아기일 줄 알아요? 조금 더 크면 남자 친구도 생기고, 애인도 생기고, 그러다 남편이 생길 거예요. 당신도 미래에는 사위가 생긴다고요."

"마음에 안 들어. 그런 소리 하지 마."

"너무 일만 해서 현실을 부정하는 거예요. 그러지 말고 좀 쉬어요. 햇볕도 좀 쬐고 식사도 해요."

"조금만 더 하면 돼."

은재의 목소리에 힘이 실렸다.

"이신욱 씨. 밖에서 당신 딸이 기다려요."

그녀를 한 번 쳐다본 그가 한숨을 쉬며 자리에서 일어났다.

"알았어."

장미꽃이 넝쿨지고, 나무 그늘이 적당히 내려앉은 정원에서 피크닉을 하기로 했다. 모처럼 아빠와 함께 햇볕을 쬘 수 있게 된 유진은 기분이 좋아서 엉덩이를 치켜들고 침을 줄줄 흘렸다. 턱받이를 해 줬지만 그래도 흐르는 침을 그냥 두고 볼 수는 없어서 유진의 침을 닦아 주며 은재가 말했다.

"당신 그거 알아요? 침을 많이 흘리는 아기가 똑똑하대요."

"과학적인 근거가 있는 얘기야?"

"진주 어머니가 그러셨어요. 옛날부터 그랬대요."

"그래?"

신욱은 엉큼엉큼 기다가 한 번씩 두 팔을 번쩍번쩍 허공에 치켜드는 유진을 유심히 보았다. 걸음마를 시작하려는 건지, 최근 잦게 보이는 행동이었다. 그는 개구리 같기도 하고, 토끼 같기도 한 유진의 행동이 너무 귀여워서 한참 바라보다 아이를 향해 두 팔을 벌렸다. 그러자 유진이 빛의 속도로 기어와 그의 품에 안겼다. 그가 팔을 벌리면 언제나 달려오는 딸이 너무 사랑스러워서 기저귀를 찬 엉덩이를 툭툭 두드려 주었다.

"똑똑한 게 다 좋지만은 않아. 몰라도 되는 걸 너무 많이 알게 되거든?"

은재는 신욱이 먹을 샌드위치와 과일을 접시에 담아 내려놓으며 물었다.

"경험담인 것 같은데요?"

그는 고개를 끄덕거렸다.

"똑똑한 아이는 아무래도 주변 환경에 민감할 수밖에 없어. 조금만 분위기가 이상해도 어른들 눈치를 보고, 자기가 처한 상황을 고민하게 돼. 나 같은 경우는 그래서 긴장도와 불안도가 심했어. 그래서 나는 유진이 그런 경험을 하는 건 바라지 않아. 그냥 평범하고 건강하고 행복한 아이로 자랐으면 해."

그러자 유진이 짧은 팔을 번쩍 들어 올렸다. 마치 신욱의 말을 지지라도 하듯이 활짝 웃으며.

"아!"

신욱이 웃으며 딸을 얼렀다.

"네 생각도 그래? 똑똑한 것 같으니. 엄마 아빠 닮았으면 똑똑하긴 할 거야. 그렇지?"

"아, 아!"

은재는 그와 아이를 바라보며 웃을 수밖에 없었다. 참으로 평화로운 순간이었다. 이 순간이 영원하길 바라지만 저택 담 밖에는 여전히 미아 메이가 독기를 품고 그들 주위를 맴돌고 있었다. 저택 안이었음에도 근거리에 경호원들이 서 있는 것이 그것을 증명해 주었다. 그녀의 표정이 흐려지는 것을 본 신욱은 유진을 안은 채, 조용히 말했다.

"곧 싱가포르로 갈 거야."

그의 계획을 처음 듣게 된 은재의 눈동자가 커다래졌다.

"싱가포르요?"

"음. 아무래도 여긴 위험하니까. 경찰과 크리스가 미아 메이를 찾고 있지만 어디로 모습을 감췄는지 쉽게 나타나지 않고 있어. 장기간이 될 수도 있으니까 우리가 떠나 있는 게 나을 것 같아."

신욱은 애써 감추지 않고 사실대로 말해 주었다. 은재는 바보가 아니었다. 그런 여자를 아무런 설명 없이 싱가포르로 데려갈 수가 없다는 것을 알고 있었기 때문이다.

"은재야. 도망치는 기분이 들어서 싫겠지만. 그래도 이게 최선이야. 유진일 위해서라도."

그녀는 순순히 고개를 끄덕거렸다.

"당신 말이 무슨 뜻인지 알겠어요. 그렇게 해요."

가족이 함께 있는 곳이라면, 장소는 상관없었다. 신욱과 유진이 함께 있다면, 그래서 안전할 수만 있다면 돌밭에 지은 나무 집이라고 해도 상관없었다.

"참, 당신한테 줄 게 있어."

그는 유진을 안은 채 바지 주머니에서 작은 상자를 꺼내 그녀에게 내밀었다.

"이게 뭐예요?"

"생각해 보니까 정말 중요한 걸 안 줬더라고."

고개를 갸웃거리며 작은 상자를 열자, 그 안에 또 다른 케이스가 들어 있었다. 반지 케이스였다. 그녀가 놀란 눈으로 바라보자, 신욱이 케이스를 받아 열었다. 그리고 반지를 꺼내, 그녀의 왼손 약지에 끼워 주며 나지막하게 중얼거렸다.

"제대로 된 반지를 끼워 준 적이 없는 것 같아."

가느다란 백금 링에 작은 다이아몬드가 박혀 있었다. 가느다란 손가락에 잘 어울리는 반지가 정말 마음에 들었다. 할 말을 잃고 바라보는 그녀에게 그가 말을 걸어왔다.

"다이아몬드가 너무 작아서 실망했어? 걱정 마. 그거랑 비교도 안 되는 놈으로 여러 세트 맞춰 놨어. 그건 그냥 평상시에 끼고 다니라고 산 거야. 서은재한테 비싼 거 사 주면 벽장 밑에 넣어 놓기만 하지, 뭐."

그는 이제 그녀를 완벽하게 이해하고 있었다. 반지도 좋았지만, 서은재를 이해하는 이신욱이 더 좋았다.

"내가 원하던 반지예요. 너무 예뻐요."

"그래도 그건 그냥 끼는 반지고, 어디 갈 땐 좋은 거 해."

그녀는 하늘을 향해 손을 펼쳐 보았다. 햇빛을 받아 다이아몬드가 눈부시게 빛났다.

"드디어 당신이 알게 돼서 기뻐요. 마음을 전하는 데는 크기가 중요하지 않다는 걸."

그녀의 칭찬 앞에 어쩐지 쑥스러워진 그가 마음에도 없는 말을 중얼거렸다.

"넌 너무 저렴해."

은재가 쿡 웃었다.

"왜 웃어?"

"요즘 너무 착해져서 적응이 안 됐는데, 그 말 들으니까 안심이 돼서요. 당신은 못된 말할 때 제일 당신다워요."

그가 눈을 부라렸다.

"살 만한가 봐, 서은재? 옛날로 돌아가 볼까?"

"정말?"

그때 유진이 방귀를 뽀옹, 하고 뀌어 분위기를 깨 버렸다. 아마, 제가 주인공이 아님에 심술을 부리는 것 같았다.

"이 녀석, 응아하나 본데?"

"어머, 유진아, 그건 실례야. 아빠 식사도 안 하셨는데. 이리 줘요. 내가 기저귀 갈아 줄게요."

"됐어. 부녀간의 돈독한 시간을 가지고 올 테니까 넌 여기서 햇빛이나 즐겨."

그녀에게 반지를 끼워 주고 쑥스러워진 신욱이 유진을 안고 얼른 저택 안으로 뛰어 들어갔다. 그 모습을 본 은재가 쿡쿡 웃었다.

그녀는 한참을 웃다가 허리 뒤로 팔을 뻗어 몸을 지탱한 뒤 두 다리를 쫙 폈다. 발끝에만 닿는 햇빛이 간지러웠다. 이런 순간을 꿈엔들 상상해 보았을까. 신욱과 그녀가 유진을 중심으로 가족이 된 모습을……

하지만 그는…….

은재의 미소가 조금 흐려졌다. 신욱이 죄책감에 시달린다는 것을 그녀도 알고 있었다. 그녀에게, 그리고 유진에게 끊임없이 잘해 주려고만 하는 그를 볼 때마다 안쓰러웠다.

그도 잘못을 했지만, 그녀도 마냥 잘했다고는 할 수 없는 일들. 그를 위한다고 했던 일들이 그의 분노를 사고, 그래서 죽도록 그를 미워했던 시간들. 오해가 미움과 원망을 빚고, 서로를 상처 입히기 위해 안간힘을 쓰던 그 오랜 시간들. 하지만 위험 앞에 서자 그 시간의 의미는 퇴색됐다. 그녀의 가족 모두가 안전했으면 좋겠다, 그리고 더는 미아 메이와 엮이지 않았으면 좋겠다. 은재는 오로지 그 생각뿐이었다.

그녀는 나뭇잎 사이로 파고드는 봄빛을 올려다보며 중얼거렸다.

"싱가포르로 가면 이 악몽이 사라질 거야."

빨리 싱가포르로 떠났으면 좋겠다. 상념에 사로잡혀 있는데, 장미 넝쿨 사이로 바스락거리는 소리가 들렸다. 작은 소리에도 기민하게 반응하는 은재가 흠칫 놀라 뒤를 돌아보자, 그녀를 주시하고 있던 경호원이 빠르게 다가왔다.

「무슨 일이십니까?」

「아니에요. 무슨 소리가 들려서…… 바람 소리인가 봐요.」

그녀의 말에도 경호원은 장미 넝쿨 뒤로 가 확인을 했다.

「사모님, 염려 안 하셔도 됩니다.」

「네. 고마워요.」

기저귀를 갈아 준 신욱이 유진을 안고 저택 현관을 나오는 모습이 보였다.

"은재야."

자신을 부르는 소리에 은재는 장미 넝쿨은 잊어버렸다.

"얼른 와요. 빵이 마르면 샌드위치 맛없어요."

＊

아무래도 안심이 안 되는지 신욱은 그녀와 유진이 먼저 싱가
포르로 가길 원했다. 은재 역시 말은 하지 않았지만 유진의 안
위가 걱정되긴 마찬가지여서 그의 제안을 거절하지 않았다.

늦은 오후, 유진이 낮잠을 자는 동안 은재는 침실에서 속옷을
정리해 캐리어에 넣었다. 내일 아침 뉴욕을 떠나 싱가포르로 가
기로 해 짐을 정리하는 중이었다. 가져갈 것이라고 해 봐야 모
녀의 속옷과 가벼운 겉옷 정도였다. 그녀는 유진의 앙증맞은 카
디건을 캐리어 한쪽에 잘 개켜 넣으며 린제이에게 말했다.

「난 원래 이사도 자주 하는 성격이 아니었는데, 지금은 이 나
라에서 저 나라로 옮겨 가네요.」

그녀의 일을 돕던 린제이가 미소를 지었다.

「점점 익숙해지실 거예요. 회장님께서는 사모님과 아가씨를
대동하지 않고 출장을 가시길 원하진 않으실 테니까요.」

「그럴까요? 그럼 유진이 좋아할 거예요. 적응력이 나보다 더
빠른 것 같더라고요.」

「아직 아기니까요.」

은재가 부드러운 목소리로 물었다.

「린제이는 한곳에 정착하고 싶은 생각, 없어요?」

「저는 지금이 좋습니다.」

두런두런 이야기를 나누는데 휴대폰을 확인한 린제이가 일어

났다. 수신음이 들리더니 문자 메시지가 온 것 같았다.

「잠깐 일 층에 내려가 봐야 할 것 같습니다.」

「그래요. 다녀와요.」

「네, 사모님.」

린제이가 침실을 나갔다. 혼자서 캐리어 하나를 다 정리할 동안 침실 안은 침묵으로 고요했다. 유진이 깨서 울까 봐 귀를 기울이며 또 다른 빈 캐리어를 침대 위로 올리는데, 노크 소리가 들렸다.

「들어와요.」

메이드 차림의 여자가 들어왔다. 쟁반을 들고 있어 대수롭지 않게 생각했는데, 느낌이 이상했다. 고개를 들자, 미아 메이가 칼을 들고 서 있었다. 소스라치게 놀란 은재의 손에서 옷이 떨어졌다.

「당신이 어떻게……!」

하얀 메이드 모자를 벗어 던진 미아 메이가 간악한 목소리로 응수했다.

「후훗, 완벽하게 안전한 곳은 세상 어디에도 없어. 내가 지금 이 순간을 얼마나 기다린 줄 알아? 천한 부엌일을 하면서 손톱이 다 망가져 가면서도, 바로 이 순간만을 기다렸어!」

「당장 여기서 나가! 당장!」

「널 죽이기 전까진 안 되지.」

미아 메이가 한 발 앞으로 다가설 때였다. 노크 소리와 함께 문이 열렸다.

「사모님, 회장님께 연락이 왔는데 오늘 저녁에…….」

무심코 들어서던 린제이가 눈앞의 광경에 경악했다. 빠르게 상황을 판단한 린제이가 도움을 청하러 복도로 뛰어나갔지만 미아 메이가 한 발 더 빨랐다. 미아 메이는 린제이의 등을 찔러 빠르게 칼을 뽑았다. 린제이의 피가 사방으로 솟구쳤다.

「린제이!」

그녀의 외침 속에서 린제이가 쓰러졌다. 미아 메이는 쓰러진 린제이의 등을 세 번이나 더 찌른 다음에야 돌아섰다. 린제이의 선혈이 뚝뚝 흐르는 칼을 들고 미아 메이가 그녀를 향해 한 발, 한 발 다가왔다. 광기에 휩싸인 미아 메이는 완전히 이성을 잃은 것처럼 보였다.

「서은재, 널 죽여 버릴 거야.」

은재는 믿을 수가 없었다.

세상에서 가장 안전해야 할 집 안에서 이런 일이 벌어지다니……. 정원에서조차 경호를 받았지만 지금은 경호원들이 모두 1층과 정원에 있어 그녀를 도와줄 사람이 없었다! 누구도 그녀를 도와줄 사람이 없다! 그녀 자신을 제외하고는……. 은재는 미아 메이의 칼을 피해 뒷걸음질 치며 소리쳤다.

「그럼 어쩔 셈이야? 죽이기라도 할 거야?」

「그래, 원래 내 자리였어. 원래 내 것이었다고. 네가 내 자리를 차지하고 있으니, 널 죽일 수밖에 없어.」

잘 벼린 칼이 그녀를 향했지만 은재는 말을 멈추지 않았다. 미아 메이를 향해 절대로 목숨을 구걸하지도, 비겁하게 물러나지도 않을 것이다.

「절대로 그렇게 되지 않을 거야. 설령 내가 죽는다 해도 이 집에 네 것은 하나도 없어.」

「아니? 네가 죽으면 모두 내 것이 될 거야. 내 앞을 방해하는 건 모조리 없애 버릴 거거든. 지나가 왜 죽었는지 알아? 너처럼 내 앞을 막았기 때문이었어!」

은재의 도발에 흥분한 미아 메이가 해서는 안 될 말까지 지껄였다. 그 말을 듣자 은재는 소름이 돋았다. 최정인의 갑작스러운 죽음이 미아 메이 탓이었다는 사실이 충격적인 한편, 끔찍했다. 미아 메이는 진심으로 그녀를 죽일 작정인 것이다.

「너나 최정인이나 똑같아. 모두 자신의 잘못을 다른 사람 책임으로 돌려. 네가 부정한 마음으로 내 남편에게 접근할 마음을 먹은 순간부터, 처음부터 넌 자격이 없었던 거야! 날 죽인다고 달라질 것 같아? 어림도 없어. 넌 죽어도 내 남편의 마음을 얻지 못할 거야!」

「입 다물어!」

미아 메이가 칼을 치켜세워 달려들었다. 은재는 본능적으로 두 팔을 들어 미아 메이의 양팔을 잡았다. 있는 힘껏 저항했지만 그녀보다 힘이 좋은 미아 메이의 칼이 목 끝까지 내려왔다. 광기에 휩싸인 미아 메이가 저주를 퍼부었다.

「죽이고 말 거야. 널 갈가리 찢어 죽인 다음에 네 딸까지 죽일 거야.」

미아 메이의 입에서 유진의 이름이 나온 순간이었다. 은재는 젖 먹던 힘까지 끌어 모아 미아 메이의 팔을 밀어냈다.

「내 딸을 건드리기만 해 봐!」

그러자 미아 메이의 눈빛이 기묘하게 달라졌다. 미아 메이가
무슨 생각을 하는지, 알아차린 순간, 미아 메이가 아기 방으로
달려가 문을 열었다.

「안 돼!」

미아 메이가 요람에서 잠든 유진을 낚아채기 직전, 은재는 미
아 메이의 허리를 잡아 바닥에 팽개쳤다. 은재는 부들부들 떨리
는 몸으로 요람 앞을 막아섰다.

「날 먼저 죽여야 할 거야. 하지만 내 딸을 건드리면, 너도 죽
어.」

「아악! 죽여 버릴 거야!」

바닥에 쓰러진 미아 메이가 칼을 들고 달려들었다. 은재는 미
아 메이의 양팔을 잡고 있는 힘껏 버텼다. 모두 이 여자 때문이
다. 이 여자 때문에 신욱과 헤어졌고, 유진을 잃을 뻔했다. 그녀
는 그 일을 다시 되풀이할 생각이 없었다.

「난, 난, 절대로…… 절대로 네 손에 죽지 않아.」

은재는 미아 메이의 팔을 비틀어 칼을 떨어뜨렸다. 칼을 주우
려고 물러선 미아 메이의 머리채를 잡아 그대로 벽으로 밀어 버
렸다. 하지만 벽에 부딪치기 직전 중심을 회복한 미아 메이가
그녀를 향해 돌진했다. 미아 메이가 그녀의 허리를 잡아 바닥에
쓰러뜨린 뒤, 올라타 주먹으로 그녀의 얼굴을 내리쳤다. 기골이
좋고 힘이 좋은 미아 메이의 주먹에 연거푸 맞자 정신을 차릴

수가 없었다. 신음을 흘리며 쓰러진 그녀를 비웃으며 내려다보던 미아 메이가 칼을 향해 무릎걸음으로 기어갔다.

그때 잠이 깬 유진이 울음을 터트렸다. 아이의 울음소리를 들은 미아 메이의 눈빛이 사악하고 광기 어리게 빛났다.

「네가 보는 앞에서 네 딸을 죽일 수 있다는 게 얼마나 즐거운지 몰라.」

「안 돼, 안 돼!」

은재는 미아 메이의 다리를 잡아 당겼다. 조금만 더 가면 칼을 잡을 수 있는 미아 메이가 발로 그녀의 얼굴을 걷어찼다. 해머로 머리를 맞은 것 같은 충격에도 다리를 잡은 손을 놓지 않았다.

「도와줘요! 도와줘요!」

그녀가 악을 쓰듯 비명을 내질렀다.

「여기, 미아 메이가 있어요!」

「조용히 해!」

미아 메이의 발이 은재의 머리와 얼굴을 짓밟듯 걷어찼다.

「도와줘요!」

그녀의 입을 다물게 할 작정으로 미아 메이가 몸을 틀었다. 은재는 미아 메이가 자신에게 돌아선 사이 다리를 놓고 재빨리 칼을 주웠다. 그녀는 양손으로 칼을 들고 미아 메이를 노려보았다.

전세가 역전된 미아 메이가 요람에서 유진을 낚아챘다.

「이 조그만 한 걸 죽이는 건 아주 쉬어!」

미아 메이가 유진을 높이 치켜 올렸다. 유진이 듣는 사람의 귀청을 찢을 것처럼 비명을 지르며 울어 댔다.

「안 돼!」

은재는 미아 메이를 향해 정신없이 달려들었다. 칼을 들고 달려드는 은재를 피해 뒤로 휘청거리던 미아 메이가 그만 아기 인형에 걸려 넘어지며 유진을 떨어뜨렸다. 은재 역시 미아 메이 위로 쓰러지고 말았다.

순간, 푹, 하고 살을 쑤시고 들어가는 느낌이 났다. 소스라치게 놀란 그녀는 얼른 몸을 일으켜 미아 메이를 바라보았다. 그녀의 손에 들려 있던 칼이 정확하게 미아 메이의 가슴을 파고들어 있었다. 은재는 믿을 수 없다는 듯 바라보는 미아 메이를 보며 칼을 뺐다. 미아 메이의 뜨거운 피가 그녀의 얼굴까지 튀어 놀랐다. 미아 메이가 입에서 울컥 피를 쏟아 내며 숨이 넘어가는 소리를 냈다.

「너……네……년이 나를…… 나를…….」

은재가 비명을 질렀다.

「제발 죽어! 제발! 다시는 우리 앞에 나타나지 말란 말이야!」

진심으로 죽이고 싶었다. 다시 찌르고, 또 찌르고……. 그녀 앞에서 미아 메이의 숨이 멎는 것을 보고 싶었다. 그래야 안심하고 살 수 있을 것 같았다.

"아아앙!"

하지만 유진의 울음소리가 그녀의 정신을 차리게 했다. 내 딸, 내 딸……! 엉금엉금 기어 유진을 안은 은재가 미아 메이를 내버려 두고 복도로 뛰어나왔다.

「도와줘요! 에릭!」

그녀의 비명이 방음이 잘 되는 방과는 비교도 할 수 없을 만큼 크게 울려 퍼졌다. 유진도 숨이 넘어가도록 비명을 지르며 울어 댔다. 곧 발자국 소리가 들려왔다. 가장 먼저 도착한 경호원들이 처참하게 변한 그녀의 모습에 놀라 그녀와 유진을 둘러쌌다. 그 뒤를 달려온 경호원이 아기 방을 들여다보곤 흑 숨을 들이켰다.

「어떻게 된 거야!」

경호실장 에릭이 부하에게 소리쳤다.

「미아 메이입니다.」

은재가 정신없이 소리쳤다.

「린제이, 린제이가 칼에 찔렸어요. 얼른, 얼른……!」

「저희가 알아서 하겠습니다. 케니스! 당장 회장님께 연락드려, 당장!」

경호원들 사이에 주저앉은 은재가 부들부들 떨며 유진을 꼭 끌어안았다. 그녀가 칼로 찌른 순간 바라보던 미아 메이의 눈동자가 선명했다.

"난, 난 옳은 일을 한 거야. 내가 찌르지 않았다면, 나와 유진이 죽었어. 난, 난 해야 할 일을 했을 뿐이야."

그 말을 주문처럼 외며 숨이 넘어가게 우는 아이를 꼭 끌어안았다.

천인공노할 연락을 받고 저택으로 달려온 신욱을 맞이한 것은 뉴욕 경찰과 구급 대원들이었다. 산소마스크를 쓴 린제이가 이동용 베드에 실려 나가는 것을 본 그는 피가 싸늘하게 식는 기분이었다. 잠시 공황상태에 빠진 그가 멈춰 서 있는 것을 에릭이 발견하고 다가왔다.

「회장님!」

「어떻게, 어떻게 된 거야?」

「메이드로 위장해서 저택으로 들어온 모양입니다. 벌써 수일째로 짐작되는데, 린제이와 사모님이 계시는 침실에서 일을 벌였습니다.」

아무리 찾아도 은재가 없다. 유진이 없다.

「내 아내와 딸은 대체 어디 있어!」

이 혼돈을 견딜 수가 없어진 신욱이 소리를 지를 때였다.

"신욱 씨."

은재의 목소리였다. 정신없이 주위를 돌아보자 은재가 유진을 안은 채 구급차 뒤에 앉아 있었다. 미아 메이의 발길질에 이마가 찢어지고 눈과 볼이 멍든 은재의 모습은 처참했다.

"은재야!"

그녀보다 먼저 유진이 아앙, 하고 울음을 터트렸다. 그는 은재와 유진을 한꺼번에 안았다.

"어떻게 된 거야! 괜찮아? 다들 괜찮아?"

"그 여자가 유진을 죽이려고 했어요. 그래서 어쩔 수가 없었어요. 난 정말 그 여자가 죽었으면 했어. 다시는 우리 앞에 나타나지 않게, 죽어 버렸으면 했어요."

공황상태에 빠진 게 분명한 은재가 두서없이 중얼거렸다. 그는 더욱 힘주어 은재와 유진을 안았다.

"이제 괜찮아, 이제 괜찮아!"

신욱의 보호 아래 은재와 유진, 린제이가 병원으로 후송됐다. 병원에 도착하자마자 린제이는 수술실로 옮겨졌다. 은재는 안면부의 심각한 타박상과 함께 뇌진탕의 징후를 보였지만 유진만은 다행히도 뼈가 상하거나 뇌진탕의 징후를 보이지 않았다. 높은 곳에서 떨어졌지만 바닥에 깔아 놓은 양털 러그 때문에 상한 곳이 없었다.

CT와 MRI를 찍고 찢어진 상처를 봉합한 은재는 병실로 옮겨졌다. 상한 곳이 없다 해도 혹시 모를 후유증을 대비해 유진도 입원하기로 결정했다. 크리스에게 경찰과 관련된 일 처리를 맡긴 신욱이 병실로 들어가자 은재가 헤드보드에 기댄 채 앉아 있었다. 베드로 다가가 의자에 앉은 신욱이 손을 잡고 나지막하게 말했다.

"은재야, 괜찮아?"

미아 메이의 칼을 막느라 팔이며 목까지 모두 상처가 난 은재가 조용히 물었다.

"나 끔찍하죠?"

"너와 우리 딸을 위해 생긴 상처야. 금방 아물 거야."

"미아 메이는 어떻게 됐어요?"

"죽었어."

은재가 진저리를 쳤다.

"내가…… 내가…… 일부러 칼을 뽑았어. 피가 나면 죽을 거
니까……."

의자에서 일어난 신욱은 은재를 품에 안았다. 그리고 진심임
을 숨기지 않은 채 말했다.

"내가 그 자리에 있었어도 똑같이 했을 거야."

그녀는 그의 가슴에 얼굴을 묻었다.

"이제 끝인 걸까요? 모두…… 끝났을까요?"

"그래. 모두 끝났어. 이제 아무 걱정 하지 마."

은재의 팔이 그의 허리에 둘러졌다. 끝끝내 그가 지키지 못한
아내와 딸. 은재가 아니었으면 유진이 죽었다. 그리고 은재가
미아 메이를 죽이지 않았다면, 그녀가 죽었다. 생각만으로도 너
무 끔찍해 진저리가 쳐졌다.

22.

미아 메이에게 네 번이나 찔린 린제이는 심장을 비롯한 주요 장기의 자상이 심하지는 않았지만 출혈이 심했다. 수술실에서 과다 출혈로 인한 쇼크를 일으켜 심정지가 왔지만 능숙한 수술진의 대처로 심박이 돌아왔다고 했다. 수술이 끝나고 회복실로 옮긴 린제이의 모습은 처참했다. 그러나 다행히 위급한 상황은 넘겼다는 말에 신욱을 비롯한 모두가 안도했다. 은재의 상태 역시 심각했다. 구두를 신고 있던 미아 메이에게 얼굴과 머리를 발길질 당해 생긴 멍 자국만 해도 끔찍했다. 입술과 이마가 찢어겼고, 뇌진탕으로 인한 구토감과 어지럼증을 호소했다.

애초에 미아 메이가 어떻게 저택의 메이드로 위장해 들어왔는지 조사가 시작됐다. 곧 저택의 주방 보조 요리사를 유혹해 환각 상태에서 섹스를 하고 일자리를 얻어 냈다는 것이 확인됐다. 이로 인해 저택의 모든 고용인이 해고됐다.

　밤이 늦었지만 불과 한 달 사이 끔찍한 일을 두 번이나 당한 유진은 쉽게 잠을 자지 못했다. 셔츠 소매를 걷은 신욱은 유진을 안아 들었다. 품에 안기자마자 아이가 그의 옷깃을 꼭 잡았다. 어려서 표현은 못 해도 불안감을 아는 것 같았다. 아이의 본능적인 행동에 그는 마음이 아팠다.

　"엄마한테 갈까?"

　신욱은 유진을 가슴에 꼭 안은 채, 부드럽게 말을 걸며 은재의 병실로 들어갔다. 조도를 낮춘 스탠드 불빛 아래 그녀가 잠들어 있었다.

　"마, 마."

　"그래, 엄마야."

　그는 은재를 향해 손을 내미는 유진을 곁에 눕혀 주었다. 그러자 유진이 꼬물꼬물 기어 은재의 품을 파고들었다. 잠이 든 줄 알았던 은재가 상처투성이 손으로 딸의 작은 등을 끌어안았다.

　"우리 딸……."

　신욱은 의자를 당겨 베드 옆으로 가져가 앉았다.

　"안 잤어?"

　"지금 깼어요."

　그는 안타까움이 가득한 목소리로 물었다.

　"아프진 않아?"

신장기능이 다른 사람보다 약해 진통제를 정량대로 투여할 수 없어, 은재의 고통은 심할 수밖에 없었다. 그럼에도 은재는 고개를 저었다.

"유진이 안고 있으니까 괜찮아요. 그런데 지금 나, 보기 흉하죠?"

"너와 유진일 지키려다 생긴 상처야. 자랑스러워."

"훗, 당신이 그런 말도 하다니…… 신욱 씨?"

"응?"

"당신 어머니 사고 말이에요."

신욱의 표정이 굳어졌다. 하지만 은재는 말을 멈추지 않았다.

"미아 메이가 벌인 짓이래요."

그는 잠시 아무 말도 하지 않았다.

"미아 메이가 벌인 짓이라면, 마이클 로건도 관련되어 있을 거예요. 신욱 씨."

"은재야, 유진 엄마. 당신 지금 쉬어야 해. 내가 알아서 할 테니까, 넌 이제 신경 안 써도 돼."

"당신, 괜찮아요?"

"너와 유진이만 있으면, 난 상관없어. 유진이랑 같이 자. 내가 곁에 있을 테니까."

신욱을 가만히 올려다보던 은재가 속삭였다.

"미안해요."

미아 메이가 벌인 살인 미수극과 그 죽음이 신문에 대서특필

됐다. 부들부들 떨리는 손으로 신문을 보던 마이클은 도저히 참을 수가 없어 소파에서 벌떡 일어났다. 장식장 문을 열고 위스키 병을 따 그대로 들이켰다.

결국 이런 꼴이 될 줄 알았다, 결국……! 폭주하는 기관차처럼 멈출 줄을 모르더니 결국 이렇게 되었다. 이제 더는 미아의 작은 손가락에 조종당할 일은 없겠지……. 마이클은 미아의 죽음을 애통해해야 할지, 시원해해야 할지 종잡을 수가 없었다.

그때 쾅, 하고 부서지듯 문이 열렸다. 깜짝 놀란 마이클이 문쪽을 돌아보며 소리쳤다.

「누구야!」

검은 그림자를 길게 드리우며 신욱이 들어서는 것을 본 마이클이 뒷걸음질 쳤다.

「대, 대니얼……. 여긴 어떻게…….」

신욱은 아무 말도 하지 않고 마이클의 발아래로 신문을 던졌다. 영문을 몰라 어리둥절하던 마이클이 허리를 숙여 신문을 들었다.

「이게 뭐지?」

「오늘 석간으로 배포될 신문. 널 위해 미리 가져왔지.」

신문 일면을 펼쳐 본 마이클의 눈이 경악으로 커다래졌다. 미아 메이와 마이클의 색정적인 사진이 실려 있었다.

「사진 때문에라도 신문을 사서, 기사를 읽겠지. 너도 자세히 읽어 봐. 네가 무슨 짓을 했는지 생각날 테니까.」

「대체 이게 무슨 짓이야!」

「널 무너뜨리려는 짓이지. 미아 메이가 죽었으니, 너도 네 죗값은 치러야 하지 않겠나?」

「내가 뭘, 뭘 했다고…….」

「지나 최를 죽였지.」

충격을 받은 마이클이 뒷걸음질 쳤다.

「사람을 죽이고 편하게 살면 안 되지. 사실 지나 최가 죽은 건 아무렇지도 않아. 마이클 로건. 하지만 넌 나와 은재 사이를 방해하지 말았어야 했다. 미아 메이보다 네가 더 사악한 인간일 수도 있겠단 생각이 드는군. 넌 결심을 하면 사람도 쉽게 죽일 수 있는 사람이니까.」

「아, 아니야. 난 그런 사람 아니야!」

「넌 사람을 죽였다, 마이클 로건. 선한 척 위선을 떨고 있지만, 가장 나쁜 인간은 바로 너야. 감옥에서 그 사실을 깨달을 시간은 많을 거다. 곧 경찰이 널 찾아올 테니.」

신욱의 경고에 마이클이 무너져 사정했다.

「대니얼, 대니얼 내 말 좀 들어 봐! 내가 그러길 원했던 건 아니야.」

「타이밍이 너무 늦은 얘기군.」

그는 조소를 숨기지 않은 채 한 번의 발길질로 바지 자락을 잡은 마이클의 손을 뿌리쳤다.

「대니얼!」

마이클이 울부짖었다.

신욱이 마이클의 집을 나와 엘리베이터 앞에 선 순간, 권총

소리가 울려 퍼졌다. 신욱은 돌아보지 않았다. 땡 소리와 함께 엘리베이터의 문이 열리자 그는 굳은 얼굴로 올라탔다.

그날, 석간신문에는 마이클 로건의 사망 기사가 함께 실렸다.

＊

한 달 후.

"정말 꿈만 같아요."

끔찍했던 순간 얻은 상처에서 완전하게 회복한 은재는 벌써 열한 번째 같은 말을 되풀이하고 있었다. 천사 같은 딸 유진을 품에 안고서 신욱이 혀를 찼다.

"유진아, 너무 많이 들어서 이제 엄마 말 따라 할 수 있지?"

"으응? 지이?"

남들이 듣기에는 여전이 옹알이지만 은재가 듣기에는 유진은 제법 '말' 같은 언어를 구사하는 것 같았다. 그런 딸이 기특해서 어쩔 줄 모르는 신욱이 유진의 말랑한 볼에 입을 맞춘 뒤 은재를 보았다.

"고장 났어? 왜 자꾸 같은 말을 무한 랜덤으로 재생하는 거야?"

"당신은 너무 못됐어요."

"난 착한 아빠지, 착한 남자는 아니야."

은재는 빨간 입술을 앙다물고 신욱을 노려보았다.

"유진인 내 딸이야. 당신이 필요 없다고 할 때도 난 유진이가 필요했어. 그러니까 내 딸 이리 줘요."

"그건 내가 한 말이 아니라는 거 인지할 때도 되지 않았어?"

"몰라요! 유진이나 이리 줘요!"

"자, 진정해."

사람을 머리끝까지 약 올려서 흥분하게 만들어 놓고 진정을 하란다.

나 참. 기가 막혀서!

"바?"

"응?"

그의 말처럼 세상 다른 사람에게는, 심지어 아내인 그녀에게도 못된 남자일 때가 더 많지만 유진에게만은 천사인 남자였다.

"지이, 마."

그리고 유진은 짧은 두 팔을 들어 머리 위로 하트를 그렸다. '유진이는 엄마를 사랑해'를 말하고 싶었던 딸의 애교에 마음이 녹아 버린 은재는 신욱이 방심한 사이, 그의 품에서 딸을 뺏어 안아 드는 데 성공했다.

"우리 딸은 엄마바라기지? 그지? 엄마 좋아?"

"으응, 으응."

은재는 승자의 얼굴을 하고서 신욱을 올려다보았다.

"들었어요?"

유진이 제 엄마와 둘만 살았던 7개월의 영향력은 너무 무섭다. 소름이 끼칠 만큼. 그가 아무리 잘해 주고 맹목적인 사랑을 퍼부어 줘도 유진인 제 엄마를 더 좋아한다.

그러나 겉으로는 툴툴거리지만 신욱은 아이가 엄마를 더 따르는 것은 마땅한 일이라고 생각했다. 열 달을 배 속에서 품어 준 사람도 은재였고, 목숨을 걸고 낳아 준 사람도 은재였으며, 온갖 고생과 수모를 겪으면서도 저를 키우는 일을 포기하지 않은 게 은재였다. 아기가 제 엄마를 사랑하고 신뢰하는 가족이야 말로 제대로 된 가족이라는 생각이 들었다. 그래도 가끔은 질투가 나는 건 사실이지만.

그들은 전용기를 타고 서울로 가는 중이었다. 신욱은 유진의 첫돌을 기념해서 서울에서 돌잔치를 하는 게 어떻겠냐는 말로 은재를 무척이나 기쁘게 했다. 갑작스레 서울을 떠나 민숙과 화길에게 유진과의 제대로 된 이별도 하지 못하게 했던 것이 내내 마음에 걸렸던 은재로서는 정말 꿈만 같았다. 모른 척해도 됐을 딸 친구를 위해 아래채를 비워 주고, 아비 모르는 아일 임신했다고 눈 흘기는 대신, 은재와 유진을 사랑으로 품어 주었다. 그래서 은재는 죽을 때까지 민숙과 화길에 대한 은혜를 잊지 못할 것 같았다.

"송 과장 아버님 말이야."

"네."

유진이 발가락을 잡고 기우뚱거리며 노는 것을 지켜보던 은재가 그를 올려 보았다.

"몸이 불편해지시면 휠체어를 타셔야 한다지?"

"지금은 심하지 않으시니 괜찮으실 거예요. 예상보다 훨씬

302

현재 상태가 잘 유지되고 있으니까 최악의 상황은 면할 수 있을지도 몰라요. 하지만 진주 부모님은 그게 언제일지는 몰라도, 병이 깊어질 때를 대비하고 계신 것 같아요."

"그러시겠지. 하지만 만약 그때가 된다 해도 정든 고향이니 집을 떠나시지는 않으실 거고, 집을 지을 때 휠체어 생각은 못 하신 것 같던데. 그래서 상황이 더 안 좋아지실 때를 대비해서 휠체어를 타고 이동하기 편하게 리모델링을 해 드릴 생각이야."

"그게 정말이에요?"

신욱은 짧게 고개를 끄덕거렸다.

"크리스의 보고에 따르면 지금쯤 새로 지을 때도 됐다고 하고. 혼자서도 자유롭게 마당을 드나드실 수 있도록 할 거야. 그리고 먼 산책이 힘들 때를 대비해서 주위 땅을 조금 사들였어. 마당 평수를 넓혀서 정원을 만들면 굳이 먼 길 나가시지 않아도 답답하지는 않으실 거야. 내 딸과 내 아내를 보살펴 준 은혜치고는 너무 약소해서 생색도 못 내. 그러니까 당신이 조심스럽게 말씀드려."

생각은 있지만 감히 엄두가 나지 않아 어디서부터 손을 대야 할지 몰라 하는 민숙과 진주를 대신해 나서 주는 것만으로도 은재는 너무 고마웠다.

"유지가 잘 되고 있으시다니 관리를 받으면 더 좋지 않으실까? 물리치료사와 재활치료사가 일주일에 세 번 방문해서 치료를 해 드릴 거야. 간단한 의료 기기와 재활 기계는 집 안에 갖춰 놓을 거고 스파도 설치할 생각인데 어때?"

화길의 건강을 위협하는 근육병은 다행스럽게도 급성으로 진행되는 것은 아니었다. 그런데 주기적으로 적절한 재활 치료를 받고 근육의 피로를 풀 수 있는 스파까지 집 안에서 손쉽게 매일 이용할 수 있다면 진행 속도를 더욱 늦출 수 있을 것이다.

은재는 신욱의 목을 와락 껴안았다.

"고마워요."

은혜를 갚는 일에 인색해서는 안 된다는 게 신욱의 생각이었다. 하지만 신욱은 송 과장의 부모를 위해서 해 줄 수 있는 일이 이것뿐이라 아쉬웠다. 차라리 병을 완벽하게 고쳐 줄 수만 있다면 좋을 텐데, 아무리 돈이 많아도 그것은 불가능한 일이었다.

혼자 좌석에 앉아 이리 기우뚱, 저리 기우뚱 오뚝이 놀이를 하는 유진만 보아도 그랬다. 그가 가진 모든 것을 쏟아부어 완벽한 건강을 선물하고 싶지만, 뜻대로 되는 일이 아니었다. 늘 가슴을 졸이고 애타 하면서 살아야 한다. 그래서 신은 참 공평한가 보다.

그가 빤히 본다는 걸 알았는지 양말의 보송한 털 구슬에서 시선을 든 유진이 그를 보고 담뿍 미소를 베어 물었다.

"빠아."

안아 주세요, 가 분명한 뜻으로 가느다란 두 팔을 내밀었다. 일어서야겠다는 생각이 들기도 전에 몸이 먼저 다가가 아기를 품에 안았다. 꺄르르. 기분 좋은 웃음이 은방울처럼 도르르, 도르르 허공 속으로 굴러간다.

그를 위해서 모든 것을 감내한 아버지의 희생이 때로는 버거울 때도 있었다. 아버지의 희생에 죄책감을 느껴야 했기 때문이다. 그런데 이제 그가 한 아이의 아버지가 되어 보니 알겠다. 먼지가 폐부에 달라붙어 폐암이 되는지도 모르고 모든 것을 그를 위해 내놓았던 것이 아버지의 조건 없는 사랑이었음을 말이다.

"유진아!"

유진을 본 민숙과 화길이 쏜살같이 달려와 그녀의 품에서 아이를 뺏어 갔다. 몇 달이 지나 낯이 설 법도 한데, 용케 기억을 하고 있는 것인지 유진은 민숙의 목을 꼭 껴안아 내외를 기쁘게 했다.

"무이. 무이."

"할머니라고 분명히 가르쳤는데 저 말밖에 못해요."

민숙은 매우 의기양양한 얼굴인 반면 화길은 섭섭한 기색을 숨기지 않았다.

"할아버지는 안 가르쳤어?"

"가르쳤어요. 그런데 저 녀석, 고집이 어지간해야죠. 계속 저 말만 하는 거 있죠? 참. 아버님, 이 사람이 유진 아빠예요. 유진 아빠, 뭐해요? 두 분께 인사드려야죠."

"안녕하십니까. 이신욱입니다. 유진이 아빠입니다."

신욱은 처음으로 누군가에게 자신을 유진이 아빠입니다, 라고 소개하는데 가슴이 다 뿌듯했다.

"그래. 어서 오게."

화길과 민숙은 마치 딸과 사위처럼 그녀와 신욱을 환대했다. 씨암탉까지 잡아 신욱에게 접대를 하는 정성을 보였다. 은재 가족이 온다는 연락을 미리 받았던 진주도 파주로 왔다.

내외간에 적적하기만 하던 집이 모처럼 사람들로 북적거리며 온기를 뿜어냈다. 산에 다니며 직접 캔 더덕주를 신욱과 나눠 마시다 먼저 취한 화길이 민숙에게 잡혀 안방으로 들어가고, 은재도 유진을 재우기 위해 아래채로 내려갔다.

그러자 잠시 신욱과 진주만이 거실에 남게 됐다. 진주는 아무리 친구 남편이라도 그룹 회장과 함께 있는 자리가 불편해 무슨 핑계를 대고 빠져나가야 하나 고민했다. 그때 신욱이 진주를 불렀다.

"송 과장."

속마음을 들킨 건가 싶어 화들짝 놀란 진주가 얼른 대답했다.

"네, 회장님."

"내가 궁금한 게 있는데 대답해 줄 수 있습니까?"

"음, 일단 들어 보고 대답하겠습니다."

당돌한 진주의 말에 신욱의 입술이 호를 그렸다.

"왜 내 아내와 친구인지 알 것 같군요."

"칭찬으로 받아들일게요. 말씀해 보세요. 궁금하신 게 무엇입니까?"

"내 아내를 약혼녀라고 주장하던 남자가 있었다고 들었는데. 나도 예전에 한 번 본 적이 있는 것 같은 사람인 것 같고."

그가 말끝을 흐리자 진주의 이마가 찌푸려졌다.

"은재의 임신 초기 때 있었던 불미스러운 유산 위기가 혹시 그 친구 때문입니까?"

"회장님, 글로벌한 정보 수집력이 없으세요?"

"확인 절차라고 해 두죠."

"맞아요. 전태호라고, 은재 스토커 짓을 톡톡히 했죠. 은재가 싱가포르에 있는 동안 은재 집에 돈을 빌려 주고 은재를 사려고 했다니까요. 나 참, 그게 요즘 같은 세상에 말이나 돼요? 더 말이 안 되는 건 말이죠. 은재 가족들이 그 스토커 놈을 사위 대접을 했다는 거예요. 친아버지조차도요. 망할 놈의 이복동생이 은재가 머무는 고시원을 찾아내서 전태호를 거기다 데려다 놓은 거예요. 전태호랑 몸싸움을 벌이다 책상에 배가 부딪치는 바람에, 하마터면 유진이 그때 죽을 뻔했어요."

진주는 눈앞의 상대가 그룹의 오너라는 사실을 잊은 채 흥분을 주체하지 못하고 입에서 나오는 대로 줄줄줄 다 뱉어 냈다.

"회장님, 생각해 보세요. 회장님은 유진이 없이 살 수 있으세요?"

유진이 없이?

천사같이 예쁜 내 딸아이 없이?

신욱이 짧게 고개를 저었다.

"그건 상상이 안 되는 일이군요."

"그렇죠? 하여튼 그 사고 때문에 은재가 죽을 만큼 고생했어요. 그때부터 내내 유산 위험에 시달렸거든요. 설상가상 임신성

당뇨에다 신우염에다, 말도 못해요. 제대로 서서 걷지도 못하는데, 의사 입에서 배 속 유진이 상태가 괜찮다는 말만 떨어지면, 제 몸 축나는지도 모르고 매일 두 시간씩 바깥 공기 쐬면서 걸었어요. 긴다는 게 더 맞는 표현일지도 모르죠. 유진이가 저 정도로 태어난 건 모두 은재 공이에요."

신욱의 눈동자가 새카맣게 변했다. 재회했을 때, 그가 은재를 향해 신랄하게 쏘아붙였던 말이 떠올랐던 것이다.

'남들 다 건강하게 낳아 주는데, 너만 병든 아이로 낳았지.'

그 말이 은재의 가슴에 피멍이 들게 하리라는 것을 알면서도 그때는 상처 입히고 싶었다. 그에게서 딸을 빼앗아 간 서은재에 대한 원망과 증오로⋯⋯. 멀었던 눈이 떠지고 사라졌던 믿음이 돌아오자 알 것 같았다.

은재가 그들의 아기, 유진을 위해서 목숨을 걸었다는 것을⋯⋯.

신욱의 표정이 속을 알 수 없게 굳어지는 것을 본 진주는 그제야 아차 싶었다. 아무리 친구의 남편이라 해도 내 남편이 아닌데, 그룹 오너에게 너무 무례한 것은 아니었나 하는 자각이 비로소 든 것이었다.

"죄, 죄송합니다."

"괜찮아요. 더 할 얘기 있으면 해 봐요."

"어, 그게요⋯⋯. 솔직히 말할게요. 회장님은 뭘 더 알고 싶으세요?"

"내 아내에 대한 것이면 뭐라도 좋아요."

"그래요? 그럼 은재 이복동생이 얼마나 악랄하게 은재를 괴롭혔는지 알고 있어요?"

악랄하게라……. 편안하게 늘어뜨려졌던 주먹이 자신도 모르는 사이에 굳게 쥐어졌다. 하지만 목소리만은 더없이 평온했다.

"어떻게 말입니까?"

진주가 답답하다는 듯 손사래를 쳤다.

"아유, 말하자면 수도 없죠. 은재한테 주먹질한 것부터 얘기해 드릴까요? 은재가 모아 둔 돈 훔쳐 달아난 것부터 말해 드릴까요? 아니면 그 모든 게 한두 번이 아니었다는 말부터 해 드릴까요?"

신욱의 주먹이 부르르 떨렸다.

그가 아래채로 돌아왔을 때, 은재는 유진을 재우는 중이었다. 몇 달 떠나 있던 공간이었지만 이내 파우더 냄새가 공기 중에 떠도는 그녀들의 방이 되었다. 달라진 것이 있다면 그때는 없었던 신욱이 함께라는 것이다.

"진주랑 무슨 얘기를 했어요?"

비행기를 타고 오느라 피곤해서 또 열이 오르는 건 아닐까 염려를 했지만 다행히 유진은 아무 탈 없이 편히 잠을 이루었다. 그런 딸의 작은 가슴을 토닥토닥 정겹게 토닥거려 주며 대답 없는 신욱을 돌아보았다.

그의 얼굴은 굳어 있었다.

"왜요? 왜 그래요? 회사에 무슨 일 있대요?"

그러자 신욱이 고개를 저었다.

"그런 거 아니야."

"하지만 당신 표정이 심상치 않은걸요?"

"좀 피곤해."

그는 은재의 무릎을 베고 누워 버렸다.

"당신이 그런 말도 다 하고, 축하해요. 당신도 드디어 인간이 된 거야."

말은 그렇게 하면서도 부지런히 이불을 당겨 그에게 덮어 주었다.

"침대에 익숙해서 바닥에서 자는 게 불편할 텐데, 당신이라도 호텔로 갈래요?"

그러자 곧장 뾰족한 대답이 돌아왔다.

"처자식 두고 나더러 어딜 가라는 거야?"

"그래도……."

"됐어."

"뭐예요, 뭐가 또 이신욱 씨의 심기를 불편하게 한 거예요?"

화가 난 게 분명한 그가 유진과 그녀에게서 등을 돌려 누웠다.

"그런 거 없어."

아니긴, 은재가 코웃음을 쳤다. 이제 척 보면 척인데, 이 사람이 어디서 거짓말이야?

하지만 그는 오늘 밤 말해 줄 생각이 없는 모양이었다. 그리고 13시간이 넘는 비행을 했던 그녀는 피곤했다. 결국 신욱을 더 닦달하는 대신 불을 끄고 유진의 곁에 누웠다. 아무리 적응력이 뛰어난 아이라 해도 1년 남짓한 짧은 생을 사는 동안 워낙 동에 번쩍, 서에 번쩍 거주지가 바뀌어 혼란을 겪으면 어쩌나 노파심을 가지고 있었다. 물론 신욱은 유진은 잘 적응하고 있으니 당신이나 잘 적응하라지만, 엄마 마음이 어찌 그런가 말이다.

"유진일 사이에 두고 누운 건 처음인 거 같아요."

아이의 고사리처럼 작은 손을 어루만지며 이야기하자 그가 모녀 쪽으로 돌아누웠다. 틀로 찍어 낸 것처럼 닮은 은재와 유진을 보자 픽 웃음이 나왔다.

"이건 뭐, 큰 서은재, 작은 서은재네."

그래서 유진을 안 예뻐하려고 해도 안 예뻐할 수가 없다. 제 엄마를 그대로 닮았는데 어떻게 안 예쁠 수가 있을까.

"은재야."

"왜 그렇게 불러요?"

"이쪽으로 누워."

그는 유진과 자신 사이를 가리켰다. 은재의 눈매가 가느다래졌다.

"뭐하려고요?"

"그냥, 여기 누워."

누가 그 시커면 속을 모를 줄 알고?

하지만 은재는 그의 속내를 모른 척하며 자리를 이동해서 누웠다. 아니나 다를까, 등 뒤에서 그녀를 꼭 껴안고 커다란 손을 꾸물꾸물 셔츠 안으로 밀어 넣자 은재는 새침하게 신욱의 손을 쳤다.

"여기선 안 돼요."

"왜?"

"그 이유를 몰라서 물어요?"

"응."

"어머머? 똑똑한 남자가 왜 이래? 좋아요, 이유를 말해 줄게
요. 첫째, 12개월 된 딸이 한방에서 자고 있어요. 둘째, 난 진주
네 부모님 아래채에서 민망한 짓을 벌여 망신을 당하지 않을 거
예요. 됐어요?"

"아니."

은재가 눈을 부라렸다.

"아니긴 뭐가 아니에요? 절대 안 돼요."

"끝까지 하지만 않으면 되는 거잖아."

얼토당토않은 말을 들은 은재가 그를 흘겨보았다.

"뭐라고요?"

"나 똑똑한 남자야. 믿어 봐."

그녀는 그의 가슴을 확 밀며 소리쳤다.

"저리 가요!"

"네 소리가 더 크잖아. 왜, 확성기 가져다줄까?"

씨, 정말! 은재는 신욱이 얄미워 흘겨보았다.

"우리 되게 오랜만인 거 알아?"

"모르니까 참아요."

"자꾸 그러면 당장 짐 싸서 호텔로 간다?"

"지금 협박해요?"

"그래, 협박이야."

유진을 너무 보고 싶어 하는 민숙과 화길을 위해 그가 호텔을 포기하고 한국에서 머무는 동안 아래채에서 지내겠다고 한 게 하루도 지나지 않았다.

"원래 변덕이 심했어요?"

"너 만나고부터 심해졌어."

"어머머? 왜 나쁜 건 전부 내 탓이래?"

"사실이니까."

한국으로 오기 전부터 그녀가 반드시 해야 할 일로 생각해 두었던 것이 있었다. 바로 광석의 납골당을 찾는 일이었다. 진주가 미리 알아 놓은 납골당으로 신욱과 함께 가는 길은 침울하기만 했다. 그녀의 기분을 아는지, 신욱은 무리하게 말을 걸려고 하지 않았다.

납골당에 도착해 차에서 내리려는 그를 은재가 만류했다.

"나 혼자 들어갈게요."

"괜찮겠어?"

"응, 괜찮아요. 다녀올게요."

"그래, 여기서 기다리고 있을게."

신욱은 걱정이 됐지만 은재의 뜻을 무시할 수 없어 염려 어린 눈으로 납골당 안으로 사라져 가는 은재를 쳐다보았다.

진주 덕분에 광석의 납골함이 놓인 곳을 어렵지 않게 찾을 수가 있었다. 정성 어린 장식이 되어 있는 다른 납골함과는 달리 조잡한 흰 국화 조화만 덩그렇게 꽂혀 있는 광석의 납골함은 참으로 쓸쓸해 보였다.

"저 왔어요."

은재는 광석의 유골함 앞에 놓인 사진을 보며 심호흡을 했다.

"왜 그러셨어요?"

그러지 말자 했는데, 원망이 먼저 터져 나왔다.

"제가 바란 건 단 두 가지였어요. 가족의 인정과 사랑. 그것만 있으면 됐어요. 제가 아무리 고생을 해도, 아버지와 엄마, 그리고 의재의 인정과 사랑을 받는다고 생각했다면 얘긴 달랐을 거예요. 전 절대 가족을 버리지 않았을 거예요."

광석은 어쩌면 그건 핑계라고 소리치고 있을지도 모른다.

"그래요. 핑계일지도 모르죠. 유진 아빠와 싸우고 돌아와, 마음을 잡을 수 없고 문득문득 치솟는 화를 감당할 수 없어 가족들에게 화를 쏟아 냈다고 하셔도 할 말은 없어요. 하지만 아버지. 제게 가족이 그렇게 쉬운 사람들일 거라고 생각하셨어요?"

가족이 한 번도 편하고 쉬웠던 적은 없었다.

"일곱 살 때, 저만 두고 모두 의재 외갓집으로 가셨죠? 그때부터였을 거예요. 제가 진정한 가족이 될 수 없을 거라고 생각한 것이……. 맞아요. 이건 모두 원망이에요. 아버지가 미웠고 엄마가 밉고 의재가 미워요. 그래서 아버지 장례식에도 참석하지 않은 거였어요. 어차피 난 가족이 아니니까."

그렇게 말하는 은재의 눈에서 맑은 눈물 줄기가 흘러내렸다.

"하지만 아버지 손녀는 살펴 주세요. 제가 아버지께 그 정도 요구는 할 수 있다고 생각해요. 그렇죠?"

그녀는 아버지의 납골함에 꽂혀 있던 조화를 들고 간 생화로 대신했다.

"갈게요. 다시 온다는 말씀은 못 드리겠어요."

이 순간, 그녀는 최정인이 죽어 기쁘다던 신욱의 말을 완벽하게 이해했다. 그녀의 어깨 위에 놓여 있던 멍에가 영원히 사라졌다.

＊

은재가 납골당을 다녀온 다음 날이었다. 신욱은 크리스의 안내를 받아 호텔 VIP룸으로 들어갔다. 먼저 와서 기다리고 있던 성영자 변호사와 전태호가 벌떡 일어났다. 그를 본 성영자가 먼저 유창한 영어로 인사를 해 왔다.

「이렇게 모시게 되어 영광입니다.」

신욱은 손을 내저으며 능숙한 한국어를 구사했다.

"별말씀을 다 하시는군요."

"어머, 한국말을 아주 유창하게 하시는군요."

"부친의 교육 덕분입니다. 그런데 이분은……."

전태호가 누구인지 이미 다 알면서 모른 척 묻자 성영자가 아들에게 말했다.

"태호야, 와서 인사드려라. 대니얼 리 회장님이시다."

"안녕하십니까, 전태홉니다."

그래, 내 이미 알고 있지. 내 아내와 내 딸의 목숨을 위협한 놈.

"이신욱입니다."

전태호를 향해 손을 내미는 신욱의 검은 눈동자가 잔혹하게 빛났다. 하지만 아무것도 알지 못하는 태호는 양손으로 신욱의 손을 잡은 채 비굴하리만큼 허리를 굽혔다.

"그런데 어떻게 저희처럼 작은 로펌에 법률 고문을 맡기시는 것인지……."

"부담되십니까?"

그의 서늘한 말에 성영자가 재빨리 손을 내저었다.

"아닙니다. 저희처럼 작은 로펌이야말로 대형 로펌에서 놓치는 소소한 부분까지 모두 체크할 수가 있죠. 특히나 제 아들이 사무장이라 더욱 안정적으로 일을 할 수가 있답니다."

부모 덕에 서른두 살이 되도록 제대로 된 직장 생활 한 번 해 본 적 없는 놈이 결국은 부모 덕으로 한자리 해 먹고 사는구나 싶자 조소가 절로 나왔다. 자랑이 반인 그들의 말을 듣던 신욱은 휴대전화가 울리는 것을 확인했다. 발신인은 은재였다. 오늘 모임에서 가장 중요한 사람, 그의 아내.

신욱은 크리스를 향해 눈짓해 대화를 중지시켰다. 성 변호사와 전태호 모두 어리둥절한 눈으로 그를 보았다.

"나야."

은재의 낭랑한 목소리가 들려왔다.

— 유진이랑 지금 도착했어요. 당신 어디 있어요?

"크리스가 내려보낸 사람들 있을 텐데."

— 아, 저기 오네요.

"알았어."

그는 전화를 끊고 재킷 주머니에 넣으며 사과했다.

"미안합니다. 아내의 전화라서. 한국에 몇 달 만에 들어와서 같이 이곳저곳을 다닙니다. 오늘도 식사 자리라 아내를 오라고 했는데 혹 실례가 된다면……."

그러자 성영자가 황급히 손을 내저었다.

"아닙니다, 아니에요. 사모님을 직접 뵐 수 있다니 저희로서는 영광입니다."

글쎄…… 은재를 본다면 생각이 달라질 텐데. 그는 앞으로의 상황이 무척 기대가 됐다. 역시나 유진을 안고 들어서던 은재를 본 성영자 모자의 표정이 처참하게 굳어지는 것을 놓치지 않았다. 그를 보고 다가오던 은재 역시 성영자 모자를 보고 작게 굳어졌다.

"유진 아빠?"

신욱은 침착하게 다가가 유진을 안아 들었다.

"오느라 고생했지?"

"아니에요. 그런데, 손님들이 계셨군요. 몰랐어요."

신욱의 손이 다정하게 은재의 머리를 쓸어 넘겼다. 그녀는 그의 표정에 어린 짓궂음을 보자 비로소 이 상황이 이해가 됐다.

「즐길 준비가 되셨나?」

「물론이에요.」

작게 영어로 속삭인 그들의 대화가 끝나고 신욱이 성영자와 전태호에게 은재를 소개시켰다.

"이쪽은 제 아내와 하나뿐인 딸입니다. 여보, 여긴 이번에 우리 한국 지사 법률 고문을 맡게 될 성 변호사님과 사무장인 아드님."

은재는 신욱의 장단에 맞춰 그들을 전혀 모른다는 듯 고개를 까닥거렸다.

"안녕하세요."

하지만 성영자와 전태호의 얼굴은 이미 사색이 됐다. 그것을 본 신욱이 이상하다는 듯 물었다.

"왜 그러십니까? 혹시 제 아내를 아십니까?"

"그, 그게……."

전태호의 옆구리를 찌르며 성영자가 억지웃음을 지었다.

"아닙니다. 저희가 회장님 사모님 같은 분을 어떻게 알겠습니까? 참 미인이십니다. 아기도 곱고요."

신욱이 얼른 그 말을 받았다.

"제 아내를 닮아서 딸아이가 예쁘죠."

성영자와 전태호의 얼굴이 일그러졌다.

"아, 배 아파."

차에 올라탄 은재는 허리를 접은 채 웃느라 정신을 차리지 못했다.

"그렇게 재밌어?"

"응, 내 인생 최고의 장면이었어요. 사모님이 미인이래. 아하하."

은재는 눈물까지 닦으며 웃었다. 신욱은 품에 있던 유진을 향해 말했다.

"엄마가 오늘따라 좀 경박하다, 그렇지?"

"경박해도 좋아요. 십 년 묵은 체증이 내려가는 것 같아. 아, 진주한테 말해 줘야지."

신이 나서 휴대폰을 꺼내 드는 은재의 모습이 마치 십 대 소녀 같았다. 그것을 보며 신욱은 유진의 결 고운 머리카락에 입을 맞췄다. 은재는 기뻤다지만 그는 화가 나서 견딜 수가 없었다. 내 아내와 내 딸에게 해를 끼쳤던 인간. 은재를 경멸했던 여자. 앞으로 내 회사의 법률 고문을 맡게 된 걸 후회하게 될 테니 두고 보라지. 신욱은 성영자와 전태호를 생각하며 크리스에게 했던 지시를 떠올렸다.

'문제가 생기는 즉시 아주 합법적으로 빈털터리가 되게 만들어 버려. 아무것도 남겨 주지 마.'

또 다른 보고에 의하면 옥선과 의재는 광석이 죽은 후 받은 보험금을 신나게 써 댄다고 했다. 생각 같아선 사람을 시켜 둘 다 땅속에 묻어 버리고 싶지만, 그럴 힘을 낭비하는 것도 아까울 인간들이었다.

현재 마지막 남은 광석의 보험금을 도박 자금으로 사용하는 의재를 붙잡아 두고 있는 것은 다름 아닌 신욱의 사람들이었다.

도박을 그토록 좋아한다면 머리나 좋든가, 하는 족족 돈을 잃으면서도 그놈은 미련을 버리지 못한다고 했다.

월세방의 보증금까지 뺐다니, 곧 그 돈마저 바닥을 드러낼 것이다. 하지만 도박에 눈이 먼 의재는 제 몸뚱어리를 잡혀서라도 도박을 계속하게 될 것이다. 그때가 된다면 중국의 염전에다 집어넣고 평생 한국 땅을 밟게 하지 않을 작정이었다. 금쪽같은 아들 덕에 옥선은 무일푼으로 전락해 살던 월세방에서 쫓겨나 거리를 전전하게 되겠지.

그 생각을 하는 신욱의 입매가 냉혹하게 비틀렸다. 그들에게 동정을 베풀 가치를 느끼지 못했다. 심지어 죄책감조차 느끼지 못했다.

어떤 방법을 써도 은재를 괴롭히진 못하리라. 아니, 아무리 발버둥 치고 원한다 해도 그녀를 만나지조차 못하게 될 것이다. 은재는 이제 더 이상 파렴치한 모자를 책임질 의무가 없으니까. 신욱의 눈이 살벌하게 빛났다. 만에 하나, 그의 눈에 띈다면 죽여 버릴 것이다. 서슴없이……. 그것이 빈말이 아님을 너무 잘 알기에, 그 모자가 제발 그의 눈에 띄지 않기를 바랐다.

마침내 유진의 돌잔치를 하는 날이 밝았다. 민숙과 화길은 은재의 부모 자격으로 한복을 곱게 차려입고 돌잔치에 참석했다. 진주도 물론 온갖 멋을 부리고 이모로서 참석을 했다. 신욱과 은재 모두 일가친척이 없으니 참석한 사람은 많지 않았다. 그래도 진주네 가족과 동네 사람들, 그리고 크리스와 에릭 등 진심으로 그들 가족을 위하는 사람들만이 모인 유진의 돌잔치는 은재를 가슴 뿌듯하게 만들었다.

분위기가 무르익어 돌잔치의 하이라이트인 돌잡이 순서가 됐다. 신욱에게 안겨 돌잡이 물품을 유심히 바라보던 유진이 그녀를 휙 돌아보았다.

"엄마아?"

그녀는 유진의 관심을 돌잡이 바구니로 돌렸다.

"유진아, 이 바구니 안에서 제일 예쁜 걸로 골라 봐, 응? 유진이 마음에 드는 거 고르면 돼."

신욱이 유진을 바구니 안이 잘 보이게 비스듬히 안아 주자, 유진의 입에서 까르르 소리가 나왔다. 장난을 치듯 바구니 안을 탁탁 치더니 마침내 마음에 드는 것 하나를 집었다. 유진이 집어 든 것을 본 축하객들의 입에서 일제히 웃음이 새어 나왔다.

"그 아빠에 그 딸이로구만. 역시 씨 도둑질은 못하겠어."

유진이 집어 든 것은 돈이었다. 펜이나 청진기를 잡길 원했던 은재는 다시 한 번 바구니를 유진의 앞으로 밀어 주었다.

"유진아, 하나 더 잡자."

그러자 유진이 또 돈을 잡았다. 숨이 턱 막힌 은재가 또 바구니를 들이미는 것을 신욱이 막았다.

"그만해. 돈이 좋다잖아."

얼굴이 빨개진 은재는 발만 동동 굴렀다.

"어린 게 벌써부터 돈만 좋아하면 어떡해."

"사업을 이끌어 가려면 돈에 대한 관념이 있어야지. 우리 딸,

잘했다."

딸의 선택이 흡족한 신욱은 보송보송한 뺨에 뽀뽀 세례를 퍼부었다. 그들의 가족을 사랑하는 사람만이 초대된 돌잔치는 소박하지만 아름다웠다. 사람들은 신욱과 은재, 그리고 유진의 앞날을 마음껏 축복해 주었다.

유진의 돌잔치가 끝난 뒤 신욱은 뉴욕으로 돌아가야 했다. 하지만 은재와 유진은 서울에 남기로 했다. 아시아 지사를 뉴욕과 유럽 지사만큼 키우기 위한 계획도 있었던 만큼 향후 5, 6년 정도는 한국에서 유진을 키우기로 한 것이다. 한국에 오기라도 하면 하루라도 빨리 떠나고 싶었던 신욱의 마음은 벌써 옛이야기가 되어 버렸다. 이제 그는 그곳이 어디든, 은재와 유진이 있는 곳이라면 얼마든지 행복할 수가 있었다.

뉴욕의 일이 정리가 되는 대로 서울로 올 생각이었지만 아내와 아이만 놓고 돌아서는 신욱의 발걸음은 쉽게 떨어지지 않았다.

"빠? 아빠, 아빠."

그와 헤어지는 것을 아는지, 유진은 아침부터 코알라처럼 달라붙어 떨어지려고 하지 않았다. 은재가 오라고 할 때마다 앙증맞은 얼굴을 그의 목덜미에 폭 파묻고 필살기의 멘트를 던졌다.

"지니, 아앙! 아앙!"

그의 굵은 목을 통통한 팔로 감아 오는 느낌. 그저 단순히 아기를 안았을 때의 느낌과는 다르다. 내 자식이, 내 딸이 신뢰를 다해 안겨 들 때의 느낌은 부모가 되어 보지 못한 자는 결코 알 수 없는 것이다.

"유진아, 아빠는 이제 가셔야 해. 유진이가 며칠 코 자면 아빠 오실 테니까, 아빠한테 안녕히 가세요, 하자, 응?"

"아아앙."

급기야 유진이 울음을 터트렸다. 신욱은 이렇게 딸을 울리면서까지 홀로 가야 하나 의문이 들었다.

"그냥 가요."

하지만 매정한 은재는 그의 품에서 유진을 강제로 뺏어 안았다. 그 모습을 본 신욱이 발끈했다.

"애한테 그러지 마."

"뭘 그러지 마요? 그럼 하루 종일 이렇게 있을 거예요? 남은 사람들 생각도 해야죠."

은재의 조용한 타박에 신욱은 깊은 한숨을 쉬었다. 딸은 날이 갈수록 달콤해지고, 아내는 날이 갈수록 냉정해진다. 결국 뒷짐을 지고 물러서 있던 크리스가 중재에 나섰다.

「회장님, 시간이 다 되어 갑니다. 이제 탑승하셔야 합니다.」

그는 별수 없이 고개를 끄덕거렸다.

「알았어.」

「조심해서 다녀오십시오.」

「잘 부탁하네.」

「염려 놓으십시오. 최선을 다해서 두 분을 보호하겠습니다.」

이번 뉴욕행에는 크리스를 동행하지 않았다. 아무리 보살펴 줄 사람이 많은 한국이라 해도 아내와 아이만 두고 가는 길에 대비책도 세워 두지 않고 갈 수는 없었다. 대신 은재의 일을 담당했던 린제이가 크리스의 일을 대신하기로 했다. 미아 메이로 인해 심각한 부상을 입었던 린제이는 주위 사람들이 놀랄 만큼 빠른 회복력을 보였다. 현재는 요양 중이지만, 신욱이 뉴욕에 도착하는 즉시 린제이도 복귀할 것이다.

"잘 다녀와요."

"무리하지 말고, 힘들면 크리스에게 말해서 베이비시터 구하도록 해."

유진의 컨디션이 점차 정상 궤도에 오르면서 이제는 늘 은재의 건강 걱정만 하는 신욱이었다.

"알았어요."

은재는 못 미더운 눈으로 쳐다보는 그를 억지로 돌려세웠다.

"다음 주면 다시 볼 텐데, 왜 그런 눈으로 봐요? 얼른 가요. 쿨하게. 씩씩하게."

역시 아내는 나날이 매정해지고 있다.

신욱이 떠난 밤, 유진은 일찌감치 민숙과 화길에게 보쌈당해 위채로 들어갔고, 은재는 진주와 아래채에서 맥주 파티를 벌였다. 진주와 단둘이 한방에 있으니 여고생 시절로 돌아간 기분이 되었다. 하지만 진주는 그럴 기분이 아닌지 회사에서 받은 스트레스를 마음껏 쏟아 내는 중이었다.

"나 정말 이대로 회사를 다녀도 되는 걸까? 어?"

"대체 왜 그러는데?"

"크리스 얀이 너무너무 마음에 안 들어! 사람이 뭐랄까, 너무, 너무……. 아! 몰라! 하여튼 마음에 안 들어."

"그런 게 어디 있어?"

"여기 있다, 여기!"

길길이 날뛰던 진주는 차가운 맥주를 벌컥벌컥 들이켰다.

"진주야, 좀 천천히 마셔. 취하기도 전에 체하겠다."

"내가 천천히 마시게 생겼냐? 아우, 나 정말 그 백인이 너무 싫어."

"그거 인종 차별 발언인 거 알지?"

"너! 내 편이야, 누구 편이야?"

"네가 유진이야? 유치하게 편을 왜 갈라? 그리고 크리스 실장이 어떻게 싫을 수가 있지? 그분 정말 점잖고 좋은 분이야. 난 실장님을 싫어하는 네가 솔직히 이해가 안 돼."

"야!"

진주가 빽 소리를 지르자, 은재는 인상을 썼다.

"아우, 귀야."

"넌 내 편을 들어야지! 어떻게 크리스 실장 편을 들 수가 있어? 너, 내 친구 맞아?"

"진주야, 제발 진정해. 어쨌든 크리스 실장은 네 상관이잖아. 그럼 네가 수긍하는 게 맞는 거야."

"나도 발언권이 있어. 소신 없는 직장인은 되고 싶지 않다고."

그때 민숙의 솥뚜껑 같은 손이 진주의 등짝을 사정없이 내리쳤다. 들고 왔던 부침개 쟁반을 팽개치듯 바닥에 내려놓고 진주를 잡도리했다.

"아얏! 엄마! 왜 그래?"

"뭣이여? 소신 없는 직장인은 되고 싶지 않아? 배가 불렀구만! 서른이 훨씬 넘도록 시집도 못 간 주제에 이제 백수까지 되고 싶냐? 어? 송진주, 너 아무 소리 말고 회사에서 시키면 시키는 대로 해!"

"엄만 누구 편이야!"

"회사 편이다!"

"엄마!"

"입 다물어! 달밤에 왜 악을 쓰고 난리야? 하여튼 너만 오면 시끄러워 정신이 하나도 없어. 한 번만 더 소리 질러 봐. 다리 몽둥이를 부러뜨려 놓을 테니까."

무시무시한 경고를 남긴 민숙이 마지막으로 한 번 더 딸을 흘겨본 뒤 방을 나갔다. 진주는 이불을 물고 절규했다.

"내 편은 하나도 없어!"

"진주야. 난 네 편이야."

"거짓말. 사기 치지 마. 너, 내 편 아니야."

"어머머, 얘 좀 봐라? 네 편이라니까 자꾸 아니래."

"흥."

"대체 실장님이 왜 마음에 안 드는데?"

"그냥 전부 다 싫어."

어허, 그건 정말 해결책이 없는데.

한참 흥분을 하며 크리스 얀 성토를 하던 진주가 곯아떨어졌다. 감기에 걸리지 않게 얇은 이불을 덮어 준 다음, 그녀도 불을 끄고 누웠다.

달빛이 밝은 밤이어서 작은 방의 천장이 한눈에 보인다. 심각한 유산 위기를 겪고 곧장 내려와 머물게 된 아래채에서 불을 끄고 누우면 언제나 이렇게 천장이 보였다. 이상하게도 천장을 보면 서글퍼 눈물을 흘렸었다.

그런데 이젠……. 신욱은 뉴욕으로 가는 비행기 안에 있었고, 유진은 위채에 있었다. 지금 당장은 모두 그녀의 곁에 없지만 그럼에도 충만감이 들었다. 모든 시련이 끝나고 비로소 행복을 찾은 것 같은 느낌이 들었다.

그녀도 물론 안다. 사노라면 때때로 예기치 못한 장벽에 부딪쳐 넘어지고, 뜻하지 않은 일들로 슬퍼 눈물 흘릴 때도 있다는 것을. 하지만 그녀에게는 이제 손을 잡아 줄 남편이 있었고, 그녀의 목숨을 바쳐 고난을 이겨야 할 이유인 아이가 있었다.

그때 신욱에게서 걸려 온 전화벨이 울렸다. 은재는 진주가 깨지 않게 얼른 전화를 받았다.

"네."

— 별일 없어?

"응. 당신은요? 식사는 챙겨 먹어요?"

— 응.

대답이 너무 빨랐다. 은재는 콧등에 주름을 잡으며 그를 나무랐다.

"당신도 이제 건강 생각해야죠. 마흔이 코앞인데, 그렇게 건강관리를 엉망으로 하면 어떡해요?"

그러자 그가 곧장 발끈했다.

— 마흔은 누가 마흔이야!

"그렇게 부정한다고 오는 세월을 막을 수 있어요? 제때 먹고 규칙적으로 운동하는 습관을 들이세요. 나는 유진이 수발드는 것만 해도 너무 벅차서 당신이 아파도 돌봐 줄 수가 없다고요."

— 너, 매정한 소리를 아무렇지 않게 하는 거 알고 있어?

"그게 내 매력 아니겠어요?"

— 매력 좋아한다.

그들은 잠시간 사이좋게(?) 서로를 깎아내리며 대화를 즐겼다.

"진주가 크리스 실장님 때문에 머리끝까지 화가 났어요."

— 크리스? 크리스가 뭘 잘못했나?

"그런 건 아니고요. 그냥, 진주는 크리스 실장님이 마음에 안 드나 봐요. 그러다 어머니한테 등짝까지 두드려 맞았어요."

— 저런……

"내가 보기에도 실장님이 일부러 진주를 화나게 만드는 것 같아요."

— 이 사람아, 크리스가 그 정도 주변머리가 되면 아직도 내 밑에서 일하겠어? 내 괴팍한 성격 다 참아 가면서?

"그건 그렇지만, 그래도 내 느낌이 그래요. 뭔가 있어요."

— 소설 그만 쓰시고 주무시죠, 사모님.

"그래요, 나 너무 피곤해요. 낮에도 유진이가 낮잠을 안 잔다고 하도 떼를 써서 재우는 데 꼬박 두 시간이나 걸렸다고요."

그러자 그가 버럭 소리를 질렀다.

— 베이비시터 쓰라니까! 그러다 잘못되면 어쩌려고 그래!

아우, 귀야.

은재는 인상을 쓰며 수화기를 귀에서 떼어 내 노려보았다.

"난 다정한 남편이 좋아요."

— 난 순종하는 아내가 좋아.

"웃겨, 순종이라니요?"

— 그러는 다정은 뭐냐? 먹는 거냐?

그들의 의견은 한 치의 접점을 찾을 수도 없게 팽팽하게 대립했다.

"끊어요."

좀처럼 다정해지지 않는 신욱이 미워 팩 토라진 은재가 먼저 전화를 끊어 버렸다. 자존심 있는 남자라는 걸 보여 주듯 그도 다시 전화를 하지 않았다.

하여튼 조금도 굽히는 법이 없어.

휴대폰이 신욱인 양 흘겨보다 진주 곁에 누워 천장을 보았다. 네모반듯한 작은 천장을 올려다보고 누워 있어도 조금도 외롭지가 않았다. 고롱고롱 코를 골며 자는 진주도 있고, 비록 뉴욕에 있지만 남편도 있고, 딸도 있고……. 외롭던 시간이 지나니 행복이 찾아왔다. 길고 길었던 어두운 밤의 끝에서 찾은 소중한 사람들……. 은재는 가슴이 벅차올라 진주를 꼭 껴안았다.

"우웅, 더워."

"송진주, 사랑한다."

"싫어, 싫어. 난 크리스 얀이 너무 싫어."

진주는 그녀의 품에 안겨서조차 술주정으로 크리스를 미워했다.

그래도 난 사랑해, 사랑해요, 사랑해요.

내 모든 소중한 사람들을 사랑해.

※

문제의 시작은 아무 생각 없이 내뱉은 진주의 말 한마디였다. 뉴욕에서 돌아온 신욱을 위해, 딸의 친구면 딸이나 매한가지라고, 민숙이 거한 상을 차려 주었다. 은재네와 진주네가 모두 둘러앉아 맛있게 식사를 한 후 후식으로 차가운 식혜 한 잔씩을 마실 때, 진주가 문득 생각났다는 듯 말했다.

"아무리 그래도 식을 올려야 하지 않니?"

막 식혜 잔을 들던 신욱이 움칠거리는 것을 본 은재가 황급히 손을 내저었다.

"얘는, 식은 무슨 식? 우리, 유진이 돌잔치 했잖아. 기억 안 나?"

"그건 유진이 잔치고, 회장님이랑 네 잔치를 해야. 안 그래요, 엄마?"

"그래, 그건 진주 말이 맞다. 여자가 평생에 딱 한 번 입는

웨딩드레스를 못 입으면 한이 되는 거야. 간단하게라도 식을 올려야지."

"진주 엄마 말이 맞아, 이 서방."

화길마저 대화에 끼어들어 열렬한 지지를 보내자 은재는 몹시 난감해졌다. 혼인 신고를 하고 아이 돌잔치까지 마친 마당에 무슨 결혼식? 생각만 해도 손발이 오글거렸다.

"난 됐어요."

그러자 신욱이 못마땅하다는 듯 그녀를 내려다보았다.

"왜요?"

"내 의견은 왜 들어 보지도 않고 당신 혼자 결정해?"

"당신도 그런 거 싫어하잖아요."

"그건 어떻게 생긴 편견이야? 나, 결혼식 한 번도 안 해 본 남자야. 남들이 다 하는 거라면 당연히 이신욱도 한 번은 해 봐야지."

"어머머?"

은재는 기가 막혔다. 번거롭고 가식적인 행사는 질색을 하는 남자가 무슨 바람이 불어서 이런대?

그날 밤, 유진을 데리고 아래채로 내려온 은재는 신욱의 옆구리를 쿡 찔렀다. 꽤나 아팠던지 신욱이 인상을 쓰며 은재를 노려보았다.

"왜 그래?"

"기회주의자."

"뭐야?"

"결혼식 할 마음도 없었으면서 괜히 잘 보이고 싶어 한 말인 거 누가 모를 줄 알아요?"

은재의 매서운 공격을 받은 신욱이 코웃음을 쳤다.

"난 원래 잘난 남자라 특별히 더 잘 보일 필요가 없어."

"그럼 정말 결혼식을 한단 말이에요?"

"웨딩드레스 입은 네 모습이 궁금해졌어. 섹시하겠지?"

"응큼해."

한 번 작정한 건 속전속결로 처리하는 신욱의 방식이 결혼식 준비에서도 빛을 발해, 일사천리로 진행됐다. 아이 돌잔치 다음에 하는 결혼식이라 순서가 뒤죽박죽이지만, 형식은 상관없었다. 서로를 위하는 마음만이 중요할 뿐이었다.

가든파티로 마련된 결혼식, 나무 그늘이 풍요로운 정원 한복판을 순백색의 웨딩드레스를 입은 은재의 손을 화길이 잡고 입장했다. 멀고 먼 길을 돌아 마침내 그에게로 오는 여인, 아내. 신욱은 가슴이 터질 듯 부풀어 올랐다.

화길이 그에게 은재의 손을 건네며 당부했다.

"잘 살게."

"명심하겠습니다."

그는 은재의 손을 꼭 잡았다. 수줍은 미소를 지은 은재가 그의 손에 이끌려 단상 위에 섰다.

"사랑한다, 서은재."

"응, 나도 당신 사랑해요."

넝쿨 장미의 짙은 향기가 축복을 하듯 그들을 감쌌다. 주례사나 사회자 없이 진행된 식은 자유로웠다. 가든파티 형식의 결혼식에서 신랑과 신부, 그리고 하객들은 모두 자유롭게 축하를 하고 축하를 받았다. 모든 게 완벽했지만 8월의 한낮 더위는 모두의 예상대로 복병이었다. 이럴 줄 알았으면 디너파티로 할 걸 그랬다고 신욱이 투덜거렸지만, 구름 한 점 없이 파란 하늘이 마음에 들었던 은재는 마냥 행복했다. 그래도 덥긴 했는지, 몸을 조이던 웨딩드레스를 벗자 살 것 같았다. 하룻밤이라도 호텔에서 묵으라는 민숙과 화길의 말을 은재가 사양했는데, 어쩐 일인지 신욱도 사양했다. 은근히 섭섭했던 은재는 집으로 오는 내내 몰래 그를 흘겼다.

결혼식에서 은재보다 더 사랑받았던 유진은 민숙의 품에 코알라처럼 안겨 마당에서 놀자고 칭얼거렸다. 유진의 말이라면 그게 무엇이든 따르는 게 법인 민숙과 화길이 마당을 서성거리는 동안, 은재는 신부 화장을 지우기 위해 방으로 들어갔다. 화장대 의자에 앉는데, 뒤에서 신욱의 팔이 불쑥 뻗어 왔다.

"뭐예요?"

"식을 올렸으면 신혼여행을 가야지."

그가 비행기 티켓을 건넸다.

"신혼여행을 가요?"

티켓을 받아 확인한 은재의 눈이 동그래졌다. 바로 이탈리아행 티켓이었다.

"그것도 이탈리아로?"

"로마에 가 보고 싶다고 했잖아. 비행기 시간에 맞추려면 빨리 가야 해. 캐리어는 송 과장이 다 싸 놨으니까 얼른 가자고."

은재는 깜짝 놀라 그를 올려다보았다.

"그걸 기억하고 있었어요?"

그러자 그가 오만하게 어깨를 으쓱거렸다.

"난 다 기억해."

"잘난 척은……."

핀잔을 주었지만 실은 무지하게 감동을 받았다. 그걸 기억하고 있었다니……. 은재의 가슴이 기쁨으로 터질 듯 부풀어 올랐다.

"참, 유진인 송 과장네 두고 가자."

그 말을 들은 은재가 화들짝 놀랐다.

"유진을 두고 가요?"

"유럽까지 가는 데 비행기를 몇 시간이나 타야 하는지 알아? 뉴욕에서 온 지도 얼마 안 됐잖아. 송 과장네 있는 게 유진이한 테도 편할 거야."

"하지만 아버님 건강도 안 좋으신데……."

"그건 네 생각이지."

신욱이 창을 가리켰다. 신욱의 손가락을 좇아 밖을 내다보던 은재는 풋 웃음을 터트렸다. 화길이 역기를 들고 있었던 것이다. 그 옆에서 민숙이 유진을 안고 쪼그려 앉아 화길이 역기에 깔려 죽지는 않나 감시하는 모습이 더 웃겼다.

"송 과장이 결혼해서 아기를 낳지 않는 한, 우리 유진이가 저

분들의 유일한 희망인 것 같은데?"

"참 고마우신 분들이죠? 어떻게 피 한 방울 안 섞인 우리 유진이를 저렇게 예뻐해 주시는지 모르겠어요. 요즘엔 친손자도 귀찮다고 하는 세상인데."

"우리 딸이 인복이 있나 보지."

민숙과 화길은 신욱의 뜻을 적극적으로 지지했다. 아무리 유진이 비행기를 잘 탄다고 해도 돌 지난 어린애를 자꾸 이곳저곳으로 데리고 다녀 좋을 게 뭐냐고 신욱의 편을 들었다. 그녀가 신혼여행을 떠나 없는 15일 동안 유진을 두 내외가 차지할 것 생각하니 벌써 가슴이 벌렁거린다고 했다.

동경하던 스페인 광장이 그녀의 눈앞에 펼쳐졌다. 아주 오래도록 꿈꿔 왔던 풍경을 바라보고 서 있는 지금, 현실감이 느껴지지 않았다. 층계에 앉은 관광객을 피해 조심스럽게 난간을 만지며 계단을 올라가는 그녀의 뒷모습에 대고 신욱이 말했다.

"그게 뭐냐? 오드리 헵번처럼 우아하게 걸어 봐."

그의 신랄한 지적을 들은 은재가 돌아서 새침하게 대꾸했다.

"오드리 헵번처럼 예쁘지 않아서 몹시 미안하군요."

영화에서 본 뒤 상상의 나래를 펼쳤던 스페인 광장이 눈앞에 펼쳐지자 정말 여기가 그렇게 동경하던 곳이 맞나, 하는 생각마저 들었다. 스페인 광장을 봐서 좋긴 했지만, 수많은 관광객과 더운 날씨에 그저 그늘을 찾아 숨어들고 싶은 마음뿐이었다. 그다지 탐탁해 보이지 않는 은재를 보며 신욱이 물었다.

"표정이 왜 그래?"

"역시 현실보다 상상이 더 아름다워요."

"응?"

"영화에서 보던 것보다 아름답지가 않아요."

"그야 당연하지. 사람이 이렇게 많은데 영화 속 정취를 찾으려고 하면 쓰나? 그것도 몇 십 년 전 영화였잖아."

은재가 콧등에 주름을 만들며 중얼거렸다.

"환상이 깨지는 것 같아."

"유진 엄마. 이곳은 여행자들이 꿈을 꾸며 오는 곳이야. 다른 사람의 환상까지 깨지 말고, 아이스크림이나 먹으러 가자."

"아이스크림?"

"오드리 헵번은 아니어도 아이스크림은 먹을 수 있잖아? 가자."

"당신 왜 이렇게 친절하고 사근사근해요? 원래 이런 캐릭터 아니었잖아요."

"적어도 신혼여행에서만큼은 다정한 남편 노릇을 해야 하지 않겠어?"

"치이……."

"자, 가자."

그에게 등이 떠밀려 아이스크림 가게를 찾아 걸음을 옮기기 시작했다.

은재와 신욱은 더운 낮을 피해 밤 산책을 하기로 했다. 해가 진 거리는 야경이 아름다운 거리로 변모해 있었다.

"그래도 이곳은 모든 게 예술 작품 같아요. 전부 다 아름다워 보여."

"그래?"

"응."

줄지어 늘어선 주홍 불빛의 행렬이 작은 포물선을 그리고 있었다.

"이곳 사람들은 참 좋겠어요. 매일 아름다운 도시를 보고 느끼면서 살 수가 있으니까."

"딱히 그렇지만은 않을걸?"

"왜요?"

"귀하고 소중해도 눈에 익어 버리는 순간 평범해지거든."

그의 말에도 일리가 있어 고개를 끄덕거렸다.

"그래도 난 이곳이 좋아요."

"여기 와서 살까?"

"정말?"

믿지 못하겠다는 듯 눈을 동그랗게 뜬 은재를 보며 그가 으스댔다.

"그럼, 네 남편, 능력 있다."

"음, 그래도 난 한국이 좋아요. 진주랑 진주 부모님과 유진이 이제 만났는데, 또 헤어지게 하고 싶지 않아. 아, 유진이 얘기하니까 우리 딸 보고 싶다."

정말 딸에 대한 그리움이 물밀 듯이 밀려들었다.

"우리 아기 더 낳을까요?"

그러자 그가 고개를 저었다.

"나 못 낳아."

"그게 무슨 소리예요?"

"너 다시 만나고 정관수술 했어."

너무 놀란 은재가 걸음을 멈추고 그를 올려다보았다.

"뭐라고요? 뭘 해요?"

"당신이 사구체 신염이라고 했을 때 병원 갔었지. 유진이하고 신장 조직이 맞나 검사하는 김에 정관수술까지 해 버렸어."

은재는 어이가 없어 말까지 더듬었다.

"대체…… 그렇게 중요한 걸 상의도 없이……."

하지만 그는 대수롭지 않은 분위기였다.

"그때 우리 사이가 그런 걸 상의할 분위기는 아니었지 않나? 게다가 의사 말로는 너처럼 사구체 신염을 앓는 가임기 여자가 임신을 하면 상태가 더 나빠질 수 있다고 하잖아. 그 말을 듣고 어떻게 정관수술을 안 해? 그리고 그동안 우리가 같이 잘 때 콘돔 안 썼잖아? 생각보다 편하고 신속해서 좋아."

그는 너무나 태연했다. 오히려 은재가 화를 낼 만큼!

"정말 너무해요. 나는 유진이 동생 볼 생각이었는데!"

"나라고 아이 욕심이 없는지 알아? 하지만 네 건강을 담보로 해서 아이를 낳고 싶지는 않아. 나중에 네가 좀 더 건강해지고 아이를 낳아도 된다는 진단이 떨어지면 그때 다시 생각하자."

그 말을 끝으로 신욱은 입을 닫았다. 은재가 어떤 노력을 해도 그는 절대로 설득당할 것 같지 않았다.

"유진이가 엄마 없이 자라게 하고 싶으면 계속 고집 피워라."

그리고 그의 신랄한 핀잔 앞에서 은재는 전투 의지마저 상실했다.

"자, 편하고 신속해서 좋은 정관수술 효과를 시험하러 가자."

"누가 들으면 어쩌려고 이래요?"

"들으라지."

"어머머?"

기가 막힌 은재는 신욱에게 끌려 호텔로 돌아갔다. 그 밤이 지나고, 은재는 생각했다. 역시 편하고 신속해서 좋다고……

에필로그

1

그해 크리스마스는 화이트 크리스마스였다. 전날 전나무 아래 놓인 선물 상자에 온통 마음을 빼앗겼던 유진은 밤잠을 설치다시피해서 일찍 일어났다. 하지만 커튼을 젖히고 작은 고개를 빼꼼히 내밀어 밖을 보던 유진이 눈을 보고 흥분해서 어쩔 줄 몰라 했다. 크리스마스 선물은 홀랑 잊어버린 유진이 곧장 부부 침실로 들어와 침대 위로 풀쩍 다이빙을 했다.

"엄마, 눈, 눈!"

정확한 발음으로 완벽하고 긴 문장을 말하는 건 어려워도 이젠 제법 대화가 통하는 유진이었다. 밤새 신욱에게 시달렸던 은재는 포근한 양모 이불 속으로 기어 들어갔다.

"으응, 유진아, 엄마 조금만 더 잘게."

하지만 유진은 끈질겼다. 그녀를 흔들다 안 되겠다 싶었던지, 이번에는 신욱을 흔들기 시작했다.

"아빠, 눈이야, 눈이야! 아빠, 아빠아!"

아직 쪼끄만 주제에도 유진은 신욱이 제 말이라면 껌뻑 죽는 것을 알고는 그것을 적재적소에 써먹는 스킬을 일찌감치 깨우쳤다. 역시 유진의 생각이 맞았다.

"그래."

지난밤, 어른들의 장난에 너무 푹 빠져 새벽이 밝아 올 때 잠이 들었던 신욱은 비몽사몽한 정신을 차리기 위해 애를 썼다. 그는 힘겹게 일어나 헤드보드에 기대앉은 채 묵직한 머리를 휘이휘이 저었다.

"아빠, 나가, 나가, 응, 응?"

유진이 막무가내로 그의 팔을 잡아당겼다. 그의 꼬마는 자랄수록 기운이 넘치는 씩씩한 숙녀가 되어 가고 있었다. 하늘이 무너지는 한이 있어도 딸아이의 부탁만큼은 거절하지 못하는 신욱이 기어이 유진의 팔에 끌려 침대를 내려왔다. 종종 부부침실 침입 사건을 겪으면서 아무리 격렬한 어른 놀이를 해도 파자마 바지는 반드시 입고 자는 것을 배운 것이 빛을 발하는 순간이었다.

"유진아, 감기 들어. 점퍼 입고 장갑이랑 목도리 챙겨서 내려와."

"아빠, 해."

'아빠가 해 줘.' 라는 표현임을 굳이 정확하게 말하지 않아도 알아듣는 신욱은 고개를 끄덕거렸다.

"그래, 그러자."

콩알만 한 이유진의 손에 끌려 나가는 신욱의 몸이 흔들흔들 시계추처럼 비틀거렸다. 아기 방으로 들어간 그는 유진이 마음에 든다며 골라 준 옷을 받아 들었다. 노랑 후드 점퍼에 핑크색 여름용 반바지였다. 그의 꼬마는 패션에 아주 민감한 숙녀였고, 벌써부터 제 마음에 안 드는 옷은 죽어도 입지 않으려고 했다.

"어디 보자."

그는 제법 심각하게 고민하는 척 옷을 받아 든 다음, 유진을 설득하기 시작했다.

"진아, 이건 좀 추울 것 같은데?"

"아니야, 아니야."

유진이 완고하게 고개를 저었다.

"감기 들어서 안 돼. 밖에 눈 봤지? 눈은 차가운 거라서, 이렇게 입고 나가면 유진이 오래 못 놀아."

오래 못 논다는 말에 유진이 잠시 갈등했다.

"정말?"

그는 진지하게 고개를 끄덕거렸다.

"응, 정말."

"으으응, 이거."

유진이 손가락을 입에 물고 제 주장을 굽히지 않았다.

저 고집은 누굴 닮은 거야?

유진이 고집을 피울 때마다 인내의 한계를 느끼는 신욱이었
지만 단 한 번도 유진을 향해 큰 소리를 낸 적은 없었다. 그로
서는 정말 엄청난 노력을 하는 것이었다. 아주 솔직히 말하면
유진이 얼토당토않은 고집을 피울 때 소리치고 싶은 적이 몇 번
있긴 했지만, 유진에게 소리를 지른 다음 뒷감당을 하기 벅차서
라도 반드시 참아야 했다. 첫째, 그의 오만한 자존심을 그대로
닮은 꼬마 녀석이 절대로 그를 용서하지 않을 테고, 둘째, 나날
이 냉정해지는 은재도 그를 용서하지 않을 것이었다. 그래서 신
욱은 윽박지르는 대신 아이에게 언제나 먹히는 비장의 무기를
꺼내 들었다.

"이걸 입고 나갔다간 아빠랑 진이 모두 엄마한테 혼날걸?"

그러자 유진의 표정이 심각해졌다. 엄마가 아빠만큼 마냥 너
그럽지 않다는 것을 유진도 알고 있었다. 기본적으로 아주 상냥
하고 따뜻한 엄마지만 유진이 계속 고집을 피울 때, 숫자 셋을
센 다음 엉덩이를 때렸다. 그것도 아주 아프게. 유진은 엄마에
게 엉덩이를 맞고 울지 않은 적이 한 번도 없었다.

"이거 입어……."

여전히 주장을 굽히지는 않지만 유진의 말끝이 흐린 것을 보
니 엄마가 무섭긴 한가 보다. 신욱은 다시 한 번 아이를 설득했
다.

"진아. 이걸 입었다간 엄마한테 혼난다는 아빠 말은 정말이
야. 엄마한테 혼나면 속상하잖아? 그러니까 아빠 말대로 따뜻한
옷 입고 나가서 재미있게 놀자, 응?"

"알았어."

결국 유진이 수긍했다. 역시 엄마의 힘이란 위대하다고 느낀 신욱은 유진의 마음이 변하기 전에 얼른 스키 바지와 스키 부츠, 그리고 오리털 점퍼를 꺼냈다. 그리고 빠른 속도로 능숙하게 유진의 옷을 갈아입혔다. 이제 그는 은재 없이 혼자서도 거뜬히 유진이 하나는 책임질 능력을 갖춘 남자였다.

몸이 매트리스 아래로 빨려 들어가는 느낌이었다. 누군가에게 잘근잘근 밟혔다 풀려난 것처럼 온몸이 쑤시고 아프다. 풀려나긴 했다. 신욱에게서.

하여튼 '적당히'라는 말을 모르는 남자라니까.

낑낑거리며 일어나 앉은 은재는 산발이 된 머리를 가다듬어 하나로 묶었다. 팔을 올렸다 내렸다 하는 것만으로도 힘이 쪽 빠진다.

아이고, 삭신이야.

은재는 시계추가 기울어지듯 그대로 누워 버렸다. 그때 침실 문이 열리고 머리부터 발끝까지 젖은 신욱이 침실로 들어왔다. 아무리 기운이 없어도 언제나 신욱을 향해 잔소리할 힘은 남아 있는 은재였다.

"감기 걸리고 싶어요? 요즘 독감이 얼마나 무서운데, 그렇게 돌아다녀요?"

"당신 딸이 날 이렇게 만들었어."

그 말을 들은 은재가 벌떡 일어났다.

"유진이도 젖었어요? 감기 걸리면 어쩌려고……."

그러자 신욱이 손을 들어 은재의 말을 잘랐다.

"억측은 삼가 주면 좋겠어. 당신 딸이 얼마나 여우인지 잊었어? 여우는 하나도 안 젖었으니까 염려 마."

은재를 꼭 닮은 외모에 신욱을 꼭 닮은 성격인 유진은 커 갈수록 사람의 마음을 빼앗는 스킬이 늘어 가는 여우였다.

"지금 청평댁이 씻기러 욕실로 데려갔으니 염려 마."

유진이 눈에 젖지 않았다는 말을 들은 은재는 다시 기울어져 누워 시트에 머리를 기댔다.

"대체 어떻게 놀면 그렇게 되는 거예요?"

"눈사람 놀이."

유진은 그를 눈밭에 눕혀 놓고 눈을 가져다 꼭꼭 다져 일어나지 못하게 했다. 눈에 아주 틀을 찍으려고 드는 꼬마 녀석을 만족시키느라 얼어 죽을 뻔했다. 신욱은 욕실로 들어가 젖은 옷을 벗은 다음, 목욕 가운을 걸치고 침실로 나왔다.

"겨울은 이제 막 시작인데, 앞으로 눈은 얼마나 더 오려나?"

"왜요?"

"꼬마가 눈사람 만드는 것에 환장하거든."

"난 몰라요. 둘이서 알아서 해요."

건성으로 대답하는 그녀가 얄미워진 신욱은 풀쩍 뛰어 그녀 위로 몸을 겹쳤다.

"어머머? 왜 이래요? 저리 가요!"

"엄마 눈사람도 만들자고 했다. 잘했지?"

의기양양한 그의 물음에 은재의 눈이 가느다래졌다.

"뭐라고요? 지금 뭐라고 한 거예요?"

"왜? 아빠 눈사람이 있으면 엄마 눈사람도 있어야지."

"이 배신자, 와이프를 눈밭에 눕혀 둘 생각이었어요? 내가 당신을 어떻게 믿고 살아?"

"불리할 때만 그런 소리 하는 거 누가 모를 줄 알아?"

"꺄악, 저리 가요!"

"이리 오지 못해?"

잡으려는 자와, 도망치려는 자. 침대 위는 난장판이 됐다. 그 순간을 기다렸다는 듯 문이 열리고 아기 가운 차림의 유진이 도도도 뛰어 들어왔다.

"엄마! 아빠!"

두 사람은 누가 먼저랄 것도 없이 동시에 팔을 벌렸다. 유진이 침대 위를 기어올라 그들의 품 안으로 파고들었다.

이 귀한 꼬마가 없었으면 어쩔 뻔했어?

이 귀한 사람이 없었으면 어쩔 뻔했어?

신욱은 은재와 유진을 한꺼번에 꼭 껴안았다. 겨울의 시린 햇살이 두꺼운 커튼 사이로 스미어 들어와 웃음이 보글보글 샘솟는 방 안을 따뜻하게 비추었다.

2

크리스마스의 백미는 밤에 시작된다.

산타클로스의 선물을 받고 평소에는 엄격하게 금지된, 간이 많이 된 음식도 먹을 수 있었던 유진은 세상에서 가장 행복한 아이가 되어 일찍 잠이 들었다. 산타클로스로 빙의된 신욱의 선물인 캐러멜색의 푹신한 곰 인형을 꼭 안고서.

유진은 잠버릇이 심한 아이가 아니어서 이불을 덮어 주면 아침에 일어날 때까지 그대로일 때가 많았다. 그럼에도 은재는 한 번 더 아이의 잠자리를 봐 준 뒤, 부부 침실로 들어갔다. 로브 차림으로 욕실로 들어가자 신욱은 거품이 가득한 커다란 욕조에 왕처럼 거만한 자세로 앉아 난간에 팔을 기댄 채였다.

"어이."

그녀를 본 그가 오만하게 붉은 와인이 든 글라스를 들어 보였다. 그녀는 그를 살짝 흘겨본 뒤 로브를 벗었다. 신욱은 은재의 찬란한 나신이 불빛에 반짝거리는 것을 탐욕스러운 눈으로 쳐다보았다. 그녀는 여왕처럼 우아하게 거품이 가득한 욕조 안으로 들어갔다. 그의 반대편에 기대어 앉자, 신욱이 와인 잔을 내밀었다.

"고마워요."

"별말씀을."

그의 긴 다리가 뻗어 와 은근슬쩍 그녀의 허벅지를 툭 건드렸다. 그녀의 고운 미간이 찌푸려졌다.

"하지 마요."

그러자 그가 태연하게 거짓을 말했다.

"난 아무 짓도 안 했어."

"당신 그거 알아요? 요즘 들어 자꾸 엉큼해져요."

"넌 그거 알아? 요즘 들어 자꾸 못돼져."

"칫."

그녀는 그에게서 고개를 돌린 뒤 와인을 홀짝거렸다. 깊고 풍부한 포도 향이 입안에 감돌며 부드럽게 식도로 넘어간다. 역시 황홀한 크리스마스 밤이었다.

"유진이 오늘 너무 흥분을 해서 자다가 탈이 나는 거 아닌지 모르겠어요."

그러자 신욱이 부드럽게 빈정거렸다.

"당신 걱정이나 하시지. 유진인 에너자이저야. 내가 보기엔 당신이 더 힘이 부족한 것 같던데. 서은재, 자다가 탈이 나는 거 아닌가 몰라?"

놀리는 게 분명한 그의 말을 들은 은재는 와인 잔을 내려놓고 그에게 달려들었다.

"자꾸 그럴 거예요?"

"오호라, 날 덮칠 궁리만 하셨군?"

그녀는 호시탐탐 잡을 궁리만 하는 그의 얼굴에 매끄러운 거품을 흩뿌리며 얼른 피하는 데 성공했다. 그가 거품을 푸푸거리는 것을 본 은재는 승리의 웃음을 지으며 다시 와인 잔을 들었다.

"너."

그가 경고 어린 음성으로 부르자, 은재가 혀를 날름 내보였다.

"잘난 척한 벌이에요."

그러게 말하면서도 그녀의 작은 발가락이 그의 페니스를 슬쩍 건드렸다. 뽀얀 거품이 여전히 붙은 그의 검은 눈썹이 치켜올라갔다.

"이건 뭐야?"

"글쎄요."

새침하게 웃으며 계속해서 발로 그의 페니스를 자극했다. 이미 거대하게 발기한 페니스는 그녀의 자극을 받으며 끄덕끄덕 성을 내기 시작했다. 기분 좋은 자극에 그의 목소리가 허스키하게 낮아졌다.

"감당할 수 없을 텐데……."

그의 손이 그녀의 발을 잡았다. 앙증맞은 복숭아뼈를 살살 어루만지자 그녀가 간지러운 듯 키득거렸다. 매끄러운 종아리를 두 손으로 잡아 자신에게로 슬슬 잡아당기자, 이번에는 못 이긴 척 은재가 끌려왔다. 신욱이 냉큼 그녀의 허리를 잡고 자신의 다리 위로 앉혔다. 가느다란 허벅지를 페니스가 쿡쿡 찔러 왔다. 그가 그녀의 허리를 잡아 페니스 위를 살살 문질렀다. 열락의 쾌감이 은밀하고 뭉근하게 퍼져 나간다.

그의 커다란 손이 거품으로 미끌미끌한 가슴을 탐스럽게 쓰다듬었다. 평소라면 악력이 센 손으로 움켜잡고도 남았을 텐데……. 뾰족하게 솟은 유두가 그의 손바닥을 찔러 댔다. 해 보니 이것도 은근히 색다른 쾌락을 안겨 주는 것 같다. 그녀는 그의 목덜미에 작은 키스마크를 남겼다. 탄탄하고 우람한 신욱의 목을 볼 때마다 그녀의 것이라는 흔적을 매번 남기고 싶었다. 그녀의 입에 목덜미가 빨려 들어가자 그녀의 허벅지에 깔린 페니스가 더 견딜 수 없다는 듯 불끈거렸다.

"벌써요?"

우아하고 고상하게 거품 목욕을 좀 더 즐기고 싶었던 은재가 도리질을 쳤지만 어림도 없었다.

"그래, 지금."

사방에 거품이 날리는 것을 몹시도 싫어하는 그가 직접 거품 목욕을 제안했을 때, 의도는 바로 이것이었으니까.

"난 목욕 좀 더 하고 싶은데……."

"해. 넌 목욕을 하고, 난 다른 걸 하고……."

음흉하게 말끝을 흐리더니 그의 손가락이 다리 사이로 미끄러져 그녀의 질구를 파고들었다. 찌릿한 전율이 등줄기를 타고 흐른다. 그녀가 진저리를 치며 칭얼거렸다.

"아이, 하지 말라니까."

"뭘? 이걸?"

좁은 속살에 꽉 물린 그의 손가락이 안을 긁어내리자 첨예한 감각을 이기지 못한 은재의 등이 활처럼 휘어졌다.

"아아……!"

"그만두지 않는 게 너한테도 좋을 거야."

그는 그녀의 허리를 잡아 자신의 페니스 위에 앉혔다. 그리고 좁은 속살을 가르고 단숨에 푹 파고들었다.

"흐읏!"

여전히 시작은 버거운 은재가 숨을 헐떡거리며 그의 어깨를 꽉 잡았다.

"움직여 봐."

그가 허리를 잡아 주며 종용하자, 은재가 천천히 다리를 움직여 엉덩이를 움직였다. 그녀의 안에서 살아 움직이는 것 같은 페니스는 자극을 받아 더욱 커지고 있었다. 속살을 툭툭 밀며 커지는 느낌은 엄청난 쾌락을 야기해 은재는 입술을 깨물어야 했다. 그녀에게 전해진 마찰은 그에게도 고스란히 전해져 신욱의 고개가 뒤로 젖혀졌다.

거품으로 미끄러운 가슴을 움켜잡지 못하니, 오로지 맞닿은 성기에만 모든 감각이 쏠려 더욱 예민하게 반응하게 됐다. 물이 윤활유 역할을 해 거대한 페니스의 삽입을 쉽게 했다. 그는 그녀의 허리를 잡아 페니스를 밀어 넣을 때 자신에게로 확 잡아당겨 앉혔다.

"아흑, 신욱 씨!"

예민한 속살이 거듭 찔리자 은재가 참지 못하고 신음을 내질렀다.

"더 소리 질러 봐, 더!"

그는 계속해서 같은 부위를 찌르며 허리에 힘을 주어 꾹 눌렀다. 결국 은재가 참지 못하고 먼저 오르가슴에 도달했다. 부들부들 경련을 일으키는 그녀의 속살에 꽉 사로잡힌 페니스도 오래 견디지 못했다. 눈앞이 하얘지는 쾌락 앞에서 그들은 서로를 꼭 껴안은 채 절정의 여운을 즐겼다.

이럴 때가 아니면 절대 말을 할 수 없다는 것을 아는 은재가 그의 목덜미에 얼굴을 묻은 채 가쁜 숨을 내쉬며 속삭였다.

"신욱 씨, 나 유진이 동생을 낳고 싶어요."

신욱의 커다란 손이 은재의 가녀린 등을 말없이 어루만졌다. 고개를 든 은재가 그의 뺨을 부드럽게 어루만지며 애원했다.

"자기, 응? 정말이에요. 나도 내가 원하는 크리스마스 선물을 받아야죠. 크리스마스 선물로 아기를 낳고 싶어요."

그러자 그가 한숨을 내쉬었다.

그녀의 둘째 타령은 새삼스러운 게 아니었다. 유진이 방긋거리고 예쁜 짓을 할 때마다 유진의 동생을 낳고 싶다는 뜻을 내비쳤지만 언제나 그가 강경하게 거부한 것이다. 헌데, 강경하고 오만하며 때로 독단적이기까지 한 그가 한숨을 쉬었다는 것은 반쯤 승낙한 것이나 다름이 없었다.

새해가 지난 며칠 뒤, 신욱은 결국 은재의 손에 이끌려 산부인과로 향했다. 그녀의 상태를 정밀 검사한 산부인과 전문의가 현재 상태면 임신이 가능하다는 진단을 내려 주었다. 사구체 신염으로 정기검진을 받고 있지만 상태가 안정적이며, 임신을 하기에 육체적 컨디션도 나쁘지 않다는 것이었다.

아이를 더 낳고 싶다면 지금이 가장 적격일 거라며 이때를 놓치면 아마 임신이 불가할 수도 있다는 이야기를 들은 은재가 그의 처분만 바라며 애타 하고 가슴 졸이는 것을 보면서도 신욱은 내내 말이 없었다.

은재는 정말 아이를 낳고 싶었지만 시간이 지나도 신욱이 결정을 내리지 않자 서서히 체념하고 말았다. 산부인과 의사가 그 정도까지 그녀를 위해 말해 주었는데도 신욱이 별 반응이 없으니, 아이는 유진이 하나로 만족해야겠다고 생각했다. 애초에 유진이 하나만 예쁘게 잘 키우자고, 유진일 엄마 없는 아이로 키우게 하지 않겠다고 다짐했던 것을 떠올렸다.

그래도…….

그에 대한 앙심까지 모두 없어진 건 아니었다.

아니, 나만 좋자고 한 명 더 낳자는 것도 아닌데 좀 도와주면 안 돼? 건강관리 잘 한다니까?

은재는 신욱이 미웠다.

정관수술은 왜 제멋대로 하고 난리야? 그것도 이혼 사유 아닌가 몰라!

대놓고 말을 하지 못하니 심술을 풀 길이 없어 잘 개켜진 그의 옷을 발로 차 밀어 버렸다.

"잘 한다."

갑자기 들려온 목소리에 놀라 얼른 고개를 들자 그가 문설주에 팔짱을 낀 채 기대서 있었다. 자신의 행동을 모두 지켜본 게 틀림없다는 생각이 들자 은재는 얼굴이 다 화끈거렸다.

"유진이 앞에서도 그러는 거 아니야?"

"아, 아니거든요?"

오후에 아빠가 왜 동생을 만들어 주지 않을까에 대해서 유진과 심도 깊은 대화를 나눴던 은재는 찔끔해져 말까지 더듬었다.

그러자 그가 비웃었다.

"맞네. 내 딸 앞에서 내 흉을 봤군."

"아니라니까요. 그, 그냥 얘기만 했어요."

못마땅한 듯 어깨를 으쓱거린 그가 문을 닫고 들어와 재킷을 벗었다.

"그러는 당신은 요즘 왜 그런데요? 왜 말도 안 하고 뚱한 거냐고요."

그의 그런 모습이 제일 싫은 은재가 포문을 열었다.

"난 당신이 그럴 때가 제일 싫어요."

"기분이 별로야."

"그러니까 왜 기분이 별로인데요?"

"너 같으면 비뇨기과 남자 의사를 자꾸 보는 게 좋겠어?"

에?

"그게 무슨 소리예요?"

"나 이제 애 낳을 수 있다."

셔츠를 벗어 바닥에 아무렇게나 내던진 그가 바지의 버클을 풀며 당당하게 선언했다. 은재의 눈이 동그래졌다.

"어, 어머머…… 어머머! 그럼 당신……."

"오늘 밤 만들까?"

그가 두 팔을 벌리자 그녀가 그의 품으로 와락 안겨 들었다.

"당신 정말 멋진 남자예요."

"당연하지. 난 모든 면에서 뛰어난 남자야."

"인정해요!"

그녀는 너무 기뻐 그의 얼굴에 마구 키스를 흩뿌렸다.

"이런 환대, 나쁘지 않은데?"

그가 거만하게 중얼거리더니 그녀를 안고 침대 위로 쓰러졌다. 바지와 브리프를 한꺼번에 벗어 발로 걷어차 버린 다음 그녀의 플리츠스커트 안으로 손을 밀어 넣었다.

"그런데, 여보. 유진이가 아직 안 자는데……."

"알아."

어느새 그녀의 블라우스 단추를 푼 그가 탐스러운 유방을 빨기 시작하며 건성으로 대답했다.

"문도 안 잠갔잖아요. 어머…… 앗!"

복원 수술을 받으며 본의 아니게 금욕을 해야 했던 신욱은 더 참을 수가 없었다. 잠기지 않은 문도, 딸도 모두 잊은 채 그녀의 팬티를 찢어 그대로 페니스를 삽입했다. 너무나 갑작스러운 그의 공격을 받은 그녀의 등이 활처럼 휘어졌다.

전류에 감전이 된 듯 짜릿한 쾌감과 더불어 유진이 언제 저 문을 열지 모른다는 공포가 욕망을 더욱 부추겼다. 갑작스런 침입에도 그녀의 속살은 뜨겁고 촉촉했다. 언제나 그를 품어 주는 은밀한 동굴. 오직 그만을 품어 주는 동굴……. 사나운 소유욕이 그를 지배하기 시작했다.

아무리 은재를 가져도 매번 처음 가지는 것만 같았다. 매번 더 가지고 싶어 욕심을 내고, 매번 더 가지지 못해 좌절을 한다. 그는 그녀의 안으로 깊고 뭉근하게 파고들었다. 은재라고 해서 다를 건 없었다. 신욱과의 섹스는 매번 새로운 쾌락의 문을 열어 주었다. 연방 문을 보면서도 그녀가 음낭을 주물럭거리자 그가 턱이 당겨지도록 이를 사리문 채, 허리에 지그시 힘을 주어 그녀의 속살을 짓눌렀다.

"흐읏!"

이렇게 크고 두꺼운 남성이 속살을 찔러 대는 느낌은 송곳처럼 날카로워, 은재는 매번 그의 삽입을 받아들일 때마다 진저리를 쳤다. 온몸의 감각이 오로지 한곳에 쏠린 느낌이었다. 작은 풍선에 바람이 너무 꽉 들어차 터지기 직전처럼, 그녀의 몸이 쾌락으로 부풀어 오른다. 그의 남성이 자궁을 사납게 찔러 댄다.

"아아아!"

참지 못한 그녀가 두 손으로 입을 틀어막은 채 숨죽여 비명을 내지르자, 신욱이 그녀의 허리를 잡아 힘껏 자신에게로 당겼다. 순간, 뜨끈한 기운이 아랫배 가득 느껴졌다. 생명의 씨앗이 그에게서 그녀에게로 전해지는 신비롭고도 경이로운 순간이었다. 그는 마지막 한 톨까지 모두 그녀의 자궁에 토해 낸 뒤에야 그녀 위로 무너져 내렸다. 그녀가 가쁜 숨을 내쉬며 그의 등을 끌어안았다.

"정말, 사랑해요."

"날 사랑한다면, 괜찮을 거란 약속 반드시 지켜야 해."

"응, 응!"

그가 그녀를 힘껏 안았다.

"난 너 없으면 안 돼."

"나도, 당신 없으면 안 돼요, 사랑해요."

"사랑해."

신욱이 빠르게 입을 맞추더니 말했다.

"그런데 우리, 얼른 옷 입어야겠다."

귀를 기울이자 정말, 멀리서 도도도 뛰어오는 유진의 발자국 소리가 들리는 것 같았다. 그들은 짓궂은 개구쟁이들처럼 키득 거리며 얼른 침대를 뛰어내려 왔다.

그는 정말 매일 밤 노력했다. 은재가 녹초가 될 때까지.

석 달째 되었을 때, 마침내 그들에게 천사가 찾아왔다. 임신 테스트기를 확인한 은재는 너무 기뻐서 그대로 울고 말았다. 같 이 보던 신욱은 아무 말 없이 그저 그녀를 꼭 안아 주었다.

그라고 왜 아이를 원치 않겠는가. 유진만 봐도 너무 예쁜데, 또 다른 아이가 태어난다면 그건 축복이나 다름이 없는 일이었 다. 더구나 유진이 때 해 주지 못했던 모든 일들을 해 줄 수 있 어 바라는 일이었지만 은재의 건강을 생각해야만 했었다.

그런데 이제 그들에게 천사가 찾아왔고 그것은 돌이킬 수 없 는 일이 되어 버렸다. 신욱은 모든 걱정을 접어 두고 오로지 은 재와 배 속의 아기, 그리고 동생이 생긴다는 사실에 심술이 난 유진에게만 관심을 집중했다.

산부인과를 따라가 아기의 심장 소리를 듣고, 초음파를 통해 여린 생명을 보는 일.

신욱은 처음 경험하는 그것이 신기하고 행복했지만 한편으로는 유진이 때 해 주지 못해 가슴이 아팠다. 산부인과를 찾은 대부분의 산모들이 남편과 함께였다. 저 속에서 혼자였을 은재를 생각하면 또 마음이 아팠다. 돌이켜 보면 은재에게 미안한 일밖에 없다. 잘못한 일밖에 없다. 은재의 배 속에서 어린 천사가 자라는 동안 그는 내내 속죄의 마음으로 살아야 했다.

하지만 정작 당사자인 은재는 행복해했다. 은재가 행복하니 유진도 행복해했다. 은재는 아기가 태동을 하는 것을 기뻐했고, 유진은 엄마의 무릎을 베고 누워 아기와 함께 아빠가 읽어 주는 동화책을 듣는 것을 기뻐했다. 착하기만 한 내 천사들. 그가 살면서 가장 잘한 일은 서은재를 만난 일, 살면서 가장 큰 행운은 서은재를 사랑한 일이었다.

하지만 그런 서은재가 마지막에 가서 배신을 했다. 임신 기간 내내 좋은 컨디션을 유지하다 가장 중요한 막달이 되어 상태가 나빠진 것이었다. 아무리 은재에게 미안하고 잘못한 일이 많아도, 신욱은 그것을 참을 수가 없어 상태가 나빠진 아내를 향해 당장 수술을 해서 낳자고 고래고래 소리를 질렀다. 산부인과 의사가 고개를 절레절레 흔들 만큼.

하지만 그의 고함에 내성과 배짱이 생긴 은재는 끄덕도 하지 않았다. 엄마 배 속에서의 하루가 인큐베이터에서의 며칠보다 더 낫다고 우기며 버텼다. 애간장이 다 녹은 그는 길길이 화를 내다 다시 보란 듯 정관수술을 해 버렸다.

은재는 그런 그가 미웠지만 정말 너무 힘이 들어, 셋째까지 바란다는 소리는 할 엄두가 나지 않았다. 유진이 때는 그저 모든 게 걱정스럽고 불안해서 정작 몸이 힘들다는 생각은 하지도 못했는데, 둘째는 몸이 견디질 못했다. 직접 겪고서야 그들 부부에게 허락된 천사는 둘뿐임을 은재도 자각하게 됐다.

상태가 악화되고 8일이 지났을 때, 천만다행으로 산통이 시작됐다. 수술을 하면 몸에 더 무리가 갈 수 있어 자연 분만으로 출산을 했는데, 아기는 힘들이지 않고 쉽게 나와 주었다. 2.4킬로그램. 크기가 작아 제 엄마를 딱 3시간 53분만 고생시키고 태어난 아기는 아들이었다.

이해진.

아들이든 딸이든 둘째는 '해진'으로 하자고 미리 이름을 정해 놓았는데, 아기는 신욱을 꼭 닮은 아들이었다. 앙앙 울음을 터트리는 핏덩이 아들의 탯줄을 자르며, 신욱은 울고 말았다. 너무 고마워서…… 참으려고 해도 눈물이 멈추지를 않았다. 가슴에 갓 태어난 아들을 안은 채, 은재가 눈물을 흘리는 신욱도 꼭 안아 주었다.

"사랑해요."

하지만 신욱은 가슴이 벅차 사랑한다는 말조차 할 수가 없었다. 자신의 숱한 잘못에도 불구하고 끝까지 그의 곁에서 자신을 지켜 준 천사, 서은재.

"사랑해, 서은재."

신욱은 하얗게 열꽃이 핀 은재의 입술에 입을 맞췄다.

아직은 겨울의 잔재가 남은 이른 봄.

햇빛이 따스하게 스미어 드는 아기 방, 유진은 어른들의 눈치를 살피다 몰래 아기 방으로 들어갔다. 올 여름이면 만 4세가 되는 유진은 이제 앙증맞은 숙녀로 자라 여전히 제 아빠의 마음을 있는 대로 녹이고 있었다. 두리번거리던 유진은 작은 발판을 가져와 요람 옆에 두었다. 발판 위에 올라가자 키가 딱 맞다. 유진은 호기심을 가지고 요람 안을 들여다보았다. 요즘 엄마가 예뻐 못 사는 동생 해진이 고물거리며 누워 있었다.

"흥. 못났어."

유진이 새침하게 해진의 외모를 평가했다. 신욱을 꼭 닮아 아기임에도 보기 드물게 완벽한 이목구비를 가졌다고 칭송받는 이해진의 외모를 폄하할 수 있는 사람은 오직 이유진뿐이었다.

"난 엄마가 왜 널 예뻐하는지 모르겠어."

엄마는 말했다. 해진인 유진이 동생이니까 예뻐해 주고 보호해 줘야 해, 하고. 하지만 유진이 아빠를 꼭 닮은 도도하고 거만한 표정으로 턱을 치켜들었다.

"너 하는 거 봐서 예뻐할지 말지 결정할 거야."

그러다 허리춤에 손을 얹은 앙증맞은 자세로 요람을 들여다보며 훈계했다.

"엄마 아빠 말 안 들으면 누나가 아주 혼내 줄 거야."

혼자서 이런저런 말을 하는 재미가 제법 쏠쏠하다. 해진이 태어난 뒤로 아무도 몰래 아기 방으로 들어와 누나 노릇을 하는 것이 요즘 유진의 가장 큰 낙이었다.

그토록 바라던 둘째를 낳았지만 기본적으로 딸아이에 대한 애정과 관심은 조금도 줄어들지 않은 은재 역시 요즘 유진이 재미있어 하는 놀이가 무엇인지 잘 알고 있었다. 유진은 아직 제키도 작아서 발판을 밟지 않고서는 요람 안의 아기를 들여다볼 수도 없으면서 누나 흉내를 곧잘 냈다.

오늘도 살짝 열린 문틈으로 속삭이듯 들리는 말소리에 유진이 또 누나놀이를 하나 보다 생각했다. 평소처럼 아기 방으로 들어가려던 은재는, 유진과 해진이 단둘이 있을 때 어떤 장면이 연출되는지 문득 궁금해졌다. 그래서 곧장 들어가지 않고 유진이 어떻게 하는지 지켜보기로 했다.

엄마가 문 뒤에 있는지 모르는 유진은 한참 동안 인생 선배로서의 설교와 훈계를 늘어놓았다. 그러다 무슨 생각이 들었는지 슬쩍 주변을 돌아보았다. 은재는 유진에게 들키지 않으려고 몸을 움츠렸다. 엄마를 발견하지 못해 아무도 없다고 생각했는지 유진이 말을 이었다.

"그런데 말이야, 네가 잘못했을 땐, 엄마 말고 아빠한테 말해야 해. 이건 절대 비밀인데, 넌 내 동생이니까 말해 주는 거야. 엄마한테 말하면, 음, 혼나."

유진이 허공을 손가락으로 찌르다 동그란 콧등을 찌푸렸다.

"아빠 말이 엄마가 자꾸 못돼진대. 내가 누나긴 하지만 솔직히 그게 무슨 말인지는 모르겠어. 그런데, 잘못했을 땐 엄마가 모르는 게 좋아."

유진 아빠, 당신, 애한테 무슨 말을 한 거예요? 대체 저 말이 왜 유진의 입에서 나오는 거냐고요.

워낙 각별한 부녀 사이라서 그런지 몰라도 신욱과 유진은 둘만의 비밀이 무척 많았다. 그런데 부녀가 공유한 비밀 속에서 저런 대화가 오고 가는지는 미처 몰랐다. 유진의 말을 듣고 기가 막혀 버린 은재는, 오늘 밤 신욱이 퇴근해 돌아오면 절대로 가만히 두지 않겠다고 다짐했다.

"하여튼 잘 살아 보자. 앞으로 누나 동생 하면서 살날이 많을 테니까 나한테 잘해. 알았어? 하이파이브!"

유진이 발판에서 까치발을 해 아기 손과 제 손을 탁 부딪쳤다. 기분이 좋은지, 유진이 까르르 웃었다. 유진이 웃으니 해진도 웃는다. 두 아이의 웃음소리에, 잠시 신욱에 대한 응징을 생각하며 살벌해졌던 은재의 마음이 다시 봄눈 녹듯 녹아 버렸다.

세상 무엇과도 바꿀 수 없는 두 아이가 앞으로 잘 살아 보잔다. 이보다 더한 기쁨과 행복이 또 어디 있을까. 은재는 자신이 유진과 해진을 낳을 수 있게 보살펴 준 세상의 모든 신께 감사드렸다. 물론 신욱은 오늘 밤 괴롭겠지만.

흥, 어디 나날이 못돼지는 와이프의 고문을 한번 당해 보라지!

그녀는 유진과 해진이 함께 있는 아기 방의 문을 조용히 닫으며 굳게 다짐했다.

—*Fin*

외전

「크리스.」

크리스는 대답이 없었다. 눈썹을 치켜 올린 신욱이 다시 한 번 힘을 주어 크리스를 불렀다.

「크리스!」

미동도 없다. 신욱은 들고 있던 파일을 크리스 앞으로 던졌다. 그러자 흠칫 놀란 크리스가 그를 보았다.

「죽진 않았군.」

「왜, 왜 그러십니까?」

「요즘 왜 그래?」

「예?」

저 멍청한 대답 좀 봐라. 신욱은 크리스를 향해 살벌하게 인상을 찌푸렸다.

「한 번만 더 멍청하게 되물으면 해고야.」

「죄송합니다, 회장님. 앞으로 주의하겠습니다.」

완벽하게 정신을 차린 크리스가 다시 IE 그룹 오너의 비서실 장다운 모습으로 신욱 앞에 섰다. 신욱은 결재 서류를 확인하며 관심이 없는 척 물었다.

「고민 있나?」

「아닙니다.」

「있는 것 같은데?」

「없습니다.」

「그래?」

「예, 회장님.」

「알았어. 나가 봐.」

나가 보란 신욱의 말에 크리스가 주저했다.

「왜, 할 이야기가 남았나?」

「아닙니다. 그럼 이만 나가 보겠습니다.」

도살장에 끌려가는 소의 모습이 저러할까. 크리스는 몹시 주저하고 난처해하고 있었다. 마지못해 회장실을 나가는 크리스의 뒷모습을 본 신욱은 미간을 좁혔다.

크리스 얀은 벌써 12년째 그의 보좌를 맡아 오고 있었다. 신욱이 어린 나이에 사업에 뛰어든 것처럼 크리스도 비교적 어린 나이에 비서실장의 직책을 맡았지만, 지난 12년 동안 한 번의 실수도 없이 맡은 일을 충실히 해냈다. 하지만 모든 것을 떠나 신욱이 가장 높게 평가하는 것은 크리스의 신의였다. 정글보다 더 정글 같은 세계에서 명민하면서도 충직한 사람을 찾기란 하늘의 별 따기만큼 힘든 일이었다.

지나치게 영특하지만 간사스러운 사람, 또는 충직하지만 업무 능력이 부족한 사람.

대개는 그렇게 나뉘기 마련이었다. 그러나 크리스는 명민하면서도 충직했다. 최정인과 미아 메이로 인해 아무도 믿을 수 없을 때조차 크리스만은 믿었다. 그리고 크리스는 언제나 그의 믿음에 보답을 했다.

신욱은 크리스에게 다른 꿈이 생기지 않는 한, 그리고 그가 사업을 계속하는 한, 크리스와 함께 일을 하고 싶었다. 그런데 지금 크리스가 딴생각을 한다. IE 그룹과 이신욱에게 비상 경고등이 켜졌다.

회장실을 나온 크리스는 주위를 둘러볼 엄두도 내지 못하고 곧장 책상으로 다가갔다. 굳이 보지 않아도 어디서 레이저가 쏘아지는지 알 것 같았다. 10시 방향에서 무차별하게 쏘아 대는 레이저 포로 인해 오른쪽 관자놀이가 타들어 가는 기분이었다.

빌어먹을……

바른 생활 사나이 크리스가 기어이 욕설을 중얼거렸다.

미쳤지, 미쳤던 거야. 대체 왜 그런 짓을 한 거지?

그의 앞에 머그잔이 놓였다. 놓였다는 말은 아주 점잖은 표현이었다. 골대에 골을 던지듯, 머그잔이 책상 위로 던져졌다. 요즘 작은 일에도 깜짝깜짝 놀라는 크리스가 안 그래도 큰 눈을 더 크게 떠 위를 쳐다보자 송진주가 마귀할멈처럼 으스스한 얼굴로 노려보고 있었다.

「드세요, 실. 장. 님.」

「고, 고마워요.」

「고맙긴요. 많. 이. 드세요.」

진주는 쌀쌀맞게 돌아서 제 자리로 돌아갔다.

포커페이스를 유지하고 있는 크리스는 새란의 호기심 어린 시선만 없다면 머리를 쥐어뜯으며 절규하고 싶었다. 이상하게 비서실의 권력이 크리스가 아닌 진주에게 이동된 것 같다는 생각을 지울 수 없는 새란이었다.

아, 대체 내가 왜 그랬지? 왜 그랬던 거지?

포커페이스 크리스는 할 수만 있다면 다시 그날 아침으로 돌아가고 싶었다.

크리스의 '그날' 아침, 즉 3일 전 아침.

문제는 3일과 4일의 경계인 밤에서부터 비롯됐다.

IE 그룹 한국 지사의 상반기 순매출이 싱가포르 지사를 추월하게 됐다. 그룹의 오너인 신욱이 한국 지사에 머물며 경영을 이끈 것과 함께 지난날 지사장의 배임 횡령 비리에 대한 나쁜 기억을 벗어던지고 활기찬 회사를 만들자는 사원들의 단결된 의지가 만든 소중한 결과였다.

신욱은 사원들을 독려하는 의미에서 회사 소유의 리조트를 개방해 사원들을 초대했다. 사원들은 고급 리조트의 시설을 마음껏 이용한 뒤 밤에는 거대한 홀에서 관현악단을 초대한 파티에 참여했다. 신욱을 포함한 은재와 유진도 파티에 참석해 사원들의 환호성을 받았다. 신욱이 리조트에 머무니 크리스도 당연히 머물러야 했다.

그리고 참사는 그 밤에 일어났다. 술김에 본 진주는 너무 예뻤다. 음심이 저절로 동할 만큼. 그리고 분명 진주도 그를 싫어하는 것 같지가 않았다. 그래서, 뭐, 그렇게 됐다. 그런데 왜 그만 죽일 놈이 되어야 하는 것인지 정말 이유를 모르겠다.

숨 막히는 분위기를 참지 못한 새란이 '전 화장실 좀…….'을 개미 목소리처럼 속삭이며 나가자 진주가 책상을 쾅 내려쳤다. 화들짝 놀란 크리스가 진주를 보았다.

「왜, 왜 그럽니까?」

「그쪽은 왜 그랬어요?」

「뭐, 뭐가요?」

「도망가니까 좋던가요?」

이리 보나 저리 보나, 상남자가 분명한 크리스가 발끈했다.

「내가 언제 도망을 갔습니까?」

「하! 왜 이러실까? 아주 꽁지가 빠져라 도망을 가시던데?」

「그, 그건 회장님의 호출을 받아서…….」

「지금 어디서 사기를 쳐요? 내가 은재한테 다 확인했거든요? 은재랑 회장님, 그때 아주 뜨거운 시간을 보내고 있었다던데요?」

크리스의 하얀 얼굴이 확 붉어졌다. 그것을 본 진주가 혀를 찼다.

「아니, 거짓말도 못하면서 그런 사기는 왜 쳐요?」

「큼큼.」

민망해진 크리스는 헛기침만 연발했다.

「좋아요. 나는 원나잇은 즐기는 거라고 생각하지, 남자 발목 잡는 빌미로 사용하지 않아요. 그렇게 피해 다니지 않아도 발목 잡지 않을 테니까 눈치 좀 보지 말아 줄래요?」

눈치? 발목? 피해 다녀?

아무리 정중하고 점잖은 남자라 해도, 그도 남자였다!

「말이 좀 심하지 않습니까?」

그러자 진주가 코웃음을 쳤다.

「이봐요. 그쪽은 심한 거 듣지도 못했나 봐요? 난 원나잇 한 다음 날, 여자가 도망쳤다는 말은 아주 많이 들었지만 남자가 도망쳤다는 말은 처음 들어 봤거든요? 심한 건 그런 게 진짜 심한 거 아니에요?」

진주가 무섭게 추궁해 오자, 크리스는 또 작아지는 자신을 발견했다.

「그, 그거야 내가 너무 놀라서…….」

「나는요! 나는 안 놀랐을 것 같아요?」

결국 크리스가 고개를 숙였다.

「미안합니다.」

「진즉 그럴 것이지. 흥!」

눈을 흘긴 진주가 홱 일어나 비서실을 나갔다.

아이구, 머리야. 지끈거리는 머리를 문지르며 자리에서 일어서던 크리스는 기겁을 해 뒷걸음질 쳤다. 회장실의 문이 열려 있었고 그 뒤에 신욱이 석상처럼 서 바라보고 있었던 것이다.

「회장님?」

「저 일 때문인가?」

「예?」

신욱의 이마가 찌푸려졌다.

「그렇게 멍청하게 되묻기 시작한 게 모두 저 일 때문이었냐고!」

「아, 아닙니다, 절대 아닙니다.」

두 손을 저어 부정하는 크리스를 보며 신욱이 버럭 소리를 질렀다.

「아니긴, 송 과장 말이 맞아. 거짓말도 못하면서 자꾸 사기칠 거야?」

원래 크리스 자신은 유능하고 과묵하며 충직한 비서실장이었다. 결코 이런 수모를 받을 그런 사람이 아니었다. 하지만 이어지는 신욱의 질문이 크리스를 좌절하게 만들었다.

「도망을 왜 쳤는데?」

아, 빌어먹을. 크리스의 고개가 푹 꺾였다.

「대답해 봐. 이유가 있었으니 도망쳤을 거 아니야.」

신욱은 집요했다. 대체 그게 왜 궁금한데? 순간적으로 욱해진 크리스가 격한 어조로 대답했다.

「본능이었습니다. 본능이요.」

「지금 대드는 거야?」

신욱의 위협에 즉시 순한 양이 된 크리스가 정중히 부정했다.

「아닙니다.」

그런 크리스를 노려보던 신욱이 곰곰이 생각하다 이내 고개를 끄덕거렸다.

「송 과장이 의리 하나는 나무랄 데 없지. 외모도 자네에 비해 빠지지 않고, 잘해 봐, 크리스. 튕기긴 왜 튕기는 거야? 자네도 결혼할 때 됐잖아.」

「제 사생활입니다. 그만 언급하셨으면 좋겠습니다.」

그러자 신욱이 웃긴다는 듯 크리스를 쳐다보았다.

「크리스, 여긴 한국이야. 사생활 공유, 모르나? 어떻게 숨겨도 다 털리게 되어 있어.」

「회장님.」

「앞으로 진행 상황 보고하도록 해.」

「회장님!」

크리스의 부름을 단호하게 무시한 신욱이 회장실 안으로 들어갔다.

아, 빌어먹을, 빌어먹을! 크리스는 잘 정돈된 머리카락을 마구 헝클이며 이 지옥 같은 현실을 저주했다.

— 크리스랑 송 과장이 잤대.

"뭐라고요!"

신욱이 전화를 걸어 그녀에게 던진 핵폭탄 급 한마디에 은재는 당장 진주와의 약속을 잡았다.

"왜."

약속 장소에 나온 진주는 심드렁했다. 살짝 더 심드렁한 것 빼고는 평소와 다른 게 없었다.

"왜긴, 너 보고 싶어서 만나자고 했지."

"아, 나. 요즘엔 사기 치는 인간들이 왜 이렇게 많아? 야, 너 솔직히 말해. 내가 보고 싶긴 했어? 지 서방님이랑 딸한테 푹 빠져선?"

"야아, 난 항상 너 생각해."

"닭살."

진주가 온몸을 긁으며 손을 번쩍 들었다.

"여기 생맥 500cc 두 잔이랑 모듬 소시지 주세요."

괄괄하고 화끈한 성격답게 주문을 끝낸 진주가 은재를 보았다.

"별일 없지? 유진이는 잘 크고?"

"그럼, 잘 크지."

은재는 어떻게 물어봐야 하나, 좀이 쑤셨다. 아무리 머리를 굴려도 좋은 방법이 생각나지 않는다. 아, 몰라, 이럴 땐 정공법이 최고야. 그녀는 안주로 나온 소시지를 포크로 콕 찔러 한 입 베어 무는 진주를 향해 물었다.

"너 크리스 실장님이랑 잤다며?"

쿨럭! 그 순간 진주의 입에서 소시지가 사방으로 분사됐다.

"야, 더럽잖아."

"쿨럭, 누가 먹는데 그런 소리 하래? 아우, 나 죽어. 쿨럭

쿨럭."

한참을 쿨럭거리던 진주가 갑자기 도끼눈을 하고 은재를 노려보았다.

"누가 그러디?"

"그게 중요해? 빨리 말해 봐, 응?"

"사모님. 그건 제 프라이버시거든요? 관심 삼가 주시죠?"

은재는 안달을 냈다.

"진주야아."

"싫어."

결국 은재는 비장의 카드를 꺼내 들었다.

"너 자꾸 이러면 나, 어머니한테 전화 드린다."

민숙에게 한국 사위냐 외국 사위냐 하는 것은 이미 의미를 잃었다. 올해 나이 서른셋, 사지 육신만 멀쩡하다면 신랑을 보쌈해 와서라도 결혼을 시키고 말겠다는 의지로 불타는 민숙의 귀에 이 소식이 들어갔다간, 진주는 내일 당장 웨딩드레스를 입고 식장 한가운데 서 있을지도 몰랐다.

은재의 협박이 제대로 먹혔다. 진주가 정색을 한 것도 모자라 은재의 멱살까지 잡으려고 했다.

"너 그랬다간 봐라. 너랑 나랑 절교한다?"

"그러니까 말을 해 봐!"

진주가 가슴 위로 팔짱을 끼며 은재를 노려보았다.

"그건 관심이냐, 호기심이냐?"

"응?"

"호기심이면 사양하고, 관심이면 얘기해 준다."

"야, 너 정말 너무한다? 내가 기껏 호기심을 느껴서 캐물으려고 내 딸 팽개치고 여기까지 나온 줄 알아? 정말 널 아끼니까, 네 앞날에 작은 영향이라도 끼칠 수 있는 일을 알고 싶은 거지."

"태도 좋네."

진주는 가슴 위로 팔짱을 꼈다.

"그래, 같이 잤다. 콘돔 끼고 세 번 했다."

진주의 당당한 선언에 옆 테이블 사람들까지 놀라 그녀들을 쳐다보았다.

"송진주!"

정작 태연한 본인과는 달리 은재가 더 당황하고 놀라 진주의 발을 밟았다.

"야, 그렇게 상세하게 말할 건 또 뭐야."

"이왕 말할 거 상세하면 좋지. 한 걸 했다고 하는데 부끄러울 게 있냐?"

하여튼 송진주 대범한 건 알아줘야 해.

"그래서 사귀기로 했어?"

"사귀어? 흥이다."

진주는 생맥주를 벌컥벌컥 들이켰다. 그 모습을 본 은재가 정색을 했다.

"왜, 크리스 실장님이 실수라고 그래?"

"차라리 실수라고 그러는 게 더 남자답지. 이건 뭐……. 어휴!"

"왜, 응? 뭔데 그래?"

"아침에 깨서 나랑 눈 마주치자마자 쏜살같이 일어나 도망쳤다?"

은재가 멍한 얼굴로 되물었다.

"응?"

"이야, 우사인 볼트가 따로 없더라, 야. 난 사람이 그렇게 빠른 건 처음 봤다."

진주의 빈정거림을 들으면서도 상황이 짐작이 되지 않았다. 도망을 쳐? 왜? 그녀가 알기로 크리스는 유부남도, 약혼녀가 있는 것도 아니었다.

"법적으로나 윤리적으로 하나 거리낄 게 없는데 왜 도망을 쳐?"

"내 말이! 내 눈도 똑바로 못 본다?"

"어머⋯⋯. 진주야. 이런 말 어떻게 들릴지 모르겠지만, 크리스 실장님 좀 실망스럽다."

"조금만 실망스럽냐? 야, 말은 똑바로 해야지. 아주 많이 실망스러운 인간이다."

은재가 조심스럽게 물었다.

"그 정도였니?"

"흥, 시간이 지났으니 그 정도지, 그땐 정말 죽일 수도 있을 것 같더라."

"그런데 진주야."

"왜?"

"그거, 좋았어?"

"너 유진 아빠랑 결혼하더니, 대놓고 밝힌다?"

진주의 놀림에 은재의 얼굴이 빨개졌다.

"기집애, 내숭 떨지 마. 너도 이제 알 거 아니야."

"뭐, 좋더라. 완전히 짜릿하던데? 소리를 하도 질러서 나 목 다 갔다?"

진주답다 싶어 그럴 상황이 아닌데도 쿡쿡 웃음이 새어 나왔다.

"이야, 그 남자 힘 좋더라? 그냥 보기에는 야들야들하니 여리여리한데, 벗겨 놓으니까 잔근육이 장난 아니야. 힘 좋아!"

진주가 엄지를 치켜드는 것을 황급히 막았다.

"진주야, 제발 좀."

너무 웃겨서 헐떡거리면서도 주변을 의식했다. 거칠 것 없는 진주의 상세 설명에 옆 테이블 사람들이 대놓고 엿듣고 있었다.

"살결도 곱고, 아, 참. 태닝은 좀 해야겠더라. 왜 그렇게 하얘? 난 무슨 곰 인형이랑 섹스하는 줄 알았다, 야. 은재야. 넌 흰 털 대신 근육 박힌 곰 인형 본 적 있냐? 난 봤다?"

은재는 테이블에 이마를 박고 쿡쿡 웃었다.

"진주야, 정말 미안해. 웃을 일이 아닌데, 자꾸 웃어서 미안. 그런데 네가 하는 말이 너무 웃겨."

"우는 것보단 낫다. 그냥 웃어라."

괄괄한 성격만큼 시원시원한 진주가 성은을 베풀어 허락했다. 웃으란다고 마냥 웃는 건 정말 진주에 대한 예의가 아닌 것 같아, 은재는 죽을힘을 다해 웃음을 삼켰다. 그리고 정말 궁금했던 것을 물었다.

"그래서 앞으로 어떻게 할 거야?"

질문을 받은 진주가 대수롭지 않게 어깨를 으쓱거렸다.

"어떻게 하긴 뭘 어떻게 해? 그냥 살던 대로 사는 거지."

진주의 말이 너무 쉬워 은재의 눈이 동그래졌다.

"그게 되니?"

그러자 진주가 눈을 부라렸다.

"야, 안 될 건 또 뭐야? 하룻밤 같이 잤다고 책임지라고 달라붙는 건 너무 고전스럽지 않니? 콘돔을 썼으니 애가 생길 것도 아니고, 서른셋이나 돼서 엄마 찾으며 울 것도 아니고. 자유롭게 즐기는 것도 나쁘지 않아. 물론 다음 날 아침에 남자가 날 보자마자 도망치는 건 기분 더럽지만."

진주는 소시지가 크리스인 양 베어 물고 질겅질겅 씹었다.

"내가 자길 잡아먹냐? 어? 에잇, 나쁜 놈."

원수는 외나무다리에서 만난다고, 하필이면 크리스와 진주 단둘만의 야근이 결정됐다. 포커페이스가 될 수 없는 진주는 얼굴 가득 불만을 드러냈고, 그런 진주를 바라보는 크리스는 좌불안석이었다. IE 그룹 회장의 오른팔인 크리스 안이 어쩌다 이렇게 눈치 보는 강아지 신세가 됐을까, 스스로 되물어 봐도 답은 하나였다.

그날 아침 도망을 치는 게 아니었다. 아니지, 엄밀히 말하면 도망이 아니다. 너무 놀라고 당황해서 저도 모르게 나온 행동일 뿐 절대 의도적으로 도망을 쳐야겠다고 생각한 것이 아니란 말이다. 말이야 바른 말이지, 무슨 생각을 할 겨를도 없었다. 하지만 이 모든 것은 진주 앞에서 변명에 불과했다. 크리스는 어떻게 진주의 마음을 풀어 줘야 할지 고민을 하느라 머리에 쥐가 날 지경이었다.

총체적 난국에서 유일하게 힘이 되는 것은 은재였다. 크리스와 진주가 잘되길 바라는 은재는 물심양면으로 그를 도왔는데, 그날 아침 도망친 것은 분명히 그의 잘못이라는 대못을 박은 다음에 여러 조언을 해 주었다. 곁에 있던 오너는 남자 망신은 네가 다 시킨다며 혀를 찼었지.

크리스는 자괴감과 수치심에 머리카락을 죄다 쥐어뜯고 싶은 것을 간신히 참으며 목소리를 가다듬었다. 어떻게든 진주에게 말을 붙여야 했다.

「초밥 먹을까요?」

은재의 조언에 따르면 진주는 먹는 것에 약하다고 했다. 특히 종류 불문하고 비싼 음식을 좋아한다고 했다. 그런데 돌아오는 대답은 예상 밖이었다.

「아니요.」

크리스는 잠시 말문이 막혔다.

「어…… 그럼 샌드위치는 어때요?」

「안 먹어요.」

이쯤 되자 서서히 짜증이 나기 시작했다. 무슨 여자가 이렇게 예상을 빗나가는지 모르겠다!

실장이 왜 과장 눈치를 봐야 하는지 모르겠다. 물론 진정한 이유는 알고 있지만 계속 천대를 받자 바른 생활 사나이 크리스도 서서히 전사의 모습으로 변신하고 있었다.

「나한테 불만 있으면 얘기해요.」

그러자 진주가 코웃음을 치며 대답했다.

「없어요.」

코웃음이라니, 엄연히 직장 상사는 그이건만! 크리스는 최대한 엄격한 목소리를 냈다.

「정말입니까?」

그러지 진주가 크리스의 파란 눈을 똑바로 쳐다보며 응수했다.

「내가 왜 거짓말을 해요?」

흠. 역시 강적이다.

문제의 핵심을 놔두고 자꾸만 곁길로 돌아가려고 하니 이런 불상사가 생기는 것은 아닐까. 크리스는 남자답게 정면 승부를 하기로 마음먹었다.

「저기 그날 밤 말입니다.」

정말 큰맘 먹고 얘기를 꺼냈는데, 진주가 그 말을 가로막았다.

「됐어요. 얘기 안 해도 충분히 그쪽 뜻 알았으니까 안 해도 돼요.」

「내가 무슨 말을 할 줄 알고 안 해도 된답니까?」

「도망친 남자가 할 만한 말이야 뻔하죠. 변명 아니겠어요?」

남자의 오기를 제대로 불러일으키는 여자였다.

「그럼 앞으로 쭉 이대로 지내도 괜찮단 말입니까?」

「네. 전 목구멍이 포도청이라 돈을 벌어야 하거든요. 정 불편하면 실장님이 그만두시든가요.」

크리스의 주먹이 불끈 쥐어졌다.

「송진주 씨한테는 여자로서 매력이 하나도 없는 거 압니까?」

「어머머? 그러는 실장님은요? 남자로서의 용기가 하나도 없잖아요. 그런 사람이 무슨 자격으로 날 평가해요?」

마침내 크리스의 인내가 한계점에 도달했다.

「송진주 씨. 다소곳함이라든지 순종이라든지, 그런 건 못 배웠습니까?」

「웃겨. 크리스 실장님. 여기가 한국이라고 해서 실장님이 한국 사람은 아니잖아요? 그런데 조선 시대도 아니고 무슨 순종을 찾아요? 더위 드셨어요?」

「이봐요. 송진주 씨!」

「왜요!」

「사귑시다.」

「어머머? 웃겨. 누가 사귀어요?」

크리스가 팔딱거리는 진주에게로 다가가 얼굴을 잡고 박력 있게 키스했다. 사람의 정신을 있는 대로 빼놓는 바람둥이 키스였다.

「이 정도면 됐습니까?」

「어림도 없거든요?」

그럼 또 한다?

「나, 꽤 괜찮은 남잡니다?」

진주가 톡 쏘아붙였다.

「누가 뭐래요?」

「그러니까 사귀자고요.」

「그쪽 좋다는 여자나 찾아보시죠?」

안 되겠다. 크리스는 다시 진주의 양 볼을 잡아 사정없이 입술을 부딪쳤다. 그런데 힘 조절을 잘못해 앞니끼리 부딪치는 참사가 발생했다.

「악!」

괄괄한 여자의 비명이 장하게 울려 퍼진다.

「괜찮습니까?」

「안 괜찮아요!」

아닌 게 아니라 그녀의 입술에서 벌건 피가 흐르고 있었다. 이를 흔들어 보던 진주가 비명을 꽥 질렀다.

「앞니가 흔들려!」

「병원, 병원 갑시다!」

찾아보면 야간 치과 병원이 분명히 하나쯤은 있을 것이다. 혼비백산한 크리스는 진주를 벌떡 안아 들고 사무실을 뛰쳐나갔다.

"어어엉, 이게 뭐야! 시집도 못 갔는데 앞니가 빠지려고 해!"

진주가 곡을 했다.

「책임져, 책임지라고, 이 나쁜 놈아!」

흡혈귀처럼 벌건 피를 줄줄 흘리며 진주가 말했다.

「알았어요, 알았어. 누가 책임 안 진답니까? 책임질 테니까 제발 말 좀 그만하고 피나 닦아요.」

그땐 어찌 알았겠는가. 그것이 크리스 얀의 노예 생활 시작이었음을……

「어어어엉.」

크리스의 품에 안겨 가는 진주의 울음소리가 아주 우렁찼다.

서로를 증오하고 원망하면서, 절대로 다시 볼 일이 없을 거라 다짐하는 남자와 여자가 있습니다. 미워하는 깊이가 사랑의 깊이인 남자와 여자가 서로를 등지고 서 있습니다.

그런 연인을 발견하면, 이야기를 쓰고 싶어집니다. 왜 저렇게 미워할 수밖에 없는지, 하지만 왜 서로를 사랑하는 것인지 말입니다.

신욱은 대부호이고 잘생긴 남자지만 무조건 사랑하기에는 성격이 너무 모나 있습니다. 그리고 신뢰가 매우 부족한 남자죠. 은재도 마찬가집니다. 예쁘고 똑똑한 여자지만 쉽게 곁을 주지 않는 냉소적인 성격이라 누군가를 맹목적으로 사랑할 수 있는 여자가 아닙니다. 하지만 저는 문제투성이 남녀가 서로 사랑을 확인하는 긴 여정을 그리고 싶었습니다. 몸이 아픈 아기를 낳고 키우는 동안, 신욱과 은재가 아기와 함께 훨씬 더 성숙한 인간으로 성장하기를 바랐습니다.

글을 쓸 때마다 궁리를 하는 거지만, 사람을 미워하는 것에는 분명한 이유가 존재합니다. 증오하고 원망하는 이유는 언제나 충분합니다. 그런데 사랑하는 것에는 이유가 없는 것 같아요. 오로지 그이기 때문에, 그녀이기 때문에 사랑할 수밖에 없는 사람들. 신욱과 은재가 서로에게 그런 사람이길 바라며 이 글을 썼습니다.

이 글을 읽어 주시는 독자님들이 계셔서, 신욱과 은재, 그리고 유진이 행복하지 않을까, 생각합니다. 늘 애정을 주시는 독자님들께 깊은 감사를 드립니다. 또한 연재를 하는 동안 많은 도움을 주신 북큐브 김은아 실장님과 출간 작업을 함께 해 주신 뿔미디어 출판사 담당자님께 역시 큰 감사를 드립니다.

제가 사는 곳은 지금 봄비가 보슬보슬 내리는 중입니다. 저 비가 내리고 나면 봄이 무르익겠지요.

햇빛 찬란한 봄날을 기다리며…….

—2014년 4월, 정경하 드림.

그
밤지
이난
뒤
에

1판 2쇄 찍음 2014년 4월 16일
1판 2쇄 펴냄 2014년 4월 21일

지은이 | 정경하
펴낸이 | 정 필
펴낸곳 | 도서출판 **뿔미디어**

편집장 | 이재권
기획 · 편집 | 주종숙, 정시연, 이은정

출판등록 | 2002년 9월 11일 (제1081-1-132호)
주소 | 경기도 부천시 원미구 상동로 117번길 49(상동) 503호
전화 | 032)651-6513 / 팩스 032)651-6094
E-mail | scarlets2012@hanmail.net
블로그 | http://blog.naver.com/dahyangs
홈페이지 | http://bbulmedia.com

값 9,000원

ISBN 979-11-7003-303-5 04810
ISBN 979-11-7003-301-1 04810(세트)

※파본은 구입하신 서점에서 교환하여 드립니다.